CHANGHE
LUORI

吴克敬 / 著

长河落日

陕西新华出版传媒集团
陕西人民教育出版社
·西安·

图书在版编目（CIP）数据

长河落日 / 吴克敬著. — 西安：陕西人民教育出版社, 2017.8(2019.8 重印)

ISBN 978-7-5450-5432-3

Ⅰ. ①长… Ⅱ. ①吴… Ⅲ. ①长篇小说-中国-当代 Ⅳ. ①I247.5

中国版本图书馆 CIP 数据核字(2017)第 194457 号

长 河 落 日

吴克敬　著

出　版	陕西新华出版传媒集团 陕西人民教育出版社
发　行	陕西人民教育出版社
地　址	西安市丈八五路58号
经　销	各地新华书店
印　刷	陕西金德佳印务有限公司
开　本	787mm × 1092mm　1/16
印　张	16.5
字　数	250千字
版　次	2017年8月第1版
印　次	2019年8月第2次印刷
书　号	ISBN 978 -7-5450-5432-3
定　价	32.00元

目 录

引　子

抗日战争胜利七十周年之际，《西安晚报》开设了专栏，编发了许多纪念抗战胜利的文章。2015年9月1日的第8版，在《我一炮炸死了十几个鬼子》的头条回忆文章旁边，是记者张松、张红中赴中条山抗战遗址，寻访抗日英烈的文章。附在这篇文章后边的，是一组“未找到亲属的烈士名单”，计有43人，其中赫然罗列着我们陕西扶风籍的三位烈士。我的眼睛抚摸着那些名字，突然地就抚摸到了其中一个——“吴俊德”，这让我的眼睛倏忽泛起一片泪光——一个英俊伟岸的关中汉子，突然站在了我的面前，身上是被战火撕成碎片的军服，脸上是战火刻划的血痂，他对我亲切地笑着。我哑着嗓子，叫了他一声“大伯”。

我的二伯叫吴俊儒，我父亲行三，叫吴俊番，我还有一个碎爸(老家把比父亲小的长辈都叫“爸”)，叫吴天合，他们是兄弟四人。大伯的名字中也有一个“俊”字，具体叫俊什么，父亲给我交代过，我的碎爸也给我交代过，但我没有记住。《西安晚报》刊载的中条山“未找到亲属的烈士名单”中，这个叫“吴俊德”的人，是我的大伯吗？初识这个名字，我一点都没怀疑，这就是我的大伯。我把消息打电话告诉老家的伯叔兄长吴田平，要他在家乡做进一步的核实。

我大伯留有一张遗像，一身戎装的他，浓眉大眼，一脸的英武之气。这张照片，我父亲生前给我说，是我大伯1938年东渡黄河，赴中条山抗战前，特别照的。父亲还给我说，我们村赴中条山抗战的军人有三个人，他们三人都拍了照。在父亲给我的讲述中，大伯当时为孙蔚如将军治下的一位中尉连长，赴中条山抗战后，就没了消息，生不见人，死不见尸。只听我们村赴中条山抗战身残回村的那人说，大伯作战十分英勇，在平陆县王寺沟的一次阻击战中，与日本鬼子拼上了刺刀，他一个人就刺死了好几个鬼子兵。这是大伯在中条山抗战传回家里的唯一一条消息，此后就再没了音讯。

抗战胜利了，家里人盼望大伯回家，可是他没有回来。紧接着的三年内战，解放军取得了全面胜利，毛泽东主席在天安门城楼庄严宣布：“中华人民共和国成立了！”家里人还在盼大伯回家，却依然没有大伯的音讯。这时候，家里人以为，大伯也许跟随战败了的国民党军队，逃跑去了台湾。

因为这个猜测，生死不明的大伯犹如一团巨大的阴霾罩压在家里人的头上，让家里人在一段时间里，吃罪不少，倍感哀痛。家里在以后很长的日子里，没人提说大伯，仿佛从来没有大伯这个人一样。

我碎爸吴天合，特立独行。他没有学大伯的样子，参加国民党的队伍，而是在他扛得动枪的年纪，北上延安，加入了共产党，并在共产党领导的游击队里成长。曾经担任陕西省委副书记的牟玲生，与我碎爸吴天合在陕北革命阵营里相识，他给我讲过我碎爸，说我碎爸特别能打仗，在游击队干了不几年时间，就担任了北山游击队大队长的职务。我查过资料，知道北山游击队当年活动的范围，既有扶风、岐山、凤翔三县北部的山区，还有麟游、旬邑等山区。北山游击队开辟了一条关中通往圣地延安的秘密通道，我碎爸他们在这条通道上，护送过多批次的革命热血青年，但最常执行的任务，是向圣地延安输送从宝鸡套购来的药品，以及枪支弹药等其他物资。

我父亲吴俊番，在他快咽气的时候，叫来了碎爸吴天合，当时我们兄弟也都在场。父亲像是说给我碎爸，又像是说给我们兄弟听，他要我碎爸记着大伯，到碎爸也倒头时，给大伯做副棺材，让大伯陪着碎爸一起走。

父亲给我碎爸说了："咱们不能不顾大哥，让大哥流落他乡。"

我碎爸眼里含着泪，给我父亲郑重地点了头。

碎爸的郑重点头，让在场的我震惊不已。要知道，我父亲咽气在"文化大革命"期间，碎爸点头答应我的父亲，在他去世后，和大伯合葬在一起，是不可思议的。

我的碎爸真是能活，快百岁时，才无灾无病地辞世而去。我记着那一年那一天，即2008年8月18日，我碎爸的大儿子吴田平陪在碎爸的身边，碎爸把他给我父亲点头应承的事，说给了他的儿子吴田平。我接到报丧，从西安往老家赶，在我乘车将要进高速公路收费站时，我的手机响了，是离休在省委东院的牟玲生老书记打来的，他让我到他一直保留着的办公室去一下。我掉转车头，当即去见这位省委原副书记牟老叔。老叔为我碎爸写了一个挽幛，说自己人老了，腿硬了，去不了我碎爸的灵前，让我把他写的挽幛捎回去，在我碎爸的灵前代他念一念。我答应了牟老叔，带着他写的挽幛，回到扶风县北的老家闫村。进门看见，并排陈列着两口黑漆棺材。

我知道，两口棺材，一口是我碎爸的，一口是我大伯的。

我匍匐着给我碎爸下头，田平兄拉住了我，让我先给大伯下头。田平兄说是碎爸最后叮咛他的，孝子下头，都要先给大伯下。我照着田平兄的指教，下着头不由热泪盈眶，痛哭失声。到这时，我才真切地感到，亲人终是亲人，大伯为国为家抗击日寇，杳无音讯，但他从来都没有消失，一直活在亲人们的心中。

亲兄热弟的碎爸与大伯合葬在了我们村的公坟里。但我不认为这是结束，身在西安报业集团担任职务的我，还想着要找到我的大伯。他是东渡黄河在中条山抗战时失踪的，我便把我的注意力，首先集中在中条山抗战遗址上。《西安晚报》上登载的烈士名单，给了我很大的希望，但我把消息告诉老家的田平兄后，他凭他的记忆，并走访了村里几位知底的老人，最终确定，这位叫“吴俊德”的烈士，不是我大伯，我大伯叫吴俊岐。

我有点失望，但不是很失望，烈士吴俊德也是我们村上人。

我们村因此沸腾了好些天。大家既怀着对烈士的崇敬，又怀着对亲人的爱戴，组织起专门的班子，去了一趟中条山，在镌刻着吴俊德姓名的烈士碑前，祭了酒、敬了香、烧了纸，然后把香灰、纸灰收集起来，带回我们村，在村子的公坟里，制了一副棺材，盛放上收集回来的香灰和纸灰，掩埋好堆起一座坟头。唢呐声声，哀乐阵阵，村里人集体为抗日烈士吴俊德举办了一个追思会。

追思会上，我大伯吴俊岐享受到了和吴俊德一样的礼遇。

我参加了村里举办的追思会，并且发言，说了这些年我寻找大伯的经历。我说了，我虽然还没找到大伯，但我找到了许多像大伯一样，英勇奋战在中条山和黄河一线的抗日英雄们，并且搜集了他们的故事。

我要写出他们来，我写出的是：

上篇

废戒

一

“这是一块肉，一块从我手心剜下来的肉，你把它吃了。”

抗日战争胜利七十周年前夕，我去禹王庙拜访果信法师，他开口就给我讲了起首那句话。他说事过七十多年了，师父尚云当年给他说的这句话，还像惊雷一般时常轰响在他的耳畔，让他不敢回想，但又不能不去回想。尚云师父让他吞食从自己手心剜下的肉，目的清楚明了，就是要他废戒的。

尚云师父让他废戒做什么呢？师父没说，果信法师说他知道，师父是要他去杀日本鬼子的。

妄言三个月亡我中国的日本鬼子，于1937年7月7日卢沟桥事变后，在不到20天的时间里，相继占领我国华北重镇北平、天津。骄狂的日军以此为契机，兵分两路，南下北进。虽然战局的发展，证明日军“三月内灭亡中国”的叫嚣不过是狂犬吠日、痴人说梦，但侵略者攻城略地的速度还是罕见的。数月之间，在华东的日军先后占领了上海、常州、扬州、芜湖、杭州……我国江南地区的半壁江山，都在日寇的铁蹄下呻吟。12月13日，国民政府首都南京沦陷，国民政府仓皇退守武汉。日本鬼子在制造了惨绝人寰的南京大屠杀后，战火迅速向中原蔓延。而在华北的日军则沿着长城一线，越过冀中平原，进入山西，于9月15日攻下大同，11月18日占领太原。此前此后，英勇的中国军队虽在平型关、忻口、娘子关等处，也组织了几场大规模的阻击战，使日军损兵折将，但却未能灭其气焰。1938年初，日寇控制了同蒲铁路，黄河两岸的临汾、运城、永济、平陆等地相继失守。3月下旬，日军的牛岛、川岸师团，兵临黄河，图谋西进，直取黄河以西的陕西、甘肃、青海、新疆，进而攻击西南的四川、云南和贵州。尚云师父其时为禹王庙的住持，果信是尚云师父最为看重的徒弟。他们师徒虽身在佛门清净之地，但也耳闻了日寇侵略我们国家的种种暴行。他们如一切有血性的中国人一样，义愤填膺，恨不能脱下裹身的袈裟，到抗击日寇的前线去杀敌报国。

日本鬼子陈兵黄河东岸，他们耀武扬威，打冷枪、放冷炮，住持禹王庙的尚云师父和他的徒弟果信听得见，也看得到。他们同时看到的还有像鹞鹰一样的铁家伙，从黄河东岸不知什么地方飞起来，直扑黄河西岸，掠过禹王庙的上空，向远处的渭南城、西安城、宝鸡城而去，凶恶的鹞鹰每飞临禹王庙一次，尚云师父和徒弟果信就会听说，渭南城被炸了，西安城被炸了，宝鸡城被炸了……炸弹瞬间爆发的巨响，像鬼叫一般狰狞，炸得一条街墙倒房塌，炸得一街人腿断胳膊断……尚云师父不会飞，他要飞得起来，就从禹王庙飞起来，拦截住日寇那鹞鹰似的钢铁怪物，就在黄河上空，搏杀他个你死我活。出家半个多世纪，遁入佛门已接近八十岁高龄的尚云师父，没有飞天的本事，他拿日寇的轰炸没有办法，就只有在他主持的禹王庙里，比以往更勤奋、更专注，也更虔诚地早课、午课、晚课，引领果信他们一班徒弟，焚香念佛，期望可以感化日本侵略者，使他们放下屠刀，同时期望被日本鬼子和他们的飞机杀死和炸死的中国百姓，能够超度重生……一心向佛的尚云师父，甚至还烧香给远古的圣人禹王爷，期望他老人家像当年治理水患、救民于苦难一样，施展魔力，“治理”凶恶的日本鬼子！

挥舞着屠刀的日本鬼子，可不就是一股残害百姓的洪水猛兽！

公元1938年3月23日，也是农历的二月初二，龙抬头的日子，禹王庙一年一度的龙王大会如期而至，四乡八村的百姓，还像往年一般，蜂拥着来为禹王爷过会了。

禹王爷是谁呀？远古时的圣王哩，普天之下，皆为水泽，老百姓苦不堪言，是禹王爷三过家门而不入，舍生忘死，带领大家治理水患，才有了天下百姓安居乐业的好日子。禹王爷在治水的过程中，他在水患最为严重的禹门口，举起开山巨斧，在波涛中劈开一道山口，引导黄河之水，千里万里，直接注入大海……禹王爷的恩德，谁能忘记？谁敢忘记？而且，还有一个传说在禹门口流传着，说是生活在黄河大浪里的鲤鱼，在禹王爷庙会这一天，都会集体来跃龙门，哪条鲤鱼跳得高，能够跃过龙门，它就会鱼龙变化，变成一条金光闪闪的活龙；而跃不过龙门的鱼，就只能还是一条挣扎在浪涛里的鲤鱼。所以，在庙会期间，来禹门口观看鲤鱼争跃龙门的景观，是很吸引人的。而前来观看鱼跃龙门的人，又多是读书之人，大家分散在禹门口，列席置酒者有之，弹琴鼓瑟者亦有之，此外还有焚香祷告的人。面熟点儿的，神秘地打个招呼；如不相识，就只目光相视一下即可。大家都有自己的心事，就是想在禹门口争跃龙门的群鱼里，找到一条可心的鲤鱼，把自己的心中所愿，寄托给这条鲤鱼，希望这条鲤鱼能够脱颖而出，跃过龙门，那他自己也会如跃过龙门的鲤鱼一样，即便是不能化龙，也是会有一个光辉灿烂的前程的……清朝乾隆年间，家在禹门口不远处的士人王杰，就在二月二的禹王爷庙会上，前来禹门口观鱼，他把自己的心愿寄托给了一条黄河鲤鱼，他不仅为身负他的寄托的鲤鱼弹琴鼓瑟，还为那条鲤鱼现场赋诗，加油鼓劲儿。

诗曰：

峡谷翻波跃龙门，黄汤如练倾似盆。
才辞水殿迎风浪，又作天骄攀长虹。
纵是万千锦鳞新，只需一尾点朱印。
未知极乐凌霄花，作别浮尘前路雄。

王杰为他作的这首律诗起名为《鲤鱼跃龙门》。此后的日子，他自己也确如跃过龙门的那条鲤鱼，参加科举考试。先在地方乡试，再赴京城会试，最后又在皇帝的眼皮子底下殿试。他每试必中，被乾隆皇帝朱笔一点，高中了状元，骑大马、戴红花，于京城之中光光彩彩地夸了街后，回到故乡来，把他作的《鲤鱼跃龙门》诗稿，拿到禹门口点火烧着，祭奠了那条黄河鲤鱼。

这个故事被越传越神，不仅禹门口附近的学人士子要来，许多怀揣梦想的他乡的学人士子，千里万里的也要来，观看鲤鱼跃龙门，寄托自己的雄心大志。所以，1938年农历二月二的禹王庙大会，学人士子不顾日本鬼子的逼近，依然蜂拥而来，聚集在地势狭窄的禹门口，展现出一种坚决抗日的精神。此时此刻，激流中的鲤鱼，好像也比往年活跃，在波涛里跳跃得更为欢实。

与禹门口观看鲤鱼跃龙门的学人士子遥相呼应的，是禹王庙前的人群，熙熙攘攘，如江涛翻滚，似海潮翻卷……大家之所以聚集在此，目的只有一个：迎接神圣的禹王爷出庙巡游。

这是禹王庙庙会的重头戏，年年如此，但这一年来的人更多，仪式也更隆重。所以如此，大家嘴上不说，却都心照不宣，众志成城，表达对侵华日军的抗争决心。

供奉着禹王爷的禹王庙住持尚云师父，率领他的高徒果信等人，早在几天前，就为禹王爷扎好了轿子，也换上了新装，就等着这一天，抬举着禹王爷的塑像出来巡游了。日近中午，禹王庙旗幡飘摇，香火缭绕，尚云师父穿一身崭新的玄色法袍，与果信等一众徒弟，跪在已经安置在轿子上的禹王爷塑像前，三拜九叩，嘴里念念有词。距离近的人，听得清尚云师父的祷告，祈求神圣的禹王爷显灵人间，驱逐日寇，保民安康！庄严肃穆的叩拜祷告仪式过后，尚云师父缓缓地站起身来，对着禹王爷的塑像，又双手合十，垂首静默了一会儿，这才说出一句："起轿巡游。"他的话音刚落，就有果信等八位徒弟，散在轿子四周，肩负轿杠，抬起禹王爷，往庙门口走去。他们走得沉重，走得坚定，走出了庙门……在庙门外，也早有八位身穿青衣青裤的大汉，等着他们走来，要从果信等人肩上来接禹王爷了。

喧天的锣鼓，还有万众的呐喊，响彻了滚滚滔滔的黄河，同时也遮盖了飞过禹王庙上空的日寇轰炸机的轰鸣声。大家虔敬地抬举着禹王爷的塑像，巡游在禹王庙前的长街上，一街两行的人，男男女女，老老少少；一街两行的生意，滚烫的小油锅里，炸着麻花和油糕，翻卷的大汤锅里，煮着猪肉和羊肉，还有早已蒸好的凉皮、荤素包子和花卷，以及打好的凉粉和蜜糖甜饭等，不一而足。此外，还有买卖杈把扫帚、日用杂货的；场子宽一点儿的地方，还夹杂着三两处玩杂耍、卖大力丸的……禹王爷的塑像巡游过来了，密密匝匝的人群，推推搡搡，自觉要让出一条通道，让禹王爷的轿子顺顺利利地往前巡游而去。青衣青裤的僧侣抬举一会儿禹王爷，果信等住在禹王庙修行的青壮和尚接过来，再抬举一会儿。尚云师父则寸步不离地手扶轿身，随在禹王爷塑像一边，一脸的庄重，一脸的肃然。他举目前方，眼睛里却满是激愤和忧伤……过去的年份，到了农历二月二，尚云师父像今天一样，也要陪侍在禹王爷塑像的身边，在长街上巡游的，游了前街游后街，游了后街游背巷，不把禹王庙周遭的街街巷巷游遍，是不会回禹王庙的。那些时候，陪侍禹王爷塑像巡游的尚云师父，表情是平静的、和善的，四乡八村的乡亲们，参加禹王庙庙会，看惯了禹王爷塑像的巡游，也看惯了陪侍禹王爷塑像巡游的尚云师父，那样看过了，四乡八村的乡亲们散会后，回到各自家里，都会睡一个平和安然的觉，把一年的日子舒心愉快地过下来。这一次巡游，尚云师父的眼睛里起了变化。他的这一变化让一街两行跟会做生意的人看见了，大家也像受了尚云师父的传染一样，眼睛里都起了变化，再看抬举在轿子上的禹王爷塑像，他老人家的眼睛，似乎也充满了激愤和忧伤。

尚云师父，以及禹王爷的塑像，还有满大街的人，眼睛里之所以不同于往年，而变得激愤和忧伤，根本的原因就是打到黄河东岸的日本鬼子。

伴随在禹王爷轿子两侧的，各有一位装扮怪异的高头大汉，他俩如魔似妖，据说是禹王爷当年治水时的两位偏将，因帮助禹王爷治水有功，所以在禹王爷二月二巡游的时候，他俩也是一定要伴游的。不过，两位不能空着手闲游，而是一人手里拿一根由粗到细的麻鞭，伴游在禹王爷塑像的两侧，不时地要挥舞一下。长长的麻鞭挥舞起来时，仿佛一条金黄的长蛇，在空气中嗡嗡作响，绕出一个连一个的花子，到要翻下来时，不偏不倚，刚巧会抽在禹王爷塑像前妨碍巡游的某一个人身上。那人不能恼不能躁，只能迅速躲开，融入人群，让禹王爷宽宽展展地继续向前巡游。巡游到街边的生意摊前时，无论炸麻花炸油糕的，无论煮猪肉煮羊肉的，也无论卖包子卖凉皮的……只要禹王爷的塑像巡游过来了，就会自觉地为禹王爷的塑像供奉上他们亲手做的麻花油糕、猪肉羊肉、包子凉皮……抬举着禹王爷的轿子上，满是大家供献的食物，有讨吃讨喝的，赶着点儿，可以取来自食，还可以分送给街边年老体弱的人享用。巡游着的禹王爷沿街走着，这就走到一个杂耍的场子边，轮换着歇下肩来的果信和尚，看见杂耍的人是一条虎实的汉子，他正在一个圈子里玩红缨枪，几个腾挪旋转，左刺右戳的把戏玩过，就把红缨枪一端的刀刃，按在自己的咽喉上，让他的一位同伴，腆着肚皮，顶住红缨枪的枪柄，他则用力向前，把红缨枪的枪柄向前逼得都弯成了一张弓……围观的人群，这时都惊呼起来，唯恐尖利的枪尖刺穿杂耍汉子的喉咙！

大家的惊呼声是巨大的，几乎与大家的惊呼同时，满街道的人，都听到了一个山裂石开的爆炸声——那是日本鬼子的轰炸机从空中扔下来的炸弹爆炸声，头几个扔在禹门口观看鱼跃龙门的人群里，炸死炸伤了几十个人！接下来，鹞鹰似的轰炸机，飞到了禹王庙的上头，一个两个三个……下饺子一样，往庙院里扔下了十多个巨大的炸弹，炸得数千年的禹王庙房塌墙倒，一片狼藉；鬼子的轰炸机又隆隆地腾空飞来，向街巷里的人头上扔，有一个不偏不倚，刚好扔在禹王爷巡游的轿子上，先把轿子和禹王爷的塑像砸了个稀烂，接着爆炸开来，把周边几十个人，炸得非死即伤。千钧一发之际，陪在禹王爷塑像旁的尚云师父，扑爬在果信的身上，使果信毫发无损，他自己则被破碎了的弹片，不仅炸得遍体鳞伤，一条腿还彻底被炸离了他的身子。

二

六岁的温玉让昏昏沉沉睁开眼睛，渐渐清晰在他瞳仁里的人，是他还不认识的尚云师父。

一身玄色衣衫的尚云师父，慈眉善目。在师父的身边，还有一位穿着青色粗布衣褂的老男人。温玉让想得出来，粗布衣褂上打着许多补丁的老男人，和他死去的父亲一样，是个在太阳下春种秋收的老农民呢。太阳的光线，像一片片金黄的飞刀，在老人的脸上，雕刻出一道一道的深沟，让他的脸面仿佛一颗风干的核桃，这样的脸，与尚云师父圆乎乎的脸比起来，是精瘦的，是冷硬的。正因为精瘦冷硬，温玉让看上去，才觉得亲切，觉得亲近。他想象，父亲生前的脸面，也就是这个样子，精瘦冷硬。

温玉让乐见老男人像他父亲一样的脸面，当然也乐见尚云师父圆润白净的脸。睁眼看着眼前的两个人，温玉让的眼睛湿了起来，他不敢眨眼，一眨眼，就是一串亮晶晶的泪珠儿，从他的眼角滚滚而出。

有只小小的手，伸过来给温玉让擦泪了。

小手胖胖的，每个手指都如玉雕的福豆，轻轻地滑在温玉让的眼角上，让他流着的泪，不仅没有止住，反而流得更多，稀里哗啦地，仿佛一条流不干的小河。

这时候的温玉让，还不知道伸手给他擦泪的小女孩姓什么叫什么，但他肯定，他认识这个小女孩，而小女孩也认识他。他和母亲是从河南逃到陕西讨饭的，小女孩和她父亲也是。这时的温玉让还太小，想不了太大的问题，他只是在逃难的路上，问过他的母亲："我们的家乡就不好吗？为什么离乡背井地往黄河西边的陕西逃？陕西就比咱河南好吗？"温玉让问了几次，开始时，母亲不回答他，只管拉着他往西、往西，逃过黄河，在陕西从这个村子讨到另一个村子。母亲不回答温玉让，那是因为母亲如温玉让一样，也不知道陕西有什么好。他们讨了不知多少个村庄，讨过了多长的路，就是儿子温玉让不问母亲，母亲也要问自己了——他们河南老家的地，他们河南老家的水，他们河南老家的人，都不比相邻的陕西差什么，但他们河南老家，因为天灾，还因为人祸，总要闹饥荒，饥荒的年月，要逃难了，不往相邻的安徽逃，不往相邻的湖北逃，当然也不会往相邻的河北、山西逃，就只闷着头，一股劲儿往陕西逃。

儿子温玉让的这个问题问得多了，母亲回答了他。

母亲说："我也不知道。"

温玉让歪着脑袋，不解地又问了母亲一句："不是咱一家往陕西逃，咱们河南人都往陕西逃。咱们都逃啥呢？"

母亲这次明确地回答了温玉让，说："逃命么。"

温玉让听懂了母亲的话，他重重地点了点头。

但是温玉让没法知道，他和母亲说了这些话不久，母亲就把自己的命丢了。温玉让对父亲的记忆是模糊的，母亲告诉他，他是有父亲的，他也相信他有父亲，但他从来没有见过父亲的面，他所记忆和知道的，就是跟在母亲的身边，在陕西的地面上讨饭，讨到哪里黑了，就在那里歇一晚，天亮爬起来，跟着母亲再去讨饭……他不知道名字的小姑娘和她父亲，像他和他母亲一样，也在日复一日地转村讨饭，他们有时候就讨到一个村子，或是温玉让和母亲刚讨过这个村子要走，小姑娘和她父亲一前一后往这个村子进；或是小姑娘和她父亲讨过这个村子要走，他和母亲一前一后往这个村子进。讨饭的人，也有他们讨饭的忌讳，不像乡里乡亲的本乡人，见面是要打声招呼的，一个招呼一个"吃了没有"，一个招呼一个"喝了没有"，吃不吃，喝不喝，在这里一点儿内容都没有，你吃了你喝了，招呼的人并不当一回事，纯粹是为了招呼。招呼过了，你走你的，我走我的，连头都不回。讨饭的人，碰了面是不打招呼的，自然也不会说别的话，甚至一个见了一个，还要躲一躲。当然，这只限于讨饭队伍里的成年人，孩子们就不一样。孩子们不知道那种忌讳，碰面了，虽像大人一样也不招呼说话，但一个会把一个看上一眼，哪怕是走过了，回过头来，还要再看一眼。

温玉让和小姑娘，就这么在讨饭的过程中，你一眼，我一眼，相互看了好几眼，所以说，他们是早就认识了。

几天前，温玉让和小姑娘还碰了一面。

他们一个跟着母亲，一个跟着父亲，在远离村庄的一条小道上碰面了。像在村子里碰面一样，母亲和小姑娘的父亲依然没有说话，因为路窄，母亲和小姑娘的父亲在走过时，还都背对着背，侧着身子过去。温玉让紧紧跟在母亲的身后，很自然的，小姑娘也紧紧跟着她的父亲。就在他们都要走过去时，温玉让的母亲伸手抓住了小姑娘，把小姑娘拉进自己的怀里，给小姑娘暖暖和和地说了一句话。

母亲说："不忙走，大姨给你把衣裳补一补。"

小姑娘的衣裳的确是需要补一补了呢！上身的醋红色小衣裳，前胸后背，有三处破了的洞眼，而下身的黑色小裤子上，一左一右，也都有一处洞眼。上身小衣裳的洞眼，不知是小姑娘自己，还是小姑娘的父亲，在路边的酸枣树上摘了几个刺针，简单地别了别；而下身小裤子上的洞眼，不好用酸枣树上的刺针别，所以就都开着，看得见小姑娘细白的肌肤。小姑娘是已知道羞脸了，温玉让的母亲把她拉进怀里，说要给她补衣裳，她即乖乖地偎在温玉让母亲的怀里，低下头，不看她的父亲，也不看温玉让，就等着温玉让的母亲给她补衣裳了。

小姑娘的父亲听得懂，温玉让的母亲把话虽然是说给他女儿的，其实是让他听的。他听到了，心里感激着温玉让的母亲，却还遵循着他们讨饭人的规矩，没和温玉让的母亲说话，只是埋着头，自个儿往前走了几步，躲开温玉让母亲的眼光，任凭温玉让的母亲给他女儿补衣裳。

温玉让的母亲把小姑娘拥进她的怀里，把她随身带着的一个蓝布包袱解开来，取出针和线，还有几块小布头，在小姑娘衣裳破洞的地方比比画画，看着花色和大小，首先确定下小布头，这便穿针引线，熟练而小心地给小姑娘补了起来。上身衣裳的几个小补丁，温玉让的母亲像是扎花似的，都补成了一朵一朵的干枝梅花，下身裤子的破洞，则结结实实地补成同色的布料，不仔细看，就还看不出补丁的样子来……温玉让的母亲给小姑娘补好衣裳，让小姑娘从她怀里走出来，要小姑娘自己看，小姑娘听话地看了，她看一眼上身衣裳的这一个补丁，就把她的小手抚摸在那个干枝梅花似的补丁上，她一个一个地看，一个一个地摸。到她看了一遍，摸了一遍后，抬起头来看温玉让的母亲时，小姑娘的眼睛里就都是感激的泪水。

温玉让在旁边看见了，他走过去，抬起手来，用他的小手指，给小姑娘抹着泪，并把他刚在路边草丛里找到的两枚小小的蒿瓜瓜，塞在了小姑娘的手里，给她说，很甜的，你吃。

这次邂逅之后，温玉让和母亲，再没有碰见过小姑娘和她父亲。直到这个不幸的一天，温玉让和母亲转村讨饭累了，在黄河边一处前不着村、后不着店的地方歇脚，母亲的年纪大了，脚硬腿硬，靠着一棵老榆树坐下来，不一会儿竟困得睡了过去。温玉让年纪小，脚软腿软，他在母亲靠着老榆树坐下时，也乖乖地挨着母亲坐下来。但就在母亲睡着的时候，他在不远的草丛里，发现了一个成熟了的蒿瓜瓜，不是很大，就他的大拇指肚一般，但熟得饱满，绿汪汪的，十分诱人。温玉让从母亲身边站起来，撵着蒿瓜瓜而去，摘下来，塞进嘴里，只是上牙和下牙轻轻地一碰，蒿瓜瓜就碎在了他的嘴里，漫出满嘴的香与甜……温玉让吃不起作为商品买卖的大甜瓜和大西瓜，他能吃的就是这些长在野草里的蒿瓜瓜。他今天是幸运的，刚发现一个蒿瓜瓜，摘下来吃了，就又发现了一个，他没有迟疑，追着另一个蒿瓜瓜，摘下来，还往他嘴里塞。他把自己的嘴都“香甜”了七八个蒿瓜瓜了，他不能再敬嘴了，他要摘下几个来，攒着让母亲也“香甜”一下嘴巴，所以，他寻寻觅觅，又摘了几个蒿瓜瓜，这就踢踏着草丛，往母亲歇脚的老榆树下走来了。他不知脚下的草丛有蛇，而且是毒性很强的七寸蛇，他只管踢踏踢踏地在草丛里走，赶着一条七寸蛇。那蛇像支射出的箭，直往母亲昏睡着的老榆树下窜去，在母亲裸着的脚腕上咬了一口，母亲被七寸蛇咬得猛醒过来，惨痛地叫了一声。这一切，被赶在母亲身边的温玉让看见了，也听见了。他扔了手里捧着的蒿瓜瓜，扑到母亲身边，把咬了母亲一口的那条七寸蛇拽住尾巴一摔，他是想把七寸蛇摔死的，但却没有，反被摔出去弹回来的七寸蛇，在他的手背上，也狠狠地咬了一口，他像刚被七寸蛇咬过的母亲一样，也极为惨痛地叫了一声。

母亲顾不得自己已被七寸蛇咬了的痛苦，扑过来救援儿子温玉让，把被七寸蛇咬过的温玉让揽进怀里，双双跌坐在老榆树下。母亲拉过温玉让的手，在他被七寸蛇咬过的地方，把嘴紧紧地贴上去，咂着蛇伤的洞眼，努力地吮吸着，吮咂出一点儿血水来，吐到一边，就又把嘴紧贴上去，努力地吮咂……可她还没有吮咂几口，自己被蛇咬过的脚腕，就一点点的青，一点点的肿，不大一会儿，她自己就先软塌塌瘫在地上，撒开了拥着儿子温玉让的手；而温玉让，也渐渐地失去了知觉，瘫在了母亲的身边。

翻滚着的黄河涛声，一波一波地往温玉让的耳朵里钻，还有一轻一重两个人的脚步声，也往他的耳朵里钻，但他就是睁不开眼睛，醒不过来，可他意识得到，他被七寸蛇咬了后，现在在一个人的背上趴着，还有他被七寸蛇咬了的母亲，也在一个人的背上趴着。他们脚步匆匆地背着他娘儿俩，往前一直地跑着、跑着，跑进了一片干爽阴凉的地方，他被放在了一张床上，他母亲被放在了另一张床上。

过去了多长时间呢？

温玉让不知道，直到他睁开眼睛时，一盏如豆的灯光，照着他，让他看见了围着他的尚云师父，以及小姑娘和她的父亲……他和母亲是被小姑娘与她父亲发现后，背到禹王庙里来的。尚云师父有一手治疗蛇伤的方法，温玉让得救了，可他的母亲，却再没有睁开眼睛，永远地离开了温玉让。

三

被炸得七零八落的禹王庙，除了残砖碎石，就是破窗烂门和散碎的木椽檩头，随便拣拾一下，就在禹王庙的大殿遗址前，堆起一座不小的柴堆。受伤严重的尚云师父，神态静穆地坐在柴堆上，被日本鬼子飞机炸断的那条腿，就光溜溜、白森森地搁在他的手边。他用手撑着，抬起头来看着天空，天是阴的，阴得仿佛拧得出水来，他看了好一阵子，然后低下头来，看定默立在柴堆前的果信，要他到他跟前来。果信听话地走近了柴堆，就在这时，一个让果信永远不能忘怀的事情发生了。

尚云师父把他揣在怀里的一个小布包取了出来。

这个玄黄色的小布包，果信太熟悉了，他之所以被七寸蛇咬后还能活过来，就是多亏了尚云师父的这个小布包。他以后留在禹王庙，从俗人温玉让而受戒为如今的果信，还多次见证了尚云师父这个小布包的神奇。其中有十几根银针，粗粗细细，长长短短，粗的比头发丝粗，细的比头发丝细，长的比五指长，短的比五指短，除了这粗细长短不一的银针外，还有两把小小的刀片。被七寸蛇咬了还是俗人的温玉让，还有他的母亲，由小姑娘背着他，小姑娘的父亲背着他的母亲，来到禹王庙。义务行医的尚云师父，立即用他小布包里的小刀片，在火上烧了烧，就在温玉让和他母亲被七寸蛇咬过的伤口上，开刀放血了。这是治疗蛇毒最为直接有效的方法，除此而外，还有尚云师父配制的药丸，开水服用，协助排除蛇毒。温玉让和他母亲遭遇七寸蛇的毒害，他母亲比他严重，尚云师父给他母亲也放了血、服了药丸，可他母亲没能活下来；他放了血，服了药后，活了下来，主要是他受七寸蛇的毒害要小一些。尚云师父的小刀片，是温玉让活命的一个关键，所以他对小刀片和那粗细长短不一的银针，特别有感情。

后来的日子，俗人温玉让成了出世的果信，皈依在禹王庙里，成了尚云师父忠贞不贰的徒弟。师父在教授徒弟“南无阿弥陀佛”的同时，还毫无保留地教授徒弟针灸术和放血疗法。当地的乡亲们，还有黄河东岸的老百姓，有了不能解决的疾病，便带上对禹王庙的布施，赶着木轮大车，或是乘着高帆木船，到禹王庙里来，求到尚云师父的跟前，接受尚云师父的治疗；该针灸治疗的疾病，尚云师父就给上门来的施主针灸治疗；该放血治疗的疾病，尚云师父就给上门来的施主放血治疗。尚云师父在给上门的施主治疗疾病的时候，是一定要喊来果信的，让他跟在他的身边，一方面做他的助手，一方面学习他的针灸医术和放血疗法。染病求医的施主，无法计数地在尚云师父的针灸下恢复过来，在尚云师父的小刀片下好了起来。尚云师父玄黄色的小布包，以及小布包里的银针和刀片，在果信的眼里，就是救民苦难的神仙针和神仙刀。

随在尚云师父的身边，果信见识着小小银针的神奇，见识着小小刀片的神奇，与此同时，他也渐渐地学会了使用银针为上门来的施主针灸，学会了使用刀片为上门来的施主放血。

今天，端坐在柴堆上的尚云师父，把玄黄色的小布包取出来，他没别的意思，他要传承给果信了。

但在尚云师父传承给果信之前，他把小布包打开来，取出小刀片，在他左手的手心剜了一块肉，丢给果信，让果信捧着；又在他右手的手心剜了一块肉，同样丢给果信，让果信捧着。

尚云师父说："你把师父的肉吞进肚子里吧。"

佛门清净之地，佛家忌食荤腥，便是猪呀羊呀，鸡呀鱼呀的，都是不能入口的，何况师父手心里的肉，果信又岂能吞咽下去！

果信没听师父的话，他手捧师父手心里的两块肉，恭敬而又呆呆地垂首站在尚云师父面前，仿佛风中的一棵小树，竟然不由自由地战栗了起来。

尚云师父还在给果信说："你说你是我的徒弟吗？"

果信鸡啄米似的点着头。

尚云师父说："你既然承认是我的徒弟，我说的话你怎么不听呢？"

果信没了办法，他无声地哭了起来，两丸血红的眼珠，仿佛两眼带血的泉水，扑簌簌往出滚着泪珠，啪嗒嗒往果信的脚下掉，把他脚下的灰尘，砸出一个一个的泪坑……果信和着他的眼泪，把尚云师父从他手心剜下来的两块肉，吞进了嘴里，咽下了肚子。

就在此刻，尚云师父把泼了油的柴堆自觉点燃起来，顷刻之间，熊熊的大火就把尚云师父吞没了。玄黄色的小布包，从火海里被师父扔了出来，不偏不倚，正好落在果信的怀里，果信眼看着燃烧的火堆，和火堆里从容不迫的师父，他跪在了地上，泣不成声。像果信一样跪倒在地的，还有禹王庙一众出家修行的佛教信徒，以及成百上千闻讯赶来的当地百姓，大家不约而同，跪倒在地，泣不成声。

师父尚云最后说的两句话，在烈焰中仿佛雷鸣般传了出来。

师父尚云说："果信你听好，你废戒了！"

师父尚云说："从今你又是温玉让了！"

被师父尚云两块手心的肉废戒了的果信，转身又成了俗人温玉让后，他该做什么呢？这一点师父尚云没有直接说，但是温玉让的心里，像被师父尚云的小刀片在他眼前划了一刀似的，为他开出了一面天窗，他知道自己唯有抗日，坚决抗日一件事可干、能干、必须干，除此别无他途。

在师父尚云火焚的现场，不知是谁先怒吼起来的。那一声像禹门口黄河的怒涛一样，石破天惊，响彻云霄：

"打垮日本鬼子！"

跟着这声怒吼的，是千人百众的呼应："打垮日本鬼子！"

众人的呼应刚落音，又是一声愤怒的呼号：

“把日本鬼子赶出中国去！”

千人百众的回应紧跟着又起来了：

“把日本鬼子赶出中国去！”

现场的一隅，有一张长条桌，在长条桌的两侧，各戳了一根木杆，在木杆的顶头，横空悬挂着一面条幅，上有“国民革命军第三十八军抗日征兵处”的墨色大字。三位身着戎装的军人，一人坐在条桌后边，两人肃立条桌的两边，接待着自愿参军抗日的青壮年。报名参军的人排起了队，轮到谁了，就往条桌前走近一步，报上自己的名字和籍贯，就有学生模样的年轻姑娘，手捧红花，给报了名的青壮年戴在胸前……废了戒的温玉让，也很自觉地排进了报名参军的队列里。和队列里黑衣黑裤的青壮庄稼汉不一样，温玉让是特别的，他一身玄黄色的佛家袍服，亦步亦趋地往报名桌前挪着，渐渐地挪到了条桌跟前，他向报名的军人报告：

“我，温玉让，籍贯河南，自愿参军打鬼子！”

温玉让的声音是洪亮的，不仅是接待报名的三位青年军人听到了，周围踊跃报名的青壮年都听到了，大家不约而同地为他鼓起了掌，先还稀稀拉拉的几个人，紧跟着就是一片。不过，接待报名的青年军人，虽然都有比较丰富的征兵经历，却从来没有接待过一个和尚，他们愣住了。

坐在条桌后边的军人，是一位管事的人吧，他愣了愣，问：“你……是位出家人？”

温玉让回答他：“我已废戒了！”

管事的军人不解，说：“什么废戒？”

温玉让说：“师父把他手心的肉割给我吃了。我还了俗，不再是出家人。”

管事的军人听懂了温玉让的话，说：“你等一下，我们请示一下上峰再回答你。”

这样的回答，让温玉让发急，他站在条桌前，慷慨地争辩起来：“人无分老幼，地无分南北，大家都有抗日保国的责任，我为什么不能？不用请示你们的上峰，我报名我做主，我要打鬼子，为我的师父报仇！”

温玉让在为自己参军抗日的事大声争辩的时候，师父尚云自焚的火光，倏忽又鲜活地出现在了他的眼前。

师父尚云决心自焚，作为弟子的温玉让，是劝阻过师父的。

那是一场血与火的对话呢，就发生在被鬼子飞机炸毁的禹王庙废墟上。是夜，阴云散去，一轮灿烂的明月高挂在风不吹、云不遮的天空，无数的星星，闪耀着千姿百态的光辉。身被鬼子飞机炸伤的尚云师父，就躺在禹王庙废墟的一张横搭的门板上，大睁着眼睛不能入睡，而守在师父身边的温玉让和禹王庙其他出家之人，也都一夜没能入睡。而长长的一个晚上，师父尚云没有说话，温玉让没有说话，其他人也都没有话，他们听到的只是滚滚滔滔的黄河水，在禹门口泛滥着巨大的涛声，轰轰隆隆，轰轰隆隆……天亮时分，尚云师父把他一夜的深思，告诉了温玉让和禹王庙里其他的出家人。

师父尚云说：“你们去吧，给我搭一堆柴火。”

温玉让有点儿不解，说：“搭一堆柴火？”

师父尚云说：“我想我是时候要走了。”

温玉让仍然不解，说：“师父要走？”

师父尚云说：“我要去给禹王爷说，也要给佛祖说，日本鬼子把咱的庙宇炸平了！”

温玉让明白过来了，说：“师父您可不能走，禹王庙被鬼子炸平了，有您在，就还能再建起来，而且我们也不能没有师父您。”

师父尚云脸是冷凝的，说：“鬼子不灭，何以庙为？”

师父尚云说：“我要用我焚化的一场大火，燃烧起民族的抗日烈焰，烧灭掉禽兽不如的日本鬼子！”

站在条桌前的温玉让，回想着师父尚云的话，他把师父尚云传给他的玄黄色小布包打开，取出那片小刀，在他的食指尖上戳了一下，随即就有一枚亮汪汪的血珠流出来。温玉让没有难为征兵的人，他拿过征兵人员登记册，用他流动着血珠的食指，在登记册上写上了自己的名字。

四

整训和政训是密集的、严格的，来不得半点儿马虎和敷衍，必须全力以赴，才能跟上节奏。

温玉让以血书的方式报名参军抗日，被编在三十八军暂编独立团三营五连二排一班。他的班长就是在他血书报名参军现场的一位外号“猎人”的人，而他的排长亦是在他血书报名参军现场的一位外号叫“刀客”的人。还有他的连长，恰巧也是在他血书报名参军现场上那位造册登记大家姓名的人，他是韩城本地人，轻车熟路，他自己姓韩，就自豪地给自己起了个“韩城”的名字，跟着他们在黄河东岸的自己营地整训和政训。温玉让的班长之所以被大家伙儿叫“猎人”，那是因为班长入伍前，的确是一位手艺不错的猎人。关于班长猎人的传说很多，说他手里的一杆鸟铳，枪口一抬，无论天上飞的、地上跑的，只要在他的射程之内，不管什么猎物都没得跑。传说不好见证，但在整训时的射击场上，温玉让见识了班长的枪法，那的确是名不虚传。栽在地上的人头靶，他要打了，不论卧姿、跪姿和站姿，打出去脱不了十环。但他不爱打那样的死靶，天上要是有乌鸦飞过，地上要是有兔子窜过，他拿着枪也不瞄，抬手一颗子弹，飞着的乌鸦肯定会一头扎下地来，而蹿奔的兔子，也肯定会滚翻在地上。班长猎人说了，打活靶才过瘾。

排长“刀客”据说在黄龙山里钻过几年，是个名震四乡的刀客，侠肝义胆，见了不平事，他大吼一声，能上不能上，都要舍生忘死地干一把。他要的是他须臾不肯离身的一把大刀，这把大刀吃过人的血，只不过排长刀客夸他的大刀时，不说他的大刀吃的是人血，而是说吃的是豺狼虎豹的血，因为他用他的大刀，砍掉过劫人财命的土匪的头，也砍过夺人妻女的恶霸的头。他因此逃离家乡，躲了两年多的时间，被抓壮丁抓进了正规军里，他打仗舍得了命，不怕死，一步一步地就上到排长的位置上。

温玉让很是敬服他的班长猎人，同样敬重他的排长刀客，但是最敬重的人，还是要算连长韩城了。

识文断字的连长韩城，虽然有那么点儿书生气，却也不失关中人果敢刚毅的硬汉气。温玉让之所以能被分在他的连队，就是因为他坚持要来的，要来了，还把他安排在最为豪爽的排长刀客，以及最为侠义的班长猎人手下，希望他能向他俩学习，并能得到他俩的庇护。跟着尚云师父修佛的温玉让可是不傻，他懂得连长韩城对他的关爱，所以他在离开一片废墟的禹王庙后，跟着连长韩城决心抗日时，向韩城请了一天假，说给他的师父尚云要修一座灵塔，把师父的骨灰罐安顿在灵塔里。

连长韩城同意了温玉让的请求，不仅准了他的假，还带了排长刀客和班长猎人，到禹王庙后的半山坡上捡拾来废墟上的砖和石，与温玉让一起，为他师父尚云的骨灰罐垒筑了一座算不上规整合序的灵塔。这件事，让参加到抗日队伍里的温玉让，说不出多么感动。因此，在整训和政训的日子里，温玉让不仅在枪械格斗等整训项目中，练得刻苦有效，而且在思想意识等政训项目中，也学得极为用心用功，他把自己完全彻底地交到中华民族的抗战事业中去了。

温玉让等待着跨过黄河，去和日本鬼子拼个你死我活的机会，可是一个突发的事件，让他既没能在班长猎人的一班留下来，也没能在排长刀客的二排留下来，而是被连长一步抽调到连部，做了连部独一无二的卫生员。

温玉让随着班长猎人演练灵活机动的伏击战。他听班长猎人说，这种战术是排长刀客布置下来的，而排长刀客又是在听从连长韩城的部署安排下而练习来的。从上到下，传进温玉让耳朵里的是，这种战术是一本叫《论持久战》的书里讲的，而这本油印的小册子，一字一句，都是共产党在延安的领袖毛泽东主席研究撰写的。依据这本书的论述，共产党的八路军配合抗日国军，在娘子关以及忻口，把日本鬼子打了个落花流水，特别是后来的平型关大捷，完全是八路军自己设置了一个大口袋，让日本鬼子的坂垣师团钻进来，关起门来打狗，打了鬼子一个漂亮的伏击战。

打鬼子的伏击法，最见功夫的一点就是选择有利的地形，先把自己埋伏在阵地上，等着鬼子睁眉瞪眼往咱枪口上撞，往咱刀片上扑，尸横血飞。然而，完成这样的伏击，却并非易事，一个班、一个排、一个连、一个营、一个团，以及一个师的兵力，埋伏在阵地上，任凭日晒风吹，任凭虫咬霜浸，千人百众，都要静静地潜伏在自己隐身的地方，一个小时、两个小时、三个小时，一晌、两晌、三晌，甚至一天、两天、三天，都要如无人一般，可见风吹草动，而不能身动，这比真刀真枪地与日本鬼子拼杀都要难受呢！

整训的科目，就有这一项。

已有消息传说，温玉让所在的暂编独立团，就要东渡黄河抗日了。就在这个时候，他们连在连长韩城的带领下，夜半时分，神不知鬼不觉地来了一次潜伏演习。演习的地点就在黄河西岸的一处草滩上。草滩因为黄河水的滋润，生得葳葳蕤蕤，十分繁茂，既有迎风招展的咪咪茅、狗尾巴、牛涎水，还有铺地而生的地粘粘、车前子、夫子蔓……以班为单位，扯开十多里，温玉让他们半夜潜伏进草丛里，没有多长时间，所有人的衣裳被浓重的露水湿了个透，大家依照伏击前的战术要求，都没有动，静静地等来了日出，等到晌午的时候，火一样的太阳不仅晒干了湿透的衣裳，而且晒着没有任何遮掩的他们，把每一个人又都晒得浑身火烧火燎，一层一层的虚汗冒出来，又把衣裳汗湿得贴在了身上……他们没吃没喝的，饥饿难耐却又一动不动。周围有无数的蚊子和虫子，蚊子往人裸露的地方扑，虫子往人裤筒袖筒里钻，这样的苦和难，让人不能忍受却又不得不忍受……日头也像要潜伏似的，挂在天上，静静的只是放着热力，盼啊盼啊，等啊等啊，终于盼得斜向西天，差不多就要枕在西山顶头时分，突然刮起风来，隆隆的还有雷声在响，一片压在西山边上的黑云，铺天盖地往温玉让他们潜伏的黄河岸边压来，并且有了星星点点的雨珠，啪啪地往下砸。温玉让偏过脸来，他用眼睛去瞥身边不远的班长猎人，而班长猎人也正拿眼看他。温玉让听班长猎人说过，他过去打猎，找到猎物的踪迹后，也是要潜伏下来，利用地形地利优势，等待猎物出现，然后一枪结束猎物的性命。所以说，班长猎人是最有潜伏经验和功力的。可是，他此时脸色却十分难看，以至扭曲得非常狰狞。温玉让用眼瞥他，他从牙缝里给温玉让轻轻地挤出了一句话。

班长猎人说："我怕是被蛇咬了！"

温玉让被猎人的话惊了一下，回应他说："蛇！"

显然是，温玉让的话音大了，他和班长猎人左右潜伏着的人都听到了，而且又都吃惊地重复着说"蛇"，并且都还身不由己地都动了起来，蜷腿的蜷腿，缩胳膊的缩胳膊，这使被蛇咬了的班长猎人很不满意，他以命令的口气低低地又说了一声："安静！"

班长猎人说了这一声后，他青紫的脸支撑不住了，重重地砸在草皮上，一双亮汪汪的眼睛，也痛苦地紧闭了起来。

温玉让听到了班长猎人的命令，但他能接受他的命令安静下来吗？以他虽被师父废了戒，而实际还葆有着的一颗佛心，他是没法执行班长猎人的命令了。他从随身的衣袋里摸出师父尚云传给他的那个玄色小布包，取出那把月牙儿似的小刀片，爬伏到班长猎人的身边，找到他腿肚子上被蛇咬了的地方，像他的师父当年给他治疗蛇伤一样，切了一个小口子，把他的嘴贴上去，吸一口血出来，吐掉，再在伤口上吸，反反复复，直到吸不出血来。又从他趴卧的地方，扯来一株刺蓟芽、一株七叶草和一枝莲的草，塞进他的嘴里嚼着，嚼成糊状，糊在蛇伤处。等了一小会儿，温玉让还小心地取出几枚银闪闪的针，在班长猎人的鼻中隔、廉泉和天突位置，各扎进一针，然后轻轻地捻了捻，使进入轻度昏迷的班长猎人，持续哼哼了几声，就又慢慢睁开了眼睛。

班长猎人得救了。

班长猎人潜伏时被蛇所伤而沉着忍受的精神，事后被一级一级地报上去，排长刀客表扬了他，连长韩城表扬了他，便是温玉让不认识的营长和独立团团长，都不失时机地表扬了他。所有人的表扬，归结起来一句话，打鬼子就要有这种不怕牺牲的狠劲儿。

班长猎人被表扬时，捎带着也把温玉让表扬了一番。他因此从战斗序列，被连长韩城抽调到连部，做了连队的卫生员。

连长韩城抽调温玉让进连部的时候说："你和尚不错呢！用小刀割破指尖血书入伍，到了部队上，还能用小刀救治战友的性命，你这样的人才，咱们连队少有。"

在班上整训了一些时日，就在大家东渡黄河的前夜，温玉让因此有了一个新的变化，但他对此并不买账，还和连长韩城争辩了几句。

温玉让说："师父给我废戒，是要我杀鬼子的。"

连长韩城说："杀鬼子是咱全中国人的事，而你有特殊用处。"

五

温玉让会有什么特殊用处呢？

就是因为他有从师父尚云那里学会的治疗蛇伤的绝技吗？这是最基本的一点。还有一点，那就是他受过戒的脑袋了，光光亮亮的，有受戒时炙出来的六个清晰的戒疤。跨过黄河来，与鬼子真刀真枪地干了一仗后，温玉让就被选拔出来，执行一项特殊任务去了。

暂编独立团跨过黄河，往三十八军与鬼子激战的中条山腹地机动，夜里行军，作为先头部队的五连二排一班，撞到了几位老乡。从老乡口里得知，前边一个叫江口的小村，进驻了一队鬼子兵，而这个叫江口的小村，又恰是独立团驰援中条山腹地的必经之地。怎么办呢？班长猎人派人到前头侦察了一下，知道这股鬼子兵也就一个小队，于是报告了排长刀客，而刀客没怎么多想，就做出歼灭这股小鬼子的决定。

排长刀客说了，咱们暂编独立团是增援三十八军的尖兵，那一队小鬼子是什么？他们前插进中条山来，如果不是鬼子的尖兵，也一定是鬼子潜伏进中条山来的侦察小分队。

排长刀客这么分析鬼子的小分队，使向他请示的班长猎人热血沸腾。

班长猎人说："干掉小鬼子！"

排长刀客同意了班长猎人的请求，果断地发出指令。因为鬼子兵驻扎在江口村村外的一个小庙里，所以排长刀客要求二班、三班向小庙突击，一班散开来，在小庙周围选择优势地位，隐蔽起来打阻击。发现有逃跑出来的鬼子兵，瞄准了就打，不能让小鬼子有一个活着跑掉。

班长猎人心领神会，暗夜里向排长刀客敬了一个军礼，就率领他的一班战士，迅速地隐蔽在了小庙周边的土坡下或树背后。他们一班，不仅班长猎人有伏击打猎物的能力，在他的调教下，差不多个个都练出了与他一样的本领。

二班三班为了防止鬼子被突袭时往村子里逃窜，伤害百姓，因此，他们在排长刀客的率领下，绕开小庙，首先进入村子，占据村子的几处要道后，再向小庙里的鬼子攻击……情况看来真是不错，村子里狗不咬，鸡不叫，老百姓为了避免被鬼子侵害，早早地都躲出去了。二班三班的战士，神不知鬼不觉地穿过空荡荡的江口村，静悄悄地逼近了鬼子驻扎的小庙，他们看见了背着三八大盖子长枪的哨兵，在小庙门口转过来，转过去……排长刀客不愧有刀客的名誉，他瞅准机会，一个箭步上去，闪着亮光的刀子，在暗夜里划出一道寒光，鬼子哨兵便不声不响地倒在血泊里。

手榴弹冰雹似的飞过小庙的矮墙，炸响在昏睡的鬼子群里，有几个当场就被炸死，还有几个被炸伤了胳膊炸伤了腿，翻滚在满是血污的庙院里，呜里哇啦喊成一片。此外，还有几个躲过手榴弹的鬼子，端着枪冲出小庙来，结队向一个山口移动。他们中有个鬼子，逃窜中提出来一挺歪把子的机关枪，跑到山口处，返身架在一个土坎上，便“哗哗哗哗”向二班三班追来的排长刀客他们射击，有人在枪声里倒了下来，班长猎人看见了，他站在一棵大核桃树后，瞄准了机关枪喷火的地方，及时扣动了扳机。他的枪响了，那鬼子的机关枪随即也哑了声……一场突然的夜袭，打扫战场，鬼子小分队十七人全部被歼灭，而我三班只有一位战士受伤。

后续跟来的连长韩城，赶到江口村，听了排长刀客和班长猎人的汇报，表扬他们打得漂亮！这样的遭遇战，谁先下手谁胜利。连长韩城分析说：“不过，也可能造成打草惊蛇的不良后果，我们独立团是驰援中条山腹地的抗日军队的，我们不能在江口村因为歼灭鬼子一个小队的胜利而被鬼子兵所牵制，无法迅速挺进到驰援的地方。这对中条山抗战的大局，将会产生不利的影响。”

连长韩城分析着他们可能面临的战况，要求沉浸在一场小胜中的二排，不要在江口村有片刻的停留，立即集结起来，作为独立团的先头排，继续一边搜索侦察，一边向前紧急挺进。

三班受伤的战友，很自然地交给了跟随在连长身边的温玉让。他给受伤的战友简单地包扎了一下，砍来两根小树，用绳子扎了个简易的担架，跟另一个战友一起把伤员抬起来，紧跟着快速行军的队伍，一步不落地向前、向前……走了没有多久，就又听到独立团行军的后方，一会儿一阵枪声，一会儿一阵炮声。抬着受伤的战友，跟在连长身边的温玉让，内心油然生出一股对连长韩城的崇敬感来——江口村的一场小胜，连长韩城的分析太对了，独立团的后方，之所以一会儿枪声，一会儿炮声，肯定是鬼子兵跟上来了，而这种跟进，像一块放坏了的年糕，臭味儿缭绕，一直没能摆脱掉。直到独立团艰难地挺进到他们接防的柏树岭阵地，回过头来，给了追击他们的日军以痛击，才暂时获得了一个喘气的机会。

不断地开火，不断地交战，温玉让的身边多了几位伤员。因为缺医少药，温玉让找来当地的高度汾酒，还在山上采来一些草药。他用汾酒给伤员清洗伤口，又用他玄色小布包里的小刀片给伤员清理伤口，然后再用草药捣出的药膏，来给伤员贴敷伤口……应该说，温玉让把他一个连卫生员的职责，全心全意地在战争的状况下做到了最好。连长韩城，还有连部的其他战友以及伤员，无不对他竖起大拇指。

但是，连长韩城把温玉让突然叫到连部，让他放下要照顾的伤员。

对此，温玉让深为不解，他问："为什么？"

连长韩城说："为了更好地消灭日本鬼子！"

温玉让说："好不容易到了抗日最前线，我们每天做的，不就是消灭日本鬼子吗？"

连长韩城说："还记得我给你说的那句话吗？你有特殊用处。"

温玉让没话再说了，他告别了柏树岭，告别了他熟悉的战友。在连长韩城的陪同下，先到团部，见了一个没穿军装，而是穿了一身长衫的中年人，从这个穿长衫的人嘴里接受了一个特殊的任务——让他脱下穿了不多日子的军装，换上他原来穿惯了的袈裟，还原成一个没有废戒的和尚，去同蒲铁路的枢纽闻喜县城，完成一个他一点儿把握都没有的任务。

这是个什么样的特殊任务呢？

温玉让暂时还不知道。穿长衫的人告诉他，他到闻喜后，只需在闻喜县城的龟寿庙门外玩蛇卖蛇药，就会有一位女子和他接头，向他传达他的任务。

这个神秘的女人啊！她会是谁呢？

晓行夜宿，光着脑袋，穿着袈裟，把自己还原成一个出家和尚的温玉让，到了闻喜县城后，没敢怎么耽搁，直接找到龟寿庙，在庙前的广场上玩起蛇来。师父尚云交给他的技艺呢！一个想要成为蛇医的人，就不能怕了蛇。如果自己被蛇咬过，见了烂绳头都怕的人，是绝对做不了蛇医的。温玉让被蛇咬过，而且是能致人死命的七寸蛇，所以他是怕蛇的，但师父尚云把他从蛇口里救下来，他跟着师父，师父不仅向他传授佛学知识，还有心让他学习做个蛇医，他能不学吗？他是必须学的，学好了，也要能如师父一样，为遭受蛇伤的人予以帮助。

救人一命，胜造七级浮屠。

佛教典籍是这么教授人的，出了佛门的温玉让，更应懂得其中的道理。他在师父尚云的眼皮子底下，学着玩蛇了。当然，他一开始玩的都是无毒的菜蛇，有五颜六色的花蛇，还有翠生生的青蛇和亮汪汪的白蛇，一天一天地玩，蛇和人缠缠绵绵。温玉让醒着的时候，蛇就缠绕在他的身上，一会儿是条花蛇呢，从他的左手袖筒里滑出来，缠在他的左手臂上；一会儿是条青蛇呢，从他的右手袖筒里滑出来，缠在他的右臂上；一会儿又是条白蛇了，从他的脖领上滑出来，缠绕在他的脖子上，蛇与温玉让亲密得不分彼此，须臾不能分开。便是温玉让的瞌睡来了，躺在了床上，花蛇、青蛇、白蛇也像他一样，无精打采地软在他的身上，和他一起昏睡……早上在大雄宝殿里是要早课的，晚上还要在大雄宝殿晚课，在这些个神圣的时间里，花蛇、青蛇、白蛇也都不会离开温玉让，自始至终缠绕着他，和他一起做早课、做晚课。这时候的温玉让是安静的，他和禹王庙的一众师徒，或肃立，或打坐，在香烛缭绕的大雄宝殿，一会儿一声单调的木鱼响，一会儿一声单调的钟磬响，然后就是师徒虔诚的集体诵经声了，低沉、典雅、婉转、清幽……花蛇、青蛇和白蛇，仿佛也听得懂木鱼和钟磬的声音，仿佛也听得懂温玉让师徒的诵经声，静静地缠绕在温玉让的身上，探头探脑，或摇头晃脑，随着木鱼和钟磬的节奏，以及温玉让师徒们诵经的节奏，很是庄严地动作着。

在龟寿庙路对面的街沿上，温玉让玩着的花蛇、青蛇和白蛇，是不是他在禹王庙里的旧伙伴？没人能知道，但大家看到的情景是，花蛇、青蛇和白蛇，都如他在禹王庙里玩的那三条一样，一条从他的左袖口爬出来了，一条从他的右袖口爬出来了，一条从他的脖领爬出来了，这样的稀罕，谁又见过呢？几乎所有的人都自觉遵循着“见狼撵两步，见蛇退三步”的本能，在走过温玉让身边时，要不由自主地退开几步，待自己的心跳平静下来，又前跨几步，围在温玉让的身边看他玩蛇。不多一会儿，温玉让的身边，就已里三层外三层地围了不少人。围上来的人，七嘴八舌，议论不休，胆大点儿的，忍不住还要伸出手来，试图摸一摸在温玉让袖筒和脖领上缠绕出入的花蛇、青蛇和白蛇。他们如果只是伸手摸摸那三条漂亮的蛇，倒也没有什么，但大家在摸着的时候，还要不干不净地乱说几句。

有人说了，温玉让的花蛇，可是一位漂亮的花大姐变成的？

有人说了，温玉让的青蛇，莫不是《白蛇传》里的千年蛇仙青儿？

有人说了，温玉让的青蛇是《白蛇传》的千年蛇仙青儿，那他的白蛇呢，就肯定的千年蛇仙白素贞白娘子了！

七嘴八舌地乱说着，还有人干干地笑上两声，指着温玉让让大家仔细看，说温玉让怕就是金山寺里嫉妒许仙而加害白娘子和青儿的法海和尚呢！

温玉让听不惯众人这么胡乱议论，他左手青蛇，右手白蛇，任由呲呲吐着蛇信子的青蛇白蛇，向胡说八道的人发出突然地攻击，吓得围着的人惊叫着，纷纷后退，退得太急太猛，还把身后猝不及防的人，撞得倒在地上……温玉让放蛇来吓嘴不设防的人，其实只是做个样子而已，他哪里会放蛇真去伤人，而且他来这里玩蛇的目的，并不是要和围观的老百姓逗乐子，他有他的任务，而且是特殊的任务。他在这里以玩蛇做掩护，是要和一位与他一样，身负特殊任务的人联络接头的。

温玉让联络接头的人，组织上给他说的明白，是一个有身份的女人。这个女人将会从对面的龟寿庙里走出来，从他玩蛇的地方走过去，走上一程，然后再突然地折身回来，与他暗语联系，他跟她走，到一个可以掩人耳目的地方，向他布置具体的任务。因此，温玉让在玩蛇的时候，须臾不敢大意，时刻观察着对面的龟寿庙。

在闻喜县城，龟寿庙是很有名的。

之所以起名为龟寿庙，还有一个美丽的传说，在民间一直新鲜地流传着。说是建庙初期，工匠们不小心把一只乌龟砌进了庙墙下的石基里。那面石墙的一边，原来是个大水塘，人们发现，水塘里有只乌龟，清晨一趟，傍晚一趟，总要从水塘里爬出来，爬上岸，爬到庙墙的石基旁，向一个石基的缝隙里吐水泡，嘟嘟嘟，嘟嘟嘟……乌龟吐出的水泡，泛滥着，会堆起很大的一堆，这只乌龟吐着，好像是石基下也有一只什么活物，拼命地吞食水泡似的，一会儿的工夫，墙外乌龟吐出的水泡堆，就会被石基下的活物吞食完。那只乌龟一早一晚地爬行在水塘和庙墙下，把一段不算很短的泥土地，都爬出了一条光溜溜的水道。人们发现了这条水道，也发现了那只乌龟，大家好奇不已，把这件事告诉给了住持龟寿庙的方丈。方丈像大家一样好奇，他组织民夫，小心地拆了那段庙墙，一个惊天的秘密这才暴露在光天化日之下——有只乌龟就压在庙墙下，水塘里的乌龟爬到墙脚下吐水泡，原来是来喂食墙基下的乌龟的！

这太感人了！

方丈为此组织了一场盛大的佛教法会，把他们的庙院正式命名为龟寿寺。方丈之所以这么做，一来感动乌龟不离不弃的生命意识；二来教化民众，应该葆有乌龟终寿不灭的慈悲情怀。

日本鬼子打来了，他们征用了龟寿寺，把这里变成了一处特务机关。做出这一改变的人叫龟田太郎，龟田自认为他是个中国通。他说了，他叫龟田，寺庙叫龟寿，天造地设，是他在中国的下榻之地。他下榻在龟寿寺里，把前院做了特务机关的办公场所，后院则做了关押抗日义士的监狱。注视着龟寿寺的温玉让，看得见挑在一根旗杆上的日本膏药旗，就插在庙门顶上的木构门楼上，在风中刺眼地飘摇着，这让温玉让看着，心里有说不出的不舒服。

这是个弘扬善良、弘扬慈悲的佛教道场呀！怎么能插上血腥的膏药旗，并把这里弄成监狱，残害我们的抗日志士呢！

内心满是愤慨的温玉让，看见一位身穿浅绿色绣花旗袍的女人，娉娉婷婷地从插着膏药旗的庙门里走了出来。他注视着这位穿着旗袍的女人，她走近了他玩蛇的地方，既没有驻足，也没有看他，径直往一边的小巷子走了去，走得不见了人影。可是温玉让的眼睛，从这位女人走出庙门，到走近他玩蛇的地方，然后消失在小巷子里，就一直挂在了她的身上，没有脱离开来。

她是谁呢？怎么这么面熟？

容不得温玉让多想，穿旗袍的女人返身又从小巷子里走来了。这一次走来，穿旗袍的女人，走得没有刚才那么从容，她急呼呼的，走得既匆忙又失态。她走到温玉让玩蛇的地方，拨拉开围着他的人群，走到他的跟前，叫了他一声师父，他就发现这个女人是谁了。

这个女人就是他们在陕西讨饭吃的伙伴草儿了！

草儿没容温玉让在这稠人广众面前认出她。她给温玉让急颠颠地说："我有一个徒弟被蛇咬咧！"

温玉让没有惊慌，沉着地收揽着他身上缠缠绕绕的三条蛇，说："不要紧，有我哩！"

六

温玉让说："你说，你真是草儿吗？"

草儿说："不，我不是草儿，我是角儿草玉。"

草儿回答温玉让，忍不住莞尔一乐，还说："你说你真是温玉让吗？"

温玉让说："不，我不是温玉让，我是和尚果信。"

这既是暗语，同时又饱含着只有温玉让和草儿才有的生活经历，让他俩不由自主地想笑想哭，甚至想要拥抱在一起，长啸长歌。但他俩不能笑、不能哭，自然就更不能长啸，更不能长歌。他俩穿街过巷，走进一处门口挂着"草玉社"条形木匾的四合院里，话跟话地说了这么几句，便穿过院子里或者舞刀弄枪，或者咿呀吊嗓子的人伙，去了后院的一间窑洞式住房里，掩起门，站在窑脚地，一个望着一个，静静地站着，谁都不说话，站了好长时间，这才自觉地说起话来。

这一次是草儿先开口的，她说："我不会看错，你就是温玉让。"

温玉让没有再否定，说："我也不会看错，你就是草儿。"

多少往事，在温玉让和草儿的心里，如潮水般涌了出来。那时在禹王庙里，因蛇咬而昏迷的温玉让，在师父尚云的精心救治下初醒过来，他的眼睛流泪了，草儿伸出她稚嫩的小手，在他眼角为他抹泪的感触，快二十年了，温玉让依然感觉得到，凉凉的，软软的，就像昨天才发生的一样。

因为同是天涯沦落人，七寸蛇的毒液彻底地夺去了温玉让母亲的性命，唯温玉让侥幸地存活下来，他该怎么办呢？

温玉让太小了，孤苦无依，草儿的父亲想要收留他，把他和草儿带在一起讨日子，可是慈悲的尚云师父没有同意草儿父亲的意见。尚云师父说了，他说草儿父亲的好意，佛也会感动的，但是兵荒马乱，天灾人祸的，你怎么来带温玉让？你把草儿带好就好了，可不敢给你再添负担了。尚云师父的话说得再明白不过了。他怕温玉让出了禹王庙的庙门，再受什么挫折，就把他留在庙里，在他们出家人的灶上多添一个碗一双筷子，保证让他有口饭吃的同时，还有时间和机会识字念经。

草儿的父亲还能说啥呢？他啥都不能说了。他以同乡的名义，代替温玉让死去的母亲，感谢了尚云师父，他说："大慈大悲的佛啊！玉让小子有福哩。"

尚云师父双手合十，答了草儿父亲一声："阿弥陀佛！"

温玉让留在了禹王庙，草儿跟着父亲，继续走三乡、串八社，在人们的施舍下生活。但是父女俩十天半个月的，隔上一段时间，都要转回到禹王庙里来，看一看温玉让，陪着他在清寂幽静的禹王庙玩一阵。这样，温玉让和草儿青梅竹马一般长着，长到不再两小无猜，长得他们自己心里，一个对一个有了很深的依恋。譬如温玉让，在草儿随在父亲的身边讨日子，几天不到禹王庙里来，他就要想草儿，想得在庙里呆不住，会一趟一趟地跑出庙门，到门外东张张、西望望，盼着草儿能够跑到他的跟前来，他们一起捉迷藏，一起疯，一起狂……这时的草儿也是，仿佛神通的消息，鬼牵的线索，她随着她的父亲，是一再地要提醒她的父亲，说咱们到禹王庙里去吧，也不知温玉让在庙里怎么样？他现在跟着他的师父，玩蛇玩上了瘾，白蛇、青蛇，还有杂花蛇，和他纠缠在一起，要多好玩有多好玩。

草儿说得对，温玉让住在禹王庙里，跟着师父尚云，识了不少字，念了不少经。草儿和她父亲到庙里来，自己就如一条花蛇似的，先把温玉让纠缠上了。她把温玉让一口一个“哥哥”地叫着，叫着温玉让哥哥，让他把他学会的字，在庙院的土地上写出来，一个一个地教给她。她学会了，还要缠着温玉让，让他把他念会的佛经也教给她……草儿是颖慧的，温玉让教她什么，她都能很快很好地学到她的心里，死死地记住不忘。学会了写字，记下了佛经，还有时间怎么办呢？疯是一种办法，狂是一种办法，而最好的办法就是玩蛇了。

跟着师父尚云，温玉让从怕蛇到不怕蛇，再到慢慢地熟悉了蛇性，像师父尚云一样，出门身上是不离蛇的，便是困乏时睡觉，也会与蛇共枕而眠了。

与蛇为伴的温玉让，在草儿来禹王庙看望他时，怎么能不表演给草儿看呢！他让他养着的白蛇、青蛇和花蛇，自由地在他身上缠绕攀爬，这让草儿是吃惊的，更是惧怕的，总要躲开温玉让和他的白蛇、青蛇和花蛇。温玉让不要草儿躲，说蛇并不像人想象得那么可怕，蛇也是懂感情的，人对它好，它是知道的，它也会对人好。温玉让这么劝导着草儿，还会教她玩他生吞活蛇的绝技。

倘若与蛇不是朋友，这个绝技确实不敢玩。

温玉让与他的白蛇、青蛇和花蛇是很好的朋友了，他给草儿表演生吞活蛇的绝技，并且开导草儿，要草儿跟他也学玩蛇的技巧。草儿不敢，温玉让就拿好蛇，让草儿用手摸。草儿无法抗拒温玉让的好意，又无法抗拒自己内心的好奇，觉得温玉让的师父尚云玩得了蛇，温玉让跟着师父尚云也学会了玩蛇，她不缺胳膊不少腿，为什么就要怕蛇而不敢玩蛇呢？草儿把她藏在身后的手伸出来了，伸向了温玉让捉在手里的蛇，小心地摸上去，她摸出了一手的滑软，还摸出了一手的凉爽。她摸着摸着胆子大了起来，竟然用手握住了蛇的身子，察看蛇的反应，她没有发现蛇有什么异常表现，依然滑软，依然凉爽，而且依然的温顺亲昵。草儿在那一瞬间，像温玉让一样，也忽然地爱起蛇来了。

就在这个时候，温玉让把他握蛇的手完全的松了开来，一条花彩的蛇就都握在草儿的手里，任由她学着温玉让的样儿，来和蛇玩了。

玩来玩去，草儿也成了一个玩蛇的人。

草儿和温玉让玩着玩着长成大人了。温玉让长得高高大大，很有点男子汉该有的味道，特别是他的嘴唇，有棱有角，静悄悄地生出一些绒绒的胡须。与他相对应的，就是草儿了，草儿生得纤纤细细，很有些小姑娘们应有的韵致，黑乌乌的一头青丝，披散下来，犹如一帘黑色的瀑布，束缚起来扎着辫子，就又如一条黑油油的乌梢蛇。

温玉让就曾说过草儿的长辫子，像他玩在手里的蛇一样。

草儿不恼温玉让这么说她，不仅不恼，还会大方地把她的长辫子甩到胸前，捧在手里给温玉让玩，说你不是会玩蛇，我的长辫子是条蛇，你就玩么，我看你怎么玩？

温玉让当真捉住草儿的长辫子，玩起来了。他把他玩的白蛇，和草儿黑黑的长辫子并在一起，也许是白蛇也喜欢草儿的长辫子吧，刚被温玉让并在一起，白蛇就缠上了草儿的长辫子，一黑一白，对比着缠在一起，还真是一种别出心裁的好玩法哩。

他俩那么玩着，不知怎么就不在一块玩了。跟着父亲讨日子的草儿，还像往常一般，隔些日子要和父亲到禹王庙里来，但她来了之后，不再像原来的时候，会迅速地找到温玉让，和他没心没肺地玩在一起。她后来来了，人到禹王庙里来了，却要躲着温玉让，只在一个墙角处，或是一棵老树后，偷眼搜寻温玉让……忽然一日，躲在墙角处的草儿，看到了大雄宝殿里的一幕，温玉让脱下了他原来穿着的家常衣服，换上了出家人才穿的那种袍服，虔诚地跪在佛祖的塑像前，由尚云师父主持，全庙的出家人，都集体而有序地排列在殿堂两边，焚香念佛，来为温玉让举行庄严的削发仪式。

草儿在她心里，已把温玉让稳稳当当地安顿下来了。她想不到温玉让会出家！

躲在墙角后边，草儿不敢看温玉让削发的场面，但又忍不住还要看。她看见温玉让一头的黑发，在温开水里浸洗了三遍后，被师父尚云用一把小巧的剃头刀，一绺一绺地剃下来，把他的脑袋剃得又光又亮，看到这个情景，草儿由不了自己，竟还乐了一乐。但是接下来，师父尚云给温玉让的秃脑袋要灸戒疤了，手指粗的一截香头，红红的燃烧着，师父尚云吹去香火上的香灰，“嗞”的一下，灸在温玉让的秃脑袋上，蓦地腾起一股皮肤被烧焦了的青烟，一个戒疤刚灸过，师父尚云手捉香头，又在温玉让的秃头上灸下一个戒疤了，反反复复的，师父在温玉让的秃头上，排列整齐地炙了六个戒疤，这才长吁一口气，把仍旧燃烧的香头，插到一边的香炉里，双手合十，和住庙的一众弟子，来为受戒的温玉让诵经了。

温玉让可是太能忍痛了，香头炙在他的秃脑袋上，他一动不动，但是看着他受戒的草儿，躲在墙角后，却像师父尚云把红红的香头炙在她的头上似的，她要把她的头缩一下，再缩一下，好像是她受戒似的疼痛。

那一年温玉让一十三岁，草儿一十二岁。

草儿可以忘记一切，但她把这一天死死地记在心里，永远都不会忘记。因为这一天，对于他俩来说，是人生友谊的分水岭，从此，温玉让正式出家做了和尚，而草儿随在父亲的身边，还是一个讨日子的小叫花子。不过，草儿的小叫花子也没有做几天，她父亲病饿交加，很快就咽了气。咽气前，草儿给自己的头发上插了一根稻草，在渭南城的巷道里，一边挥手赶着叮向父亲的蚊虫，一边等待着有人买她，买了她好给父亲抓药治病。恰在这时，有一家戏班子路过，哼哼哈哈还能说两句话的父亲，叫住了戏班子的班主，把草儿不情不愿地交给班主，他自己便蹬腿儿见了阎王。

戏班子不大，班主却非常了得，就是后来闻名晋豫陕三省的豫剧名家香玉儿。

香玉儿本人，也是从河南逃荒到陕西的河南人。乡情加上乡谊，香玉儿把草儿带在身边，像自己的女儿一样，既教她学戏，又教她做人，让小小年纪的草儿，迅速成长起来，成了香玉儿戏班子里，一个扛得起活儿的角儿了。

正因为此，草儿从此再没见到过温玉让，而温玉让也再没见过草儿。这一次，在闻喜接头，草儿接到的是温玉让，温玉让接到的是草儿，这使他俩心里，都有一种恍如隔世般的慌乱和不安。

院子里，草玉班子里既有文场、武场，拉着弦子，敲着板鼓合戏，还有男男女女一班演员舞刀弄棍吊嗓子……在后院的窑洞上房里，一身和尚打扮的温玉让静静地看着草儿，而草儿又穿着一身亮鲜水滑的旗袍看着温玉让。他俩各自知道了对方的身份后，几乎同时说出了这样一句话。

温玉让说："咱俩又走到一起了。"

草儿也说："咱俩又走到一起了。"

七

走到一起的温玉让和草儿，大目标是共同的，小任务也是共同的，他俩要团结一心，与全中国所有决心抗日的仁人志士一起，把罪恶的日本鬼子赶出中国去。

现在，他俩是一个战壕的战友。他俩的任务是，在闻喜县城里，摸清龟寿寺龟田太郎的全部底细，选择一个恰当的机会，配合潜伏进闻喜县城的抗日地下力量，既要一举消灭龟田太郎的特务机关，还要解救关押在龟寿寺的抗日志士。

草儿给温玉让介绍情况，说她能够知道的是，关押在龟寿寺的抗日志士，有五十多人，他们中有国民党的人，也有共产党的人。他们被关押在这里，经常要遭受龟田太郎日本特务的拷打审问。有些人经不住鬼子酷刑的残害，已壮烈地牺牲了。

草儿给温玉让介绍了这些情况后，还说了那个鬼子的特务头子龟田太郎，是个自命不凡的家伙，常以中国通自诩，特别是在宗教方面，说他研究佛教最用心，而且还研究道教和儒教，在龟寿寺，整日手不释卷的样子，就是拷打审问我抗日志士时，手里都要拿一本我国的线装书，装模作样地读着，读到兴起时，还要和经受拷打审问的抗日志士“分享”，提出来讨论一番。

草儿给温玉让介绍着龟寿寺的情况，介绍到这里，温玉让乐了一下。

温玉让插话说：“我知道了，禹王庙被鬼子炸毁，师父尚云自焚抗敌，给我废了戒，我入伍是要到抗日前线与鬼子拼，半道儿把我抽出来，派到闻喜县城里来执行特殊任务，原因怕就在这里吧。”

温玉让的插话，让草儿愣了愣，但她很快恢复了常态，说：“我只是向组织汇报了龟田太郎的基本情况。”

温玉让又插话进来，说：“我原是出家人，所以选派我来了。”

草儿说：“派你来不好吗？”

温玉让说：“开始时，我是有点儿小情绪的，现在听你这么一介绍，我知道派我来算是派对了，我们一定要胜利完成任务！”

温玉让把话说到这里，草儿把心放开了。她引导着温玉让，就如何在闻喜县城潜伏下来，如何接近和深入龟寿寺，如何营救龟寿寺被关押的抗日志士等既紧迫又棘手的问题，探讨了一番后，就送温玉让从他们草玉社出来了。

温玉让从草玉社出来时，草儿拖来她草玉社的一个徒弟，抓住温玉让身上的花蛇，不由分说地照着徒弟的脖子要咬一口。她做这事的时候，好像与她的徒弟早就沟通过一样，她的徒弟见了蛇不躲不藏，任由草儿抓着蛇咬他。温玉让猜得不错，草儿的徒弟，在戏班子里，扮的是她徒弟，但私底下，是她开展地下工作的一个得力助手。用蛇咬他的苦肉计，就是草儿和他共同商量出来，并共同来实施的。而这也是他们相互联络，且又掩人耳目的一种不得已的做法。蛇咬了小徒弟，让温玉让很是吃惊，他没敢迟疑，迅速展开尚云师父传给他的小布包，取出刀片先给小徒弟在蛇伤处放血，然后又给小徒弟扎针，为小徒弟处理好了蛇伤，这才往出走了。

走出大门外，街上的人就都看见了草儿和温玉让，他们一个旗袍裹身的豫剧名伶，一个袈裟缠身的和尚，还是非常惹人眼的。草儿和温玉让没管他人的眼目，在大门外，先是温玉让把一纸药单交给草儿，嘱咐草儿到药店去抓药，回来，是给小徒弟煎服的，就赶紧给煎了服用；是碾碎了制药膏的，就制成药膏，给小徒弟往蛇伤处糊，千万不敢耽搁了。听着温玉让的话，草儿一个劲儿地点头。最后，草儿拿出两块银洋，数给了温玉让。

草儿说："谢谢师父搭救我的徒弟！"

温玉让也不客气，接了银洋说："施主言重了，小小蛇伤，对贫僧来说，只是举手之劳。"

那条花蛇被草儿留了下来，唯白蛇和青蛇，还和温玉让形影不离，缠绕在他的身上，在闻喜县城的大街上走着，招招摇摇地，去了北街口上的老娘庙。

这没什么好说的，所以称老娘庙，自然有庙的样子，只是那个名字，听起来是有些怪异，怎么就加了"老娘"两个字呢？

普天之下，这庙那庙有千千万，能叫老娘庙的大概只有这一处了，而且，还有一个传说为此做着证明。亦即清末民初年间，有一位拖儿带女的老母亲，到庙里来上香，不知怎么的，就引起了一场大火。老人家不想因为自己的过失，而毁了一座老庙，就奋力地在庙堂上扑着火。她的一对儿女，年龄尚小，跟着他们的老娘，也不管不顾地扑着火。可是任凭他们母子如何扑救，都不能使火势小下来，反而是越烧越大，到了无法控制的程度。万般无奈的情况下，老母亲把一对儿女推出熊熊燃烧的烈焰，她自己毅然返身火海，结果被大火夺去了性命。侥幸活下来的一对儿女，后来就住进烧成一片废墟的老庙，四处讨饭化缘，感动了闻喜县城的百姓，大家互通声气，筹集资金，把焚毁了的老庙重新修建起来。建起后，建庙有功的那一对兄妹，为了纪念他们的母亲，把原来另有名字的老庙改叫老娘庙，他们这么叫，前来上香祭拜的信众也跟着这么叫，因此就叫成了老娘庙。

天南海北的庙宇，不独老娘庙，自然都是出家人的家。

缠绕着白蛇和青蛇的温玉让，进了老娘庙，把庙里雕塑的佛门尊者，挨个儿按照佛家规矩，全都拜了个遍，然后去了老娘庙住持的禅房，来向住持报到了。

住持蓄着长长的胡须，且已全部白去，泛着一种银质的光彩。温玉让踏进庙门，在几进殿宇里挨个儿礼佛的时候，就已有庙里的僧侣，把他的情况报告给了住持。所以，身上缠绕着白蛇和青蛇的温玉让，拜在住持面前时，住持一点儿都不奇怪，眼睛平和地看着他，没等温玉让自己报上名来，住持就先开口说话了。

白髯住持说："来者可是禹王庙的僧人？"

温玉让经不住白髯住持这一问，他的眼睛里蓦地涌出潮水般的泪水。他老实地给白髯住持说："禹王庙被鬼子的飞机炸平了！我师父尚云自焚明志，同时把我也废了戒！"

温玉让这么说着，两腿膝盖一软，不由自主地给白髯住持跪了下去。

白髯住持从他坐着的一个很大的蒲团上站起来，走到了温玉让跟前，把他扶起来说："你师父尚云和禹王庙的情况，我都听说了。我悲伤禹王庙的被毁，而钦佩你师父尚云的高德。你现在既到老娘庙里来了，老娘庙就是你的栖身地，你安安心心地住在庙里，有什么事，老衲和你一起承担。"

此前，温玉让并不认识白髯住持，但他来到老娘庙，还没介绍自己，白髯住持却先他报出了他的来处，这让他的心里好生不解，在白髯住持带着他，给他安排住处时，他不禁向住持问了起来。

温玉让问："师父……"

温玉让的全部问话应该是师父怎么认出我来自禹王庙？但他才张开口，说出师父两个字，白髯住持就把他的话堵了回去。

白髯住持说："缠绕在你身上的白蛇、青蛇，把你的底细告诉了我。"

温玉让还是不解，说："白蛇？青蛇？"

白髯住持说："对，是白蛇、青蛇，恕老衲见识少，你给我说，除了你的师父尚云和他带出来的徒弟，谁的身上还会缠绕白蛇和青蛇？"

温玉让怕人说起他的师父尚云，谁说他都想哭。白髯住持从白蛇和青蛇而又提说起他的师父尚云，他顿时又哽咽起来，失声地又叫了一声："师父！"

白髯住持抬手在温玉让的肩上抚了抚说："你身上还该缠绕一条花蛇的，怎么就没有了呢？"

温玉让知道他碰上熟悉他师父尚云的道中人了。他没隐瞒白髯师父，但也只是淡淡地给他说，我把花蛇暂时寄养在一位施主家里了。

白髯住持显然有疑问，说："寄养在施主家？"

温玉让说："您就不要多问了，我想，过不了几日，您就会知道是怎么回事。”

有一出《白蛇传》的戏，上海的越剧有的演，北京的京剧有的演，陕西的秦腔有的演，河南的豫剧和山西的晋剧也有的演。其中的白蛇和青蛇，是一对修行了五百年的蛇精，白蛇精在西湖边偶遇书生许仙，一蛇一人，演绎出了一曲让人柔肠寸断的爱情故事。对这样的故事，俗世人等还都是喜欢的，大家你看他看，看得无人不知，无人不晓，但那却也只是戏剧舞台上的故事。现实中有吗？大家谁又见过呢？没人见识过，却突然的，在老娘庙里住进个身缠白蛇和青蛇的温玉让，让闻喜县城的人，很是好奇了一番，人们纷纷到老娘庙里来上香观看，看了后又都在好奇的基础上，增加了一些新的令人更不能理解的神秘。

这件事，如风一样，也传进了作为日本特务机关的龟寿寺，让军阶为佐官的龟田太郎也听到了。

三十岁不到，中等个子的龟田太郎，所以到闻喜县城的龟寿寺主持特务机关，其实并非他心所愿。战前的龟田，是东京大学东方文学专业的高才生，尤其偏重中国文学的研读，《红楼梦》《三国演义》《水浒传》《西游记》《聊斋志异》等古典文学名著，被他读得滚瓜烂熟。他读中国文学，读得很活，一部《红楼梦》，他囫囵地读了两遍后，还把整部书拆开来读，分出诗词，分出风俗，分出宗教，分出宴饮，分出服饰等十多个类别，再仔细阅读研究，并根据他的阅读和研究，写出一篇篇的学术文章，刊发在东京大学的学术刊物上。为此，他很骄傲地说，他是日本青年一代研究中国文学最有成就的一个人。可是“九一八”事变后，把一个热衷于中国文学研究的青年学生，征召入伍，先是渡海来到被日军占领的东北，只几年的时间，就随着战局的不断变化，他被夹裹着，步步内侵，这就进入到关内，落脚在沦陷区的华北地区，继续他们罪恶的侵略战争。这时的龟田太郎，已被血与火的战争，熏染成一个所谓大东亚共荣圈的忠诚战士。在战争的空隙，他的同伴们，有人热衷寻找花姑娘宣泄兽欲，有人热衷去酒馆听曲醉酒，还有人热衷暗地里串通汉奸商人，倒买倒卖医药武器等战争物资，大发战争财。对这一切，龟田太郎是不齿的，但他碍于战争的形势，睁一只眼，闭一只眼，不去搭理那样的人那样的事，仍然如他在东京大学时那样，把他能够利用的时间，全都利用起来，写他想写的文章。

这个时候，龟田能写什么文章呢？

从刊发在日军报纸以及当地日本人控制的报刊文章，可以看出他对华北的战局和时局，都有涉猎，其中一篇文章，被他在日读中学时的一位老师看到了。那位名叫川琦秀吉的老师，这时已成为日军华北派遣军参谋本部的情报长官。原在中学时期，川琦秀吉对龟田太郎就十分赏识，只是后来先是因为龟田读了大学，之后又因为战争，十分赏识龟田的川琦秀吉，与龟田太郎就失去了联系。现在，川琦秀吉看到了署名“龟田太郎”的文章，很自然地让他想起了他的这位学生，就让人把所有能够搜集到龟田太郎的文章，都搜集起来，他仔细地读了一个遍。从文风和逻辑上看，川琦秀吉推断，龟田太郎不会是别人，只会是他的学生无疑，于是找人打问，几乎没费什么周折，就把龟田太郎找到他的办公室，并且开诚布公地深谈了一次。

师生本就有种特殊的感情，如父子如兄弟，而龟田太郎又特别会表达，他把他对“支那”战场及亚洲全局的战争，以及未来的走向，条分缕析地说了个透。川琦秀吉听得不断点头，一纸调令，就把龟田太郎调到了自己的身边，做起了参谋。做了不到两年，也是为了历练龟田太郎，当然更是为了提拔重用，这就把龟田太郎派到闻喜县城来，让他独当一面，负责晋西南一带的特务工作。

龟田太郎想要报答他的老师，到闻喜县城上任后，干得特别卖力，相继侦破了国民党军统派驻在这一带的一个工作小组，和一个共产党潜伏在此的基层组织。龟田太郎这么干，对他的老师和侵华日军来说，功劳不小，但对我抗日力量，却是个极大的危害。

温玉让被秘密派到闻喜县城来，就是要铲除这个能力很强的特务头子，同时营救被关押的抗日志士。

所以选择秘密派遣温玉让来闻喜县城，组织考虑的首要因素，就是这位龟田太郎，也是个佛教徒，而且还特别热爱中国文化。这些都是温玉让可以利用的。

不过，龟田太郎听说了温玉让，等不到他来利用他，就先敏感地认为，这个耍蛇的和尚，可能并不简单，他有必要先发制人，会一会温玉让，看他可是一个真的和尚。

八

龟田太郎想见温玉让，他差人去叫是一种办法，而且他要叫谁，都不敢不来，也不能不来。但他没有这么做，他装出一副亲善的样子，亲自登门到老娘庙，去见温玉让了。

龟田太郎就是这么特别，不像别的日本鬼子，表现得总是那么穷凶极恶，残暴血腥。他不是那个样子，他显得亲善，显得还有那么点儿谦卑。当然，仔细地看，就会看出他亲善谦卑的表象下，所掩饰不去的阴毒与乖戾。这一天，他就这样往老娘庙里走来了。来前，他没有照会老娘庙，很随意地穿了身他们日本男子日常生活中所穿的那样一套衣裳，很雅致，很散漫地从他把持的龟寿寺走出来。走在闻喜县城的大街上，迎面碰见一个挑担卖菜的菜农，菜农要躲开他的，他拦住菜农不让躲，和菜农对面站着，向菜农甚是关切地问几句诸如菜价和种菜等方面非常寻常的话题。龟田太郎自诩是中国通，在这时候体现得最为充分，他不需要别人翻译，自己就能用汉语与当地的菜农交流。他向前散散漫漫地走着，走过了挑担的菜农，又迎面碰见一个挑着芦席的手艺人，手艺人自然是本能地要躲他，他像对待卖菜的菜农一样，把卖芦席的手艺人拦在街头，询问着他芦席的价格和编席的辛苦……尽管龟田太郎表现得非常亲善，但是一街两行的人，和一街两行的生意，都像躲避瘟神似的躲着他，避着他，对此，龟田太郎不可能看不见，也不可能没感受，但他依然故我地走在闻喜县城，表演着他的亲善……他前去的地方，虽然也有几道拐弯，而大方向是冲着老娘庙去的。所以，他还在街巷中表演着他的亲善，老娘庙里的白髯住持就已经获得信众的通报，知道龟田太郎要到他的老娘庙里来了。

也不知白髯住持听到消息是何心情，温玉让听到后，心情就很好，他到闻喜县城来，住在老娘庙，等的可不就是这个消息吗！

不过，温玉让不能表现出他对龟田太郎的期待。

鬼子占领闻喜县城之初，城里的龟寿寺和老娘庙，相对别的去处，要安静一些，同时也安全一些。龟田太郎的特务机关进城来了，是他带人到龟寿寺里去，没用“撵”字，也没用“赶”字，而是用了一个

“请”字，就把龟寿寺里的出家人都“请”出寺门，把空下来的龟寿寺变成了他的特务机关和关押抗日志士的监狱。

白髯住持清楚地记得，那天的龟田太郎，穿的也是这一身玄色的袍服，仿佛他也是个出家人一样。

被“请”出龟寿寺的出家人，有一部分远游去了，还有一些，就从龟寿寺挪脚到老娘庙，拜在了白髯住持的门下。闻讯从庙内后殿的僧舍处赶到老娘庙大门口的白髯住持，心里翻江倒海似的，有种大祸临头的感觉。他铁青着脸，任凭一阵一阵的风，吹动他白如银丝的长髯，静静地等着龟田太郎的到来，在他的身后，是他的一众弟子和从龟寿寺挪脚过来的出家人，当然还有刚入庙门的温玉让。

白髯住持没有说，随在他身后的出家人都没有说，但大家心照不宣地准备着，龟田太郎如果胆敢像他侵占龟寿寺那样侵占老娘庙，他们就将用自己的生命来捍卫。

身上穿着和服，脚上趿着木屐的龟田太郎，果然是到老娘庙来了。看上去，除了一个费孝先跟着他，就没有别的人相跟而来。其实不然，只要稍加留神，就会看见混在街市上的便衣，可都是他的随扈呢。龟田太郎往老娘庙走着，便衣随扈也往老娘庙动着。远远的，白髯住持他们看着龟田太郎，而龟田太郎也看着白髯住持他们，相互一眼一眼地看着，不多一会儿的工夫，龟田太郎就一脸亲善地走到了老娘庙的门口了。

脸上堆满谄笑的费孝先，就随在龟田太郎的身后，小心地观察着龟田的一举一动，有种时刻准备着为龟田挺身而出的样子。

原来的费孝先可不是这个样子，他们家祖辈生活在闻喜县城，家境殷实，于街市的核心地段，开着一家绸布庄，开着一家烧酒坊，还有一家特色饮食店。他的爷爷读书读得好，虽然没能挣到一官半职，却也曾在闻喜县城浪得个举人的高名，走到哪儿都被人高看一眼，是闻喜县城不可多得的绅士一族，常年一身长衫，“之乎者也”的，既招呼着他们费家的生意，还兼管着市面上的各项杂务。但是非常遗憾，老爷子寿数有限，就在日本鬼子于东北发动“九一八”事变的时候，老爷痛心疾首地说了句“扶桑鬼子害人害己，咱们大中华没有几天平安日子过了”的话后，竟咳血而亡。费家的产业落到了费孝先父亲的肩上。费孝先的父亲偏也是位读书之人，不怎么懂经营，家里的绸布庄、烧酒坊、饮食店，两年不到的时间，先是饮食店关门易手，再是烧酒坊熄火改姓……而这时的费孝先，人还在东洋日本留学。父亲把家里的变故写信告诉了他。他回家来了，对他家失去的生意倒是不怎么上心，而且还把他家的绸布庄也歇了业，打发走庄上的伙计，自己动手，把绸布庄的前店、中院和后院彻底改造了一遍，自书一款匾额，打出“闻喜初小”的牌子，招录闻喜县城适龄的儿童，在他的学校里读书。

这个时候的费孝先，被闻喜人称颂着，以为他就是他爷爷费举人转世来的。费举人活着时，在闻喜办有一所旧私塾，他现在办了一所新式小学，爷孙两代人操心的都是闻喜后辈儿孙的启智事业，大家尊崇他、称颂他，该是自然的事情。

可是鬼子打进闻喜县城来了，原来受人尊崇称颂的费孝先，摇身一变，成了龟田太郎的红人，大家就不再尊崇和称颂他了，而且还骂他为“二鬼子”。

“二鬼子”费孝先，看来不是个含糊的人。他原在日本求学的时候，就已参加了国民党，因他言辞谨慎，行为低调，还被进一步发展为国民党的军统特务，负责收集日本国内的情报，应该说，最初的时候，他还是做了一些非常有益的工作。他学成回国，被军统秘密安排回闻喜县城，先期潜伏下来，待战局变化后，继续收集日本侵略军的情报。然而，没人想到，他在日本的时候，就已暴露了自己的身份，并被日本的特务机关成功策反。他表面接受军统的安排，潜伏在闻喜县城，而实际上，则是日本侵略军早期潜伏在闻喜县城的一个特务分子。

龟田太郎到闻喜县城来了，他是受川琦秀吉派遣来的，而“二鬼子”费孝先，也是川琦秀吉手里的一枚棋子。川琦秀吉想要扶持重用龟田太郎，就把费孝先拱手交给了他，这才使潜伏着的费孝先浮上了水面，公然作为龟田的副手，来为龟田的事业服务了。

浮出水面的费孝先，送给龟田太郎的礼物可是不轻，他把军统部署在晋西南地区的抗日组织和盘端给了龟田，让龟田一个不剩地搜捕进龟寿寺，并因此还破获了共产党在晋西南的地下组织，抓了不少人，关进了龟寿寺。

龟田太郎没有白让费孝先立功。龟田太郎告诉费孝先，要帮他把因不善经营而丧失了的绸布庄和饮食店重新盘回来，让费家继续经营。与此同时，龟田太郎还同意费孝先把改为小学的烧锅坊再改回来，继续费家的酿酒产业。费孝先把这样的好消息告诉他父亲，想他父亲是该高兴的，可是老人家高兴不起来，不仅高兴不起来，还与回家来的儿子大吵了一场。

费孝先父子的那一场争吵，街坊们后来都听说了。

费府的中堂，挂有费孝先爷爷手书的一幅中堂匾额——“高闳藻阀”。在中堂的两边，又手书了一副中堂联：“鹄子行谊高劭，修平体性温人。”当了二鬼子的费孝先，看得懂爷爷手书中堂匾额和中堂对联的深意，但他是什么都不管了。在和父亲关于他当汉奸的事大吵了一架后，没几天，他就厚着脸皮，把他在日本时交结的一个女孩子带回了家，带到了他父亲的面前，给他父亲说了。

费孝先说："爸，你不是一直逼着我结婚吗？我给你把儿媳妇带回来了，她叫山杉纯子。"

费孝先的父亲就坐在中堂前的八仙桌边，他没有看费孝先带回来的儿媳山杉纯子，而是不错眼地盯着费孝先，让他给他把高悬在中堂之上的匾额和对联念一遍。

费孝先念了："高闳藻阀。"

费孝先父亲说："你把对联也念一遍。"

费孝先念了："鹄子行谊高劭，修平体性温人。"

费孝先父亲说："你娃还念得出来，好，你念得出来，就解释得出来，你给我解释一下。"

费孝先哑口了。他没有给他父亲解释。

费孝先的父亲说："你解释不出来？那好，老子给你解释一下。'高闳'就是说门第，我们费家的门第是庄严显贵的。藻，文辞文华；阀，功绩功德。我们闻喜县城费氏一门，有自己的品貌，有自己的德行，我们谁都不能辱没我们的祖宗，我们谁都不能毁弃我们的德业。"

费孝先听他父亲这么说，笑了，说："我现在的所作所为，不就是为了我们费家的显贵和德业吗？"

费孝先的父亲打断了费孝先的歪理，说："你不是……你知道吗？你是在辱没祖德！"

费孝先不同意他父亲的观点，说："咱家的德业是谁丢失了的？就不用我说了。"

费孝先的这句话，明显是说他父亲的，因为他父亲虽然也读书，但读得很一般，却在寻快活的事情上，很是得心应手。他父亲爱泡戏园子，泡得久了，还要包养女戏子，和女戏子纠缠不清，还跑到大烟馆里去，云山雾海地寻找解脱……总而言之，做得并不怎么样。父亲被费孝先一句话顶着，再也说不出话来了。但说不出口的那句话，却像一块铅一样，堵在老人的心口上。堵了不多日子，费孝先的父亲就在费孝先与山杉纯子的婚礼上，把一口黑红色的血喷吐在酒桌上，一命归了西。

费孝先和山杉纯子的婚礼，龟田太郎是主婚人；费孝先的父亲死了，葬礼的主祭人，依然是龟田太郎。

有龟田太郎为费孝先父亲主祭，葬礼在国难当头的闻喜县城办得那个“体面”，没有第二个人能享受得到。费家失去的绸布庄在费孝先父亲的祭礼上，被人拱手送了回来；费家的饮食店，相跟着也被人拱手送了回来。龟田太郎说话算数，把费家的这项祖产帮费孝先弄回来的同时，还非常及时地帮助费孝先停办了小学，把他家的烧锅坊也恢复了起来……这时的费孝先也已不再单身，他娶了日本娘儿们山杉纯子，费家的产业，统统交由山杉纯子打理，而他则死心塌地给龟田太郎做着事。

走到老娘庙的庙门口了，龟田太郎是走中间宽宽大大的礼门进庙呢？还是从两侧的仪门入庙？龟田太郎可以不知道，但费孝先是知道的。自幼长在闻喜县城，费孝先知道宽宽大大的礼门，只有佛门中的高僧大德之人才可以走，一般的香客，只能走两侧的仪门。龟田太郎既不是佛门中人，更谈不上高僧大德之誉，他要入庙，天经地义地只能走两侧的仪门了。可是费孝先却引导着龟田太郎，抬脚踏上了礼门的台阶……是的，龟田太郎的前脚刚踏上礼门的台阶，而后脚还没有跟上来，却见一条白亮亮的长蛇，嗖地从温玉让的袖筒里飞窜出来，横卧在龟田太郎抬脚的台阶上，让他把踏上台阶的前脚，慌慌张张地又退了回去。旁边引导龟田太郎的费孝先，比之龟田太郎更为惊慌，他大叫一声，抬手想去他的腰间拔枪的时候，另有黑乌乌的一条长蛇，从温玉让的另一只袖筒里飞窜出来，缠在费孝先的手脖子上，把他骇惧得软瘫在了地上。

慌张着的龟田太郎，识时务地抬眼看了看庙门里凛然而立的白髯住持和他身后的一众徒弟，很是知趣地笑了笑，挪步到侧面的仪门前，拾级往老娘庙的庙门里走了。

不错，龟田太郎是个识相的人。他既然知晓从仪门入庙，温玉让就不能放蛇阻拦了。他拂了拂玄色的袍袖，使横卧在礼门台阶上的白蛇和缠绕着费孝先手脖子的青蛇，都听话地飞蹿回来，又入了自己的袍袖。

九

龟田太郎明知故问：“老娘庙？”

白髯住持应着他：“老娘庙。”

龟田太郎就说：“老娘庙的好！老娘庙的好！”

白髯住持依然应付着他，说：“是好。是好。”

龟田太郎因此而找到了论说的议题。他说：“为老娘的立庙，佛家三千大世界，怕就闻喜县城这一处吧？好，好，是个人，谁没有老娘呢？老娘最无私了，老娘最爱人了，老娘就是……就是佛！就是神！对吧？我说的对吧？”

白髯住持不能否认龟田太郎的论说，给他点头了。不过，他还想问一问龟田太郎，问他可也有老娘？白髯住持不能确定，一个有老娘的人，而且又具有老娘崇拜的人，怎么可能会如龟田太郎他们鬼子兵一样，烧杀抢掠，侵略他国，凶残不可描述。白髯住持这么想着，就不由自主地问了出来。

白髯住持问龟田太郎："你有老娘吗？"

龟田太郎被白髯住持这一问，让他一下子沉默了，眼睛还红了起来，说："我怎么能没有老娘呢？我有老娘。"

白髯住持若有所思地说了："是啊，别说是人，是个能动的东西，也都有自己的老娘哩！"

自觉从仪门走进老娘庙的龟田太郎，见佛就拜，也不问那座殿里供的是哪尊佛，他都要装出虔诚的样子，上香、稽首、布施……昔日的老娘庙，香客们并不知道龟田太郎要来，所以都如往常一样，该来的照样来。好像是因为日本鬼子的入侵，让善良的老百姓心慌心惊，无处寄托，把给佛上香求告，变得比过去更加谨慎，更加诚恳，所以进香拜佛的香客，比之过去，有增无减。龟田太郎进入到老娘庙里来了，胆儿小的香客，像躲瘟神一般躲着他；而胆大一点儿的香客，不仅不躲，还把他们进香礼佛的一套程序，做得愈是庄重，愈是严谨。龟田太郎的耐心真是不错，随在他身边的费孝先，几次都要吆喝追撵在龟田太郎前头进香礼佛的人，但每一次都被龟田太郎制止住了。

装腔作势也罢，虚情假意也罢，走进老娘庙的龟田太郎，从进门的天王殿拜起，沿着中轴线，次第拜了弥勒殿、大雄宝殿、观音殿。他到每一个殿里，都很知礼懂规地上了香、上了供，而且还向殿里的功德箱上了布施……陪在龟田身边的白髯住持，用他出家人的慈悲心肠，度量着龟田太郎，差不多都要被他那样的恭虔劲儿感动了，以为他该是位具有相当修养的佛教信徒呢。但是白髯住持呼呼跳动的心，时刻提醒着他，豺狼永远都只能是豺狼，毒蛇永远都只能是毒蛇，侵略者也永远都只能是侵略者，所以，他不能被龟田太郎的假情假意所蒙蔽，他到老娘庙里来，绝不是单纯来礼佛的，他一定还有不可告人的事要做。

龟田太郎还有什么罪恶的事要做呢？

无须白髯住持多想，龟田太郎自己会暴露出来的。果不其然，龟田太郎在礼拜完老娘庙里供养的所有佛陀后，给白髯住持说了。

龟田太郎说："借您地方，讨您一口茶喝好吗？"

厚颜无耻！对龟田太郎的请求，白髯住持心里是这样想的。他虽然如此想，却也不得不请龟田太郎去了他简朴的、却也是十分清静雅致的方丈室，来为龟田太郎沏茶喝了。

白髯住持说了："这里可没什么名贵的茶，杭州的龙井没有，福建的铁观音没有，信阳的毛尖也没有，我只有当地的土茶，也就是一种叫掐不齐的野草，采摘回来，自己焙炒自己喝了，太郎您可不要嫌弃。"

入乡随俗，龟田太郎表现得特别随和，他说："您叫我太郎！哦，这样好，这样好，我在日本的家里，我的父亲母亲就叫我太郎，我到中国来，就没有人叫我太郎了。"

白髯住持的一句"太郎"，让龟田太郎竟然有了思乡之情。他说着还回头看跟他进入方丈室的费孝先。费孝先看着龟田太郎的眼神心领神会，他立即插话进来，证明龟田太郎此话不虚。

费孝先说："太君说得对，我们都敬畏地称他为太君。"

龟田太郎不等费孝先巴结的话说完，又立即插话说："我乐听住持叫我太郎。"

白髯住持接下来却又不再叫龟田太郎为太郎了。他自己动手，煮了一罐土茶，倾在一个带把的粗瓷小缸里，然后又分斟在几个同样色调的粗瓷茶盅里，招呼龟田太郎喝了。

虽是土茶，但烹煮出来，茶汤却也清亮香醇，有种淡淡的黄色。龟田太郎双手恭谨地捧起一盅茶，先在他的鼻尖上闻了闻，然后送到他的嘴边，轻吮慢咽了下去，并且抿着嘴，回味了一会儿，这就不无敬佩地说了。

龟田太郎说："土茶的好！我的家乡，也有一种土茶，我是经常喝的，我爱喝土茶。"

这个龟田太郎，怎么有这一肚子的乡愁？他让白髯住持又一次恍惚起来，几乎要把他当作一个虔诚的香客了。但是费孝先伸出手来，也要捧起土茶来喝，立即使白髯住持回到了现实中。住持赶在费孝先伸手就要捉住粗瓷茶盅时，把他的手毫不留情地挡了回去。

在老娘庙当学徒，然后做方丈，白髯住持对闻喜县城的人事情况是非常了解的。他把费孝先的手挡住说："你是费公子哩，土茶可不适合你。"

费孝先被白髯住持戗了个大红脸，他借势想要发作一下，吹发瞪眼睛的，却被龟田太郎刀子一般刺来的眼神挡了回去，只得悻悻地站在一边，既很无趣，又很无聊，不尴不尬，甚是难堪。

白髯住持是不会理睬他的，龟田太郎也没有理睬他。白髯住持和龟田太郎两人，在老娘庙的禅房里，竟然不可思议地论说起佛事来了。

论说佛事的头，是龟田太郎先起的。他说了："老娘庙的香火真是盛哩！"

白髯住持说："你们没来的时候，庙里的香火更盛！"

龟田太郎听出了白髯住持的挑衅，他没有顺杆子爬，而是朝着自己想要的结果走，于是他说：“香客们到庙里来，都是求佛的吧？”

白髯住持未加思索地说：“过去不是。香客们过去到庙里进香，都是尊佛敬佛礼佛修佛的。现在不同了，香客们到庙里来，确实都是来求佛的。”

龟田太郎以为他把白髯住持引导到了他的思路上，脸上因此有了些得意之色。他继续说：“佛是求的吗？”

白髯住持说：“佛不是求的。佛四大皆空，佛有什么好求的呢？我刚才说了，佛是要修的，一个人只要发愿向善，积极修为，都是可以成佛的。”

龟田太郎以为有机可乘，跟着白髯住持的话说：“你说得对，太对了。”

白髯住持说：“我说对了什么？”

龟田太郎说：“修佛呀！”

白髯住持说：“可你开始就说，来庙里进香的香客都不修佛，而在求佛，你知道原因吗？”

龟田太郎想要白髯住持说出原因，就鼓励他：“你说呢？”

白髯住持说：“要我说，你心里最清楚，香客们求佛，求的只有两个字——平安！”

龟田太郎听得出话不投机，便不想在这个他并不怎么熟悉的佛事上费口舌了。他话锋一转，说起了那个袖中藏蛇的和尚。

龟田太郎说：“你们的……那个玩蛇的和尚呢？”

龟田太郎话音才落，温玉让就闪身进到白髯住持的方丈室里来了。进得室内，温玉让右手袖筒里的青蛇，即已飞蹿而出，缠到了费孝先的脖子上，把个汉奸头子吓得面如土色，手抖脚颤，差点儿扑爬在地上。白髯住持指教温玉让了，说你还不赶快把青蛇收起来，看吓着了客人。温玉让满脸开心地笑。他吹着口哨来收青蛇了，等他把青蛇收回自己的袖筒，再看费孝先，发现费孝先的裤裆，已湿渍渍一片。

温玉让耻笑他了，说："跟你玩一下么，看把你吓得都尿了裤子。"

是温玉让的话，让白髯住持和龟田太郎，也看见了费孝先尿裤子的样子，他们二人都忍俊不禁。不过，他俩一个为老娘庙的住持，一个为日本驻闻喜县城特务机关的首领，笑起来都不太放肆，很收敛的样子。

温玉让大不咧咧地走到坐在茶台两侧的白髯住持和龟田太郎身边，招呼龟田太郎了。

温玉让说："太郎，是您叫我吗？"

龟田太郎有点儿小生气，说："老住持叫我太郎的好。你的不行，你得叫我太君。"

温玉让不解地问："为什么？"

龟田太郎说："你的，年纪太小了！"

温玉让点点头，说："我懂了。太君，您叫我什么事？"

龟田太郎说："白蛇、青蛇，你让我想起你们中国的传说故事，白素贞和许仙。哎呀，那可是太传神了，以此为基础改编的戏剧作品《白蛇传》，就很不错！你说你袖筒里的白蛇、青蛇，可是《白蛇传》里苦修成精的白素贞和青儿姑娘？"

温玉让没有想到这个他日后要解决的东洋鬼子，倒对中国的传统文化有如此明确的认识！他说了："我袖筒里的白蛇、青蛇怎么会是苦修成精的白素贞和青儿。不是不是，我的白蛇和青蛇，只是我修佛的伴儿而已。"

龟田太郎似乎想要给温玉让显摆一下他的中国文化修养，他告诉温玉让说："你们中国的传统文化里，以'四'为数的名物名故事，真是太多太多了，计有四大名扇、四大名绣、四大名花、四大发明……我的心里都是有数的，而我最喜欢的还是四大民间传说，一为《牛郎织女》，二为《孟姜女》，三为《梁山伯与祝英台》，四就是《白蛇传》了。你的白蛇、青蛇给了我一个启发，我要劝草玉社的草儿老板，把《白蛇传》排练出来，在咱们闻喜县城演出，你说好不？戏中不是有个法海和尚吗，你就扮演他了，演出中让你袖中的白蛇、青蛇也亮亮相，那可是一定会轰动的呢！"

尿湿了裤子的费孝先，所以能紧跟龟田太郎到白髯住持的方丈室里来，是有他的特殊使命的：他要全面观察这位玩蛇的和尚，可是一个真的和尚。

费孝先观察了，他首先是从温玉让的头顶上来辨识的，看那光溜溜的秃头上，六个圆圆的戒疤，别是特殊化装出来的。他认真观察的结果是——温玉让头顶上的戒疤，千真万确，是早年受戒用香头炙出来的。这使他稍稍放了点儿心，但还没有完全放心，因此他又从温玉让的举止形态上观摩了，同样，他认真观察的结果——不是一个持久修持的人，是无法像真和尚那样举止行态的。这应该是一个彻头彻尾的和尚呢。即便如此，他还想挑逗一下温玉让，希望他能露出马脚。

冷不丁的，费孝先问温玉让了："请问小师父，您从哪儿来？"

温玉让被费孝先问成了小师父，他心里是不快的，因此他带着出家人的情绪说："小师父从来处来。"

费孝先不因为温玉让有情绪而放弃，继续着他的探问："怎么还玩着蛇？"

温玉让依然情绪对抗地说："为了玩而玩。"

费孝先不依不饶，还想再与温玉让舌斗几回合，可是龟田太郎插话进来了。龟田太郎之所以插话进来，是他听了温玉让对于费孝先舌斗的答词，不亢不卑，很像是一个智慧的和尚。再者，他们进老娘庙时，温玉让向礼门台阶上放出白蛇、青蛇的举动，那可是很嚣张呢！倘若是一个心里有鬼的人，还是个和尚，应该是不敢那么嚣张的。综观温玉让的表现和说辞，龟田太郎可以认定，温玉让就是一个纯粹的和尚。所以，龟田太郎插话进来，一是为了阻止费孝先对温玉让的试探，二是还想解决自己心里的一个疑惑。

龟田太郎说："有意思，费孝先叫你小师父，你好像不高兴？"

温玉让双手合十，没有言语，只在胸前举了举。

龟田太郎又说："你认识草玉社的草儿老板？"

温玉让合十的双手还举在胸前，他不置可否地说："草玉社的一个小徒弟被蛇咬了。"

十

刚到闻喜县城，温玉让去草玉社的小院里，他的借口是小徒弟被蛇咬了。而这一次被龟田太郎请到他的特务机关龟寿寺里去，真真正正的，是因为草玉社的草儿老板被蛇咬了。

草儿老板是在龟寿寺里被蛇咬了的。

草儿老板之所以到龟寿寺里去，自然是龟田太郎请去的。龟田太郎说话算数，在温玉让跟前卖弄他对中国文化的熟悉，说要草儿老板排演《白蛇传》，回到龟寿寺他的特务机关里，隔了一夜，就把草儿老板叫进龟寿寺，安排她排演《白蛇传》了。草儿老板没有不应承的理由，而且她自己学徒时，学得最为得心应手的一出戏，还就是《白蛇传》。她嗓子亮，扮相好，出演的白蛇精白素贞，在豫陕两省，当然也包括她现在所处的山西省，那是摇了铃的有名。龟田太郎给草儿老板说，为了充分体现“大东亚共荣”的战略局面，日中两国的文化和文艺界，有不可推卸的责任。他驻防闻喜县城，在这一方面要有所贡献，他希望草儿老板能够支持他，尽可能好地排演《白蛇传》。戎装在身的龟田太郎，去会温玉让的时候，换了一身便装，很自然的，请草儿老板来，他当然也是一身便装。他在他龟寿寺改装的会客室里，按照日本武士流行的煮茶方式，为草儿老板煮了一大铁壶的好茶，滤在一个精致的敞口瓷杯里，然后又分别倾进几只同样精致的小瓷盅里，请草儿老板喝了。草儿老板没有客气，她伸出自己的纤纤素手，拈起一个小瓷盅，送到樱桃般红润的小口边，轻轻地啜着，恭维龟田太郎对中国传统戏剧的热爱。她说，说什么都要排演出来，让龟田太郎看了。

龟田太郎满意地笑了，说：“草儿老板今日好景致!”

草儿老板今日是怎样的一副好景致呢？温玉让与她接头见面的那一天，她穿的是水绿色较淡点的一件旗袍，今天呢，穿的则是一件同色花同色绸料的暗绿色旗袍。这样的旗袍穿在她的身上，如果宽上一分，则会显得松，如果窄上一分，则会显得紧。现在不松不紧地穿在她的身上，让她看上去，就如一朵烂漫天然的花，有一种无法比喻的美。龟田太郎很绅士地赞美了草儿老板一句后，接着还想再赞美的，却有一条花蛇，从龟田太郎会客室的屋梁上跌下来，跌在草儿的脖子上，在她修长白皙的脖子上，吞了一口后，如飞似的就又出溜得没了踪影。

龟田太郎的惊呼在前，他喊了起来："蛇！"

草儿老板遭了蛇咬，倒比龟田太郎晚了一会儿，她软软的一声轻唤："蛇！"

血不多，就那么圆圆的两滴，从蛇咬的牙口子渗出来，仿佛两颗晶莹的红色宝珠。龟田太郎命令下来了。

龟田太郎像他起初看见蛇咬了草儿老板时的惊讶一样，喊出命令："快去叫和尚！"

已经废戒了的温玉让，从头到脚，可不还是一个和尚吗！龟田太郎怀疑过他，去老娘庙会了他后，就把他当成一个真正的和尚了。这个和尚有治疗蛇伤的本领，草儿老板被蛇咬了，龟田太郎自然要叫他来。

派来叫和尚温玉让的人，还在闻喜街头穿街走巷地跑着，而消息已像长了翅膀一样，传进了老娘庙里，传给了温玉让。但温玉让这时候还有一件他不甚明白的事要做。那就是接受他参军，还给他当了一段时间连长的韩城，潜进闻喜县城，和温玉让接上头后，要温玉让把自己作为"抗日危险分子"向龟田太郎举报并抓起来，关进龟寿寺里去。

韩城是昨天夜里潜入闻喜县城的，和他同时潜入进来的，还有温玉让熟悉的班长——猎人。韩城潜入闻喜县城时的身份，是一个走方郎中，而猎人则扮作他的徒弟，跟随着他，为他背着一口雕漆的精致的药箱子。他俩进了县城，没有投宿街市上的旅店，而是直接借宿在老娘庙里，找到了温玉让，跟温玉让说起他们此行的目的。

在向白髯住持借来的一间禅房里，温玉让和连长韩城、班长猎人，坐在一盏豆油灯下，有好一阵子，谁都没有说话，三双眼睛，亮闪闪的，你看看我，我看看你，是温玉让忍不住先开的口。

温玉让说："连长，你更瘦了！"

韩城截住温玉让的话说："你记好了，这里没有连长，只有一位郎中，韩郎中。"

温玉让知错地点了点头，把目光又移到班长猎人的身上，他想对猎人说句话的，可他还没说出口，猎人自己先说了。

猎人说："这里也没有班长，只有一位跟随郎中的徒弟，小徒弟。"

这么说着话，温玉让想起了排长刀客，他问韩城和猎人，刀客怎么没来。温玉让这一问，才知道刀客已牺牲在中条山里了！他们三十八军暂编独立团，紧急驰援中条山抗战的部队，在温玉让被选派离开阵地后，不歇气地打了几场硬仗。几场硬仗打得最惨烈的，当属永济之役了。李振西任团长的教导团，是三十八军的一张王牌，有骄人的"铁军"之誉，此前的1937年，在河北的滹沱河边，教导团就击溃了日军的一个联队；还在冀晋交界的井陉口、娘子关阻击战中，与敌死磕，全团2700多名勇士，打到最后，剩了不到300人。暂编独立团，在战斗中很自然地编入了教导团。编入没有几日，就游击到永济一线，阻击日寇的进攻。因为情报上的问题，李振西团长率部收复永济城外的万固寺阵地，他们打得神速，只用一个营的军力，向万固寺冲击。韩城的连队，就在这个营里，他一马当先，冲击在部队最前边，到夕阳挂在天边，把西边天际染得血一般惨红的时候，就已击退了万固寺的日军，胜利地夺回了万固寺阵地。但是接下来，形势却发生了意想不到的变化。此其时也，韩城作为尖兵连的连长，就站在万固寺的那座古塔前，抬眼望了一下古塔，发现古塔玲珑精致，但他知道此时不是他发思古之幽情的地方，他收回了仰望的目光，向塔下的沟坡望去，能够看见的，到处都是树林和竹林，而依靠树林和竹林的掩护，鬼子兵人影幢幢地隐蔽其中，悄然地向后撤退着。与鬼子交战，这是一场难得的胜利。别说全连的战士，便是连长韩城，都异乎寻常地兴奋，他鼓着腮帮子大喊：“追啊！我们不能让鬼子跑了！”韩城一喊，全连的战友跟着喊：“追啊！杀死小鬼子！”拖着一把大刀片子的刀客，在大家的怒吼声里，举刀第一个冲进树林和竹林……一路地追，一路地喊，追着喊着天黑了，而且还下起了毛毛雨，不多一会儿，全连战士的衣裳就都被雨淋透了。恰其时也，有几声猫头鹰瘆人的叫声，叫醒了猛冲猛打的韩城。他知道他们冲进了一片坟地，借着云缝里闪露的一丝微光，韩城从一块碑文上看出，他们冲进的是解家坟。解家坟在军事地图上标有位置，韩城判断了一下，知道出了坟地，前边不远，就是永济防线的一个重要阵地西姚温村。于是，他传令全连停止追击，等待后续部队上来，听听营、团指挥官怎么部署。

团长李振西赶来了，韩城简要地报告了战斗状况，李振西表扬了几句他们连，就把团指挥部临时设在解家祖坟的一个小小的祭祀殿里，研究下一步行动。

大家怀疑逃跑着的日本鬼子，躲进了西姚温村。为了证明大家的判断，李振西还让机务人员联系了战役的总指挥机关，得到的回答是，西姚温村没有日军，那是我们防线上的一支友军。

怎么办呢？连长韩城说话了。他说：“是友军？是日寇？我带我们连到前边去试探一下就知道了。”

韩城所以这么站出来说话，他心里是有怀疑的。他怀疑被他们连追得兔子一样逃窜的鬼子兵，在西姚温村这里，难道都插了翅膀，飞越了过去？西姚温村的友军，怎么就不阻击消灭逃窜的鬼子兵呢？心里疑惑着的韩城，得到团长李振西的首肯，带领他们连的全体战士，从解家坟地摸出去，向西姚温村悄悄地逼近。他们越是逼近，越是觉得情况蹊跷，西姚温村静悄悄的，没有狗吠，没有鸡叫，也没有一盏灯火……突然的一声冷枪，从韩城他们连的身后打了起来，距离韩城不远处的一位战友，应声倒下。猎人手提枪响，从一棵大树上掉下一个人来。从这人掉落的衣帽看，就知是一个爬在树上的鬼子兵。一场遭遇战，就这么不由分说地打了起来。韩城他们连的身后，树丛、竹丛、沟坎里，忽然一片枪响，而他们前面的西姚温村，也迅速地冲出一队日本鬼子，把韩城他们夹在中间，打了个猝不及防。战友们纷纷遭受枪击，倒在血泊中。猎人的枪法真是好，在雨夜中，朝着鬼子枪响的地方打，一打哑一个。韩城率领战友向被猎人打哑的地方突围，这时的刀客有了用武之地，他冲在前头，挥舞着亮闪闪的一把大刀，见着围来的鬼子兵，就是一刀猛砍，可他自己，不幸被鬼子的枪弹击中，牺牲在了突围的阵地前……在解家坟休整的团长李振西，从杂乱的枪声里，听出了韩城他们情况的不妙，他指挥全体官兵把突围的韩城他们接应了出来，尽管如此，一百六七十人的连队，还是牺牲了一半多！

总结这次失败的教训，情报失误是个不可忽视的严重问题。

韩城因此被抽调出来，经过短暂的培训，这就步了温玉让的后尘，也被派到闻喜县城来了。韩城的任务很具体，他要协调先期派到闻喜县城来的草儿和温玉让他们，尽可能地搜集日军活动情报，并及时反馈给中条山抗战的我军指挥部。与此同时，他还要想尽一切办法，营救被关押在闻喜县城的抗日志士，他们中的一批人，是搜集日军情报和铲除汉奸的高手。有他们出来工作，对中条山抗日的大局，会有非常大的帮助。

接受任务时，韩城知道关押在闻喜县城的几十名抗日志士，分属国民党军统早期安排在晋西南地区的人员，以及共产党领导的晋西南游击队的人员。他们同被关押在龟寿寺里，却一点儿都不团结，以军统晋西南工作组长陶恩平为一方，又以晋西南游击队队长肖站权为一方，动不动就要在龟寿寺里闹一场矛盾。有时候为一句话，有时候为半个馍，有时候什么都不为，以陶恩平为首的一方，瞧不起肖站权一方，嫌他们粗鲁土气，不修边幅；而以肖站权为首的一方，也瞧不起陶恩平一方，嫌他们装腔作势，死要面子活受罪。两方有矛盾，最受益的是龟田太郎，他依凭双方的矛盾，把他们在龟寿寺管得很有章法，谁有什么小动作，或者是什么言论，很容易就会被他弄明白、搞清楚，这让他在上级跟前，很能说得起话。

肩负这样的任务，韩城向派遣他的部队首长，提出了一个大胆的设想，说要解决好龟寿寺被关押抗日志士的团结问题，争取时间，争取主动，早日解救出狱，他就要深入到龟寿寺里去，成为关押者中的一员。韩城的这个想法太大胆了，首长没有同意，但也没有反对，只是要他到了闻喜县城，可以根据实际情况，自行决定。

温玉让把龟寿寺的情况汇报给了韩城，韩城当即决定，要按他的设想来干了。

韩城决定要这么干，温玉让是不同意的，而且跟来的猎人，也站在温玉让一边，不同意韩城这么干。当天夜里，他们在禅房的油灯下，没能达成统一的意见。到了大白天，草儿老板在龟寿寺被蛇咬了，龟田太郎令人来老娘庙叫温玉让。消息传进庙里来，韩城就又动员温玉让，要他抓住机会，向龟田太郎告发他，只说他是个抗日分子，至于是国民党的抗日分子，还是共产党的抗日分子，不要说得太明白，糊糊涂涂就行，让龟田太郎把他抓进龟寿寺，他好做被关押抗日志士们的工作。

温玉让依然想不通，说：“咱好好的，为啥要自己告发自己？你以为被龟田太郎抓进龟寿寺里就好受了是吗？”

韩城说：“不入虎穴，焉得虎子。要实现我们的目标，最好的办法，就是要像孙悟空一样，钻进牛魔王的肚子里，搞他个地覆天翻。”

温玉让说：“你说的有道理，但我还是不能告发你。”

韩城被温玉让的固执逼急了。他说：“这是命令！命令你还知道吧？我命令你向龟田太郎告发我。”

温玉让也急了，面红耳赤地说：“我这么做……这么做，和叛徒汉奸又有什么两样？”

争辩没有结果，而来叫温玉让给草儿老板治疗蛇伤的人，已像一颗射进老娘庙的子弹，大声地喊：“和尚和尚，快快，草儿老板被蛇咬伤了！”

十一

花蛇原就是温玉让驯养的那条蛇，它咬了草儿老板，咬得重不重，有没有生命危险，温玉让心中是有数的。因为这一出苦肉计，本就是他俩预谋的，为的是温玉让能很好地接触龟田太郎，取得龟田的信任，好从龟田那里获取中条山前线急需的情报。

心中有数的温玉让，在老娘庙听到来人的喊叫，没有丝毫迟疑，立即提起他的玄色布包，跟着来人，像股急速旋转的旋风，这就去了龟寿寺，见着了龟田太郎，见着了草儿老板，自然还见着了费孝先和他的妻子山杉纯子。被花蛇咬了的草儿老板，此刻就斜倚在山杉纯子的怀里，侧卧在龟田太郎办公室的沙发上。温玉让的到来，让焦急的龟田太郎以及费孝先喜出望外，话跟话地欢迎温玉让的到来。

龟田太郎说：“噢，和尚来了！”

费孝先说：“好了，和尚来了！”

温玉让没有理会龟田太郎和费孝先的热情，他径直走到草儿老板的身边，俯下身察看蛇咬的地方，山杉纯子把草儿老板的衣领扯了扯，让温玉让清楚地看见了花蛇在草儿老板脖子上咬出来的两个牙孔……温玉让胸有成竹地回头看了一眼龟田太郎，捎带着也瞥了一眼费孝先，他看他们的眼神是自信的、坚毅的。他把他一直抱在怀里的玄色小布包，摊开在沙发前的茶几上，首先拿起那把柳叶一样的小刀，再把龟田太郎备在茶几上的火柴，擦燃了一根，把他的柳叶小刀在火上烧了烧，这就凑近草儿老板被花蛇咬了的伤口上，轻轻地切开一个小口，然后把他的嘴吻上去，努力地吸着伤口上的血，吸了一口了，就抬起头，把血吐在茶几上的一个茶杯里，接着又去吸……温玉让差不多从草儿老板脖子的伤口上吸了一茶杯的血，就不再吸了，而是从他玄色小布包里，取出三根小小的银针，依例用火柴烧了烧，把一根针扎进草儿老板的人中穴，此外，又在神庭穴和天突穴，各扎下一根银针，扎了针后，他先在人中穴和天突穴的银针上搓一搓，又在神庭穴和天突穴的银针上捻一捻，搓搓捻捻的，口吐着白沫的草儿老板，一个响响亮亮的喷嚏打了出来，把她满嘴的白沫，像喷天花一般，喷得到处都是。

草儿老板苏醒过来了。

苏醒过来的草儿老板，有气无力地说：“谢谢你，和尚！”

草儿老板问候的是温玉让，温玉让倒没多少表情，倒是龟田太郎，以及费孝先和山杉纯子，一下子喜笑颜开，围着草儿老板，向她道起贺来。

山杉纯子的言语快，说：“你不知道你，牙关紧咬，可把我们吓坏了！”

费孝先接着妻子山杉纯子的话说：“这下好了，我们不用惊吓了。”

龟田太郎没有忘记他把草儿老板请进龟寿寺的目的，是和她商量排演《白蛇传》，而被花蛇咬的草儿老板还能承命排演《白蛇传》吗？

龟田太郎说：“草儿老板，排演《白蛇传》的事情，可不能因为花蛇伤你而夭折。”

草儿老板被龟田太郎“花蛇伤你”的话刺激了一下，条件反射般的又惊厥了一下，但她强忍着蛇伤的痛苦，给龟田太郎表态了。

草儿老板的表态是坚决的，说：“不会夭折。”

龟田太郎不无赞赏地表扬草儿老板，说她是大东亚共荣的良民。他表扬过草儿老板，就让费孝先的妻子山杉纯子陪同草儿老板回去，好好养伤，养好伤排演《白蛇传》。

草儿老板和山杉纯子走出去了，温玉让本来也是要走的，可他走了几步，又回过头来，给龟田太郎说了这样一句话。

温玉让问：“咬了草儿老板的那条蛇呢？”

龟田太郎老实地回答了温玉让，说：“飞了。”

温玉让的心就踏实了下来，知道那条蛇就是他给草儿老板的。花蛇所以咬了草儿老板，也正是他俩设计的苦肉计。这条苦肉计初见成效，温玉让可不能让草儿老板白被花蛇咬那么一口，他要乘势而上，进一步地接近龟田太郎，这是最好不过的一个机会。

温玉让说：“飞了？唉，怎么说呢？龟寿寺还会再闹蛇害的！”

龟田太郎是怕蛇的，刚才，草儿老板被花蛇咬了一口，把他吓得已经够呛。据花蛇当时的形态和行踪，在他看来，的确是飞走的。这会儿，温玉让又说龟寿寺还会闹蛇害，他吓得腿都软了。但他凭着征服他人的精神支撑着，没有让他的腿发软，可他请求温玉让了。

龟田太郎说："那就借助和尚您了，您是治蛇专家，帮助我们把龟寿寺的蛇害灭一灭。"

温玉让因此被龟田太郎礼貌地留在了龟寿寺，帮助他们来灭蛇害了。温玉让首先要找到那条花蛇，他由费孝先陪同着，把用寺里殿舍改造的鬼子特务机关的前院，认真地查找了一遍，是个老鼠洞，或者是处鸟儿窝，温玉让都没有放过。他手里拿着个树棍儿，顺着墙根，又是拨又是捅的，有时候还蹲下身子，用鼻子嗅气味，一会儿说这里蛇爬过，一会儿说那里蛇爬过……费孝先像龟田太郎一样，也是个怕蛇的，温玉让这么说，把他说得仿佛那蛇就在他的脚下，而且还又往他的裤腿里钻，吓得他浑身不自在。这可太难熬了！他真想拍屁股走人，可是龟田太郎让他陪着温玉让，他又哪里能不陪，这么难难受受地陪着，就陪温玉让到了龟寿寺原来的后殿。原先后殿可以直接进入，如今新隔了一道高墙，就没法进去。温玉让就想了，被龟田太郎关押的抗日志士，都该在高墙相阻的后殿里了。温玉让想要进后殿看个究竟，要费孝先打开高墙上的铁门，费孝先不敢往开打，温玉让就说，凭经验，大花蛇的踪迹和气味，现在都入了后殿，你不让我进去，我怎么灭除蛇害？费孝先为此还去请示了龟田太郎，龟田同意了温玉让的请求，给费孝先说，龟寿寺前殿的人遭受蛇害是事故，后殿的关押者遭受蛇害也是问题，就命令费孝先继续陪着温玉让，温玉让想去哪里灭除蛇害，他就老老实实陪到哪里去。

这是龟田太郎心里的秘密呢。

关押在龟寿寺里的中国人，他已基本了解清楚，他们一部分是国民党领导的抗日分子，一部分是共产党领导的抗日分子。国民党和共产党，名义上联合起来抗日，实际上矛盾重重，并不团结，而这正是他能利用的机会。所以他对关押在龟寿寺后殿的人，不论谁是国民党，谁是共产党，在生活上还是比较照顾的，一日三餐，有吃有喝，把谁都饿不着，他想从嘴上先软化他们，然后再从精神上俘虏他们，好使他们转变态度，像效忠于大日本皇军的他们的同胞费孝先一样，来为“圣战”服务。要知道，他们来为皇军服务，可是比其他人更有价值更有用哩。

龟田太郎让费孝先陪着温玉让到后殿去灭除蛇害，还要他向被关押人员大力宣传，就说前殿的人已被蛇咬了，他不想蛇再咬了后殿的人，于是请来身为治蛇专家的和尚，驱除蛇害，好使大家安全无忧。

费孝先不折不扣地执行着龟田太郎的命令，陪着温玉让到了后殿。遇着关押的人，就向他们宣传龟田太郎关心大家安全的好意。温玉让进了后殿，却不同于费孝先。他在观察关押的同胞，是否如老连长韩城说的是两个阵营，互不团结，还相互存有敌意。因为龟寿寺闹不闹蛇害，他心里是有底儿的，而且是最清楚的。他把全部的注意力，都放在观察被关押同胞的情绪上了。

这个时候，被关押人员恰都走出被隔挡得乱七八糟的后殿，在后殿不大的院子里放风，他们的敌意和对立，让温玉让看了个一清二楚。蹲坐在西边院子石刻金毛犼边的汉子，该是晋西南游击大队的队长了，他脸色冷硬，多少日子没刮的胡须，仿佛一根根钢针，四散地刺着。围绕在他身边的人，穿着都不怎么整齐，什么颜色、什么样式都有，散散地，走到游击队队长跟前了，有人说句什么，有人什么也不说，但只要从他身边走过，往前继续走着。这些人往院东走到石刻银毛犼旁边的人跟前时，不是这个攥一下拳头，就是那个吐一口唾沫，尽可能地表现出他们的不屑和轻蔑。那个人是谁呢？温玉让不用多想，就能猜知他该是原晋西南军统特别小组的组长了。在他的身边，也围绕着一批汉子。这批汉子的着装和仪容，明显要斯文和讲究一些。晋西南游击队的汉子，到他们晋西南军统特别小组组长的跟前来示威，他们又岂能坐视不管？有人会针锋相对地站起来，走过去，和来示威的人相互暗中比一比拳头，瞪一瞪眼睛……温玉让把这一切看在了眼里，就又想起他来龟寿寺前，韩城对他的叮嘱了。

韩城说得对，要想营救他们，不把他们团结起来，拧成一股绳，是有困难的，而且还很危险。

费孝先忠实地宣传着龟田太郎对被关押者的关心，而温玉让则一边察寻蛇害的可能存在，一边又在回想韩城对他的叮嘱，他矛盾极了。这算什么呀？为了营救被关押的抗日志士，而让他向龟田太郎“告密”，把他尊敬的老连长韩城送进这座监狱，他怎么做得出来呢？

这太让人揪心了！

在龟寿寺后殿，温玉让察看蛇害可能的时间用得比在前殿时还长。他之所以这么做是想更仔细地观察被关押的抗日志士们的情况。他发现，敌对的双方，在费孝先不断地宣传感化中，以及在他驱除蛇害行动里，其对立的情绪，就一直没有停下来。到了最后，差不多放风时间快到时，其中两个对立的汉子，不知什么原因，突然你一拳打过来，他一脚踢过去，当下打得一个鼻子流了血，一个耳朵流了血。两个人打着，还不解决问题，更多的人往前冲，更多的拳头砸下来，更多的腿脚踢起来……幸有管理他们的一班日伪军，在费孝先吹响的口哨声里，一拥而上，用枪托和刺刀，把对立的双方分开来，像赶牲口一样，赶进了他们各自被关押的监舍里。

什么蛇害不蛇害的，对于温玉让来说，本来就不是个问题，现在更是一点儿问题都没有了。装模作样的，温玉让在后殿院子周遭，又一遍地察寻了蛇迹蛇味之后，他给费孝先说了。

温玉让说："龟寿寺现在不只一条花蛇，据我估算，应该还有十几条蛇呢！"

怕蛇的费孝先，缩着脖子踢着脚，说："那你快呀，把蛇都捉住除了呀！"

温玉让睥睨地看了费孝先一眼，说："你以为蛇是好捉的？好捉了你捉呀！"

费孝先被温玉让一句话呛得愣了起来，说："我我我……你你你……"

温玉让一点儿都不客气，说："我什么？你什么？啊！听我给你说，蛇是什么？都是有灵性的神物，不是谁想捉就能捉住的。"

温玉让说着就从后殿关押抗日志士的院子往外走，费孝先没有办法，跟着也走了出来，来向龟田太郎复命了。叽里咕噜一通温玉让听不懂的话，龟田太郎把费孝先往旁边一推，直接走到温玉让的身边，告诉温玉让，说了他的新的决定。

龟田太郎说："你的，住到这里来。"

温玉让装着没听懂的样子，看一眼龟田太郎，又去看晾在一边的费孝先。费孝先倒是表现得特别机灵，他给温玉让进一步解释了。

费孝先说："你不是和尚么，这里是龟寿寺，太君让你就住到龟寿寺里来。"

温玉让笑了，没说他住不住进龟寿寺里来，只说他得回一趟老娘庙，把他的随身东西整理一下。

十二

从老娘庙再次来到龟寿寺的温玉让，吞吞吐吐地向龟田太郎告发了韩城。

当然，这是韩城和温玉让密谋的一次告发。在龟寿寺从蛇口救下草儿老板，并在龟寿寺察看了一阵蛇迹和蛇味的温玉让，回老娘庙取他随身的一些物品，韩城问他了。

韩城问：“你给龟田太郎告发了我没有？”

温玉让没有正面回答韩城，只说：“我到龟寿寺后殿看了，关押的抗日志士像你说的，的确有矛盾，而且彼此还存有敌意。”

韩城说：“既然如此，你就得告发我。”

温玉让把自己随身的物品打了一个包，打好后背在肩上，向白髯住持告了个别，这就往老娘庙的门外走去了。韩城得不到温玉让笃定的回答，就跟着他，一直走到庙门口时，温玉让才开口给韩城说了。

温玉让说：“龟田让我住到龟寿寺里去。”

韩城说：“这你已经说过了，这很好，不仅可以从龟田那里搞情报，还可以传递关押在那里的抗日志士的消息，这是再好不过的事呢。”

温玉让说：“那你就做个准备吧。”

温玉让这么说着时，脸是苦的，而心更苦，胸腔里的苦胆像突然破了似的，满是难以忍受的苦滋味。温玉让要韩城做准备，韩城是早就准备好了的。和他同来的猎人，还不能暴露，更不能被抓。猎人还得守在老娘庙，通过爱国的白髯住持的掩护，一方面与自投龟寿寺的他相联系，一方面还要与中条山抗日总指挥部的人联系。而温玉让是这一切联系环节中最为关键的人物。只有大家齐心协力，使这一条联系线路畅通，才能顺利完成他们既定的计划。

有了这些准备，温玉让心里苦着，把韩城“密告”给了龟田太郎。

温玉让当天没有告密。他在龟寿寺住了一个晚上，到了第二日，才在龟田太郎请他喝茶，谈论草儿老板排演《白蛇传》的间隙，把韩城供了出来。

温玉让说：“太君，我有一事，不知能不能……能不能说给太君？”

龟田太郎鼓励温玉让，说：“有什么能不能，你说，有啥话说啥话。”

温玉让就说了。他说：“老娘庙借宿着一位郎中，我约莫认识他，他是个抗日分子！”

龟田太郎被温玉让的告密弄得极为诧异，他有点儿不能相信自己的耳朵，恭呆呆看着向他告密的温玉让，问他：“如何见得他是抗日分子？”

温玉让老实地说：“这让我就说不仔细了。你把他抓过来问一下，他自己应该说得明白。”

龟田太郎高兴了，说：“和尚的你，好！大大的好！”

没有多长时间，韩城就被龟田捉进龟寿寺里来了。捉进来没给韩城任何喘息的机会，就押进审讯室，由龟田亲自来审了。龟田问一句，费孝先翻译一句。

龟田问，费孝先译：“你是个抗日分子！”

韩城答："我是个郎中，游方郎中。"

龟田问，费孝先译："在太君面前不要说假话，老实说，不吃亏，说假话，太君就要你的命！"

韩城咬死一句话："我是个郎中，游方郎中。"

龟田问，费孝先译，韩城答，问来问去，答来答去，问不出个所以然来，龟田太郎示意费孝先继续审，就从审讯室里走了出来。这个二鬼子，没有用嘴审，而是用他握在手里的皮鞭，劈头盖脸地打在韩城的身上，把韩城打了个皮开肉绽，最终从韩城嘴里问出来的还是韩城说过的那句话。

韩城说："我是个郎中，游方郎中。"

审问不出个结果，费孝先就把韩城押进了后殿关押抗日志士的院落里。过了几日，获得龟田太郎信任的温玉让，到后殿里来，见到的韩城，脸上身上，都是鞭打后结的痂，像是一条一条的死蛇，纵横交叉地缠绕在韩城的脸上和身上。不过，温玉让发现，原来敌视对立的两个阵营，因为韩城关押进来的缘故，已悄悄地发生着变化。也是一天放风的时候，韩城一人，独坐在后殿台阶的正中央,偏西的一边，依然是晋西南游击队队长他们；偏东的一边，依然还是军统晋西南特务小组组长他们。温玉让听到报告，说是后殿发现了蛇，他就进来了。进来看见，晋西南游击队队长指示人，走近了韩城，关切地询问韩城的伤势。韩城没多说啥，只说都是表皮伤，自己是郎中，对付得了。晋西南游击队的人刚离开韩城，军统晋西南特派小组组长，也暗示自己人到韩城跟前询问伤情。韩城依然没多说啥，只说都是表皮伤，自己是郎中，对付得了。这是一个信号呢。

韩城是郎中的讯息，由来关心他伤势的晋西南游击队的人和军统晋西南特派小组的人，分别报告给了晋西南游击队大队队长和军统晋西南特派小组组长。韩城是个郎中，他受的伤可以自治，当然也可给他人治伤疗病，偏偏晋西南游击队队长就有伤，而军统晋西南特派小组组长也有病，而这相互对立的双方，又都有些伤员和病号。所以，很自然的，韩城先被晋西南游击大队的人请过去给他们的游击队队长治疗伤患；随后，军统晋西南特派小组的人又把韩城请过来给他们的组长诊病疗疾。不论他们是谁，韩城都以一个郎中的姿态，精心地瞧伤、看病，并且开出治疗的药方，顺势动员两方面的人，团结起来，一致对付龟田太郎。

此前，龟田太郎想从嘴上软化、精神上俘虏他们，没有达到目的，就又用饥饿来对付他们了。其实，晋西南游击队队长的伤并不重，而军统晋西南特派小组组长的病也不怎么要紧，但经韩城一来二去地沟通协调，他们在韩城被关押进龟寿寺的第七天，于那个早晨集体向龟田太郎绝食了。绝食的理由就是要给被关押的伤病者给予人道主义的基本待遇，治伤疗病。绝食从清晨持续到晚上，晋西南游击队的人和军统晋西南特派小组的人空前团结，他们没有一人吃饭，都躺在监舍里，眼望着天花板，等着龟田太郎的答复。就这么坚持着，直到第二天中午，送进监舍里的饭食果然有了大的改善，白菜萝卜里有了猪肉的碎片，而且龟田太郎亲自来到龟寿寺后院的监狱区，向关押的晋西南游击大队和军统晋西南特派小组的人宣布，可以给有伤病的人治病疗伤。跟着龟田太郎进到监舍区的费孝先，声嘶力竭地翻译着龟田太郎的决定，而同时跟来的温玉让，则一身素净的僧衣，拿着一把木勺，给绝食的人分发饭菜。

就在龟寿寺被关押的抗日志士日趋团结的时候，温玉让通过他的特殊身份，把龟寿寺的情况带出来，说给猎人，同时又把猎人联络营救他们的步骤和计划，带进龟寿寺，说给韩城。与此同时，草儿老板的《白蛇传》，也排练得顺风顺水，差不多可以搬上舞台演出了。

龟田太郎倒是会选日子，他把《白蛇传》的首演日期，定在晋西南地区麦收后闻喜县城的麦收大会上。

过去的麦收大会，都在农历的六月六日，这一次也不例外。到这一日，没人组织，百姓们也是自发要演戏的，所以，闻喜人并不觉得有什么新奇。但龟田太郎就不一样，他把组织演出当作一件大事来抓，是想要营造一个“东亚共荣”的小氛围。不仅草玉社的戏要演好，全城的热烈气氛也要搞起来。龟田太郎把这一项工作交给了费孝先，费孝先便和他的日本妻子山杉纯子，很认真地投入工作。费孝先主抓街市上的繁荣问题，而他妻子山杉纯子则蹲在草玉社，主抓《白蛇传》的排练……一切都在他们的眼皮子底下，但他们不知道，草玉社里为排演《白蛇传》而新招募来的演员和文武场子上的乐人，都是从中条山抗日队伍里抽调来的有着演艺特长的人，他们都是内应；而潜伏在外的接应部队，也已化整为零，散布在闻喜县城周边了，一切就等着《白蛇传》的演出了。

十三

司鼓的楠竹鼓槌儿，暴风骤雨似的敲在板鼓上时，也仿佛敲响了龟寿寺营救抗日志士的号钟。不论是在《白蛇传》的演出现场，或闻喜县城外接应的人员，还是关押在龟寿寺的抗日志士，大家在各自不同的位置上，趁着暗夜的掩护，悄然地进行着准备。

组织《白蛇传》演出的龟田太郎，在费孝先的陪同下，就坐在戏台下正中的一个方桌旁。那时的戏园子，都是这样的格局，由一个一个的八仙桌排列而成，八仙桌上陈列有茶水，还有花生米、葵花籽、糕点等零食。跑堂的穿行其间，不断向茶碗里续茶，见谁头上出汗，还能拧一把湿毛巾，甩在谁的手里，让其擦去额上的汗，再把湿毛巾收回来……化身为侍女小青和白素贞的青、白两条蛇精，到西湖边偶遇书生许仙，而许、白一见钟情，被小青撮合成婚……草儿老板在戏台上演得有板有眼，唱得有腔有调。就在她唱到最为断肠揪心的“断桥”一折时，龟田太郎高兴得还喊了一声，可也就在此时，两条毒蛇分别猛地飞蹿到龟田太郎和费孝先的脖子上……它们咬了龟田太郎和费孝先之后，又四处爬散，咬了费孝先的日本妻子山杉纯子等一众随从人员。这些蛇都是从扮演白娘子的草儿老板水袖里被掷出来的。在蛇咬伤龟田太郎和费孝先他们的那一瞬间，龟田大声地喊了，费孝先也大声地喊了。

龟田喊：“和尚！”

费孝先喊：“和尚！”

和尚温玉让这时候在哪儿呢？在龟田太郎邀他一起观看《白蛇传》时，他拒绝了。他拒绝的理由是：“我一个和尚，哪能去那样的地方呢？而且，我又不想做法海和尚。”龟田太郎本来还要强制他去，他伸出自已的光脑袋，让龟田太郎把他的光脑袋砍了去，现在就砍了，砍了抬着他去。

龟田太郎乐了，在温玉让的光脑袋上拍了一把，没有再强迫他，让他留在了龟寿寺。可温玉让说，老娘庙的白髯住持托人传话，要他到老娘庙里去。这和尚既然不能陪他一起观看《白蛇传》，他要去老娘庙，那就让他去吧。龟田太郎摆了摆手，温玉让就在龟田太郎的眼皮子底下，从龟寿寺出来，去了老娘庙。

温玉让去没去老娘庙，唯有温玉让知道。因为在龟田太郎、费孝先他们去看演出后，大约在司鼓敲响板鼓的时刻，温玉让又回到了龟寿寺。他这一次回来，从他袖筒里掷出了好几条毒蛇，兵不血刃地，把留下来看守龟寿寺的日本鬼子，全都咬伤昏死在地。温玉让从容不迫地从看守的身上找来钥匙，把龟寿寺后院关押的抗日志士悉数解救出来，向他们短暂地传达指令，要他们不要慌，一切听从韩城的领导。"从龟寿寺出来，直往西城门方向去，那里有接应的部队，你们从里先打，外边接应的部队，听到你们里边的枪声，立即会发起进攻，里应外合，夺取西门，在夜色中，迅速撤离……"就在温玉让向众人传达指令时，韩城和几个有作战经验的人，已把被蛇咬过的鬼子看守身上的枪械，缴下来端在了自己的手里。温玉让话一说完，韩城立即挥手低声呼着了。

韩城呼着："大家跟着我走！"

数十抗日志士，就这么鱼贯地跟着韩城，向西门方向快速而悄然地去了。

温玉让没有跟他们去，他向《白蛇传》演出的现场去了。他是去接应草儿老板吗？答案是肯定的。温玉让放心不下草儿老板，怕她在关键时候，不能准确地掷出毒蛇，那就危险了！一路疾走，就在温玉让跑进戏院的时候，他听到了西门方向的枪声。而与此同时，草儿老板仍然一身白娘子的戏装，带着从戏院冲出来的一干人等，和温玉让碰了个正着。温玉让把一卷他从龟田太郎处弄来的文件，往草儿老板手里一塞，给她说，中条山抗战用得着，便不再说啥，指着西门方向枪响的地方，要她带人迅速向那里移动。

黑暗中，温玉让目送着草儿老板他们，直到他们跑得一个人都没有时，他返身回来，向乱成一团的戏院里闯了进去。因为有蛇的关系，戏院里已乱作一团，桌子倒了，椅子倒了，所有看戏的人，都没命地往戏院门口涌……温玉让没走进戏院大门，而是从草儿老板他们奔逃的后台小门进入戏院。他不知自己是怎么想的，进入戏院后，直奔被蛇咬伤中毒的龟田太郎身边，把他随身带来的玄色小布包打开来，像他在龟寿寺给草儿老板治疗蛇伤时一样，首先取出柳叶小刀，把龟田太郎被飞蛇咬伤的伤口扩大了一点，然后就给他一口一口地吮血，又抽出几根细细的银针，在他治疗蛇伤常用的穴位上，一根一根地扎了进去……温玉让一边扎，还一边捻，扎着捻着，龟田太郎像做了一场梦似的醒了过来。温玉让没再理会龟田太郎，他又像救治龟田太郎一样，来救治山杉纯子了，因为他的治疗，山杉纯子也如龟田太郎一样，做梦似的醒了过来……时间太紧迫了，温玉让没能从蛇口里救活几个人。

一次空前的营救行动，就这么神不知鬼不觉地完成了。

十四

2005年的秋天，辗转60余年的温玉让，在抗日战争胜利的纪念日里，一身袈裟的他，从台湾回到了大陆，回到了他阔别半个多世纪的禹王庙，走在荒草凄凄，依然一片废墟的庙址上。他给自己发下一个宏愿，此生哪儿也不去了，就在这里，把日本鬼子炸毁的禹王庙重建起来，并为让他废戒的尚云师父，在庙里建一座七重灵塔。

温玉让没有想到，就在他走进禹王庙旧址的时候，日本反战联盟的龟田太郎和山杉纯子，也后脚相跟，踏进了禹王庙旧址。

温玉让也许因为旧疾在胸，心中哀伤，没有注意龟田太郎和山杉纯子的到来。但白发苍苍的龟田太郎和同样银丝满头的山杉纯子，已经敏感地发现了他，并认出了他。龟田太郎和山杉纯子，是日本本土反战同盟的骨干成员，他们对当年不离不弃，拯救自己生命的温玉让，充满着感激之情，经过多方探听，才得知温玉让于抗战结束后一直在台湾生活。本欲去台湾寻找温玉让，临行之际，又听说由于台海关系健康发展，温玉让得以回到大陆，因此两人才改变行程，一路寻踪到陕西韩城的禹王庙。

认出了温玉让的龟田太郎和山杉纯子，走近了他，不约而同地叫住了他，跟当年被毒蛇所伤时一模一样。

龟田太郎叫："和尚！"

山杉纯子叫："和尚！"

废戒后再次恢复和尚身份的温玉让，听出叫他的声音极熟，他回过头来，一下子也认出了龟田太郎和山杉纯子，也像他俩叫他一样，热切唤着他俩。

温玉让叫："太郎！"

温玉让叫："纯子！"

此时此刻，像当年温玉让废戒抗日时一样，西斜的太阳给他镀了一身璀璨的光芒。那光芒扑散在禹王庙一侧的黄河里，与滔滔的黄河之水，融合成一体，仿佛满河的碎金，跳跃着、翻滚着，勇往直前！

中篇

断臂

一

羽田守一发现爷爷羽田仲雄闲暇时，在北海道的家里，总会翻弄一副扑克牌。那是以西方雕塑为题材印制的扑克牌呢，其中少了一张红桃K。爷爷羽田仲雄原是大阪艺术学院的高才生哩！他把那副雕塑艺术的扑克牌，翻弄得烂熟于胸，能以各种形式进行排列组合，但翻弄到那张红桃K时，就只有空缺下来。羽田守一不知道空缺的红桃K上面是什么雕塑，他问爷爷，爷爷羽田仲雄给他说了。

爷爷羽田仲雄说："是张维纳斯呢！"

羽田守一问爷爷："你把维纳斯丢了？"

爷爷羽田仲雄说："丢了。"

羽田守一再问爷爷："哪儿？"

爷爷羽田仲雄摆了摆手，说："你有机会到中国去一下，给我找一找。"

声势浩大的杨凌农高会，在被称为“中国农业硅谷”的杨凌农业开发区开幕了。作为记者，我穿梭在气球飞扬、彩带飘舞的农高会现场，努力地寻找着我想要的新闻线索。真是不错呢，我听到了一曲熟悉得不能再熟悉的信天游，那就是响彻了陕北，又唱红了全国的《三十里铺》。我没有犹豫，在人群里左冲右突，循着那脍炙人口的信天游而去。我离得越近，《三十里铺》那悠扬的曲调和纯真的歌词，越是清晰地往人的耳朵眼里钻：

提起个家来家有名
家住在绥德三十里铺村
四妹子爱见那三哥哥
他是我的知心人

还没有走到那个播放着《三十里铺》的展位前，我即发现一队身着农家衣裳的陕北婆姨，各自举了一个牌子，有模有样地穿行在人群里。我向牌子上的艺术字看过去，是这样一行字：四妹子土特产贸易公司。挨着她们再往前靠，我就看见了那个写着同样招牌的展台。展台里有位身姿苗条、举止大方的女子，站在里边热情地向陆续围来的宾客介绍着她展台里的特产。作为《西安日报》的记者，我去过陕北许多次，知道陕北的特产都有什么。在这家展台里，不难看出，既有陕北的黄小米、黑小米，还有黑豆钱钱、黄豆钱钱和红小豆、绿小豆等不下二十种的农特产品，而且每一种产品都很地道。别的不说，只说这黑豆钱钱和黄豆钱钱，就十分有特色。一粒一粒的黄豆，一粒一粒的黑豆，都是泛潮后人工砸出来的。砸的时候，不能用碾磨，不能用铁器，更不能用现代化的机械。砸“钱钱”只能用石头——一块大的石头垫底，把黑豆、黄豆放在上面，手握一块小点儿的石头，对着大石块上的黑豆、黄豆砸下去……别看这简单的一砸，手上的功夫要非常了得。一粒粒的黄豆，一粒粒的黑豆，用的力量是不一样的，有的要多用点儿力，有的却不能太用力。该用力的不用力，就砸不扁；不该用力的用大了，就会砸碎，这样就出不了好钱钱。我做记者工作，起初下农村采访，在陕北见到这个情形时，还嘲笑他们生活在石器时代。被我嘲笑的对象，一点儿都不为我的嘲笑而气恼，相反还自豪地说，他们乐意生活在石器时代。这使我一点儿脾气都没有，而且在以后的日子，我下陕北农村，吃喝了农家锅灶上熬煮的钱钱饭后，觉得老百姓的自豪是有道理的。我们的生活向现代化发展是对的，而有些生活，哪怕停滞在石器时代，也是不错的呢！四妹子公司展台里摆放的“四妹子”商标的农特产品，不是陕北人可能看不出门道，像我这样常去陕北采访的记者，拿眼一瞄，就看得出来：那所有的特产，绝对是在陕北厚土里生长出来的，而且又绝对是用陕北特殊的加工方法炮制出来的。

我把挂在胸前的照相机举起来，对着“四妹子”展台，“哗哗哗哗”连拍了好几张。

照相机强烈的闪光，引起展台内女子的注意，她把向着咨询者仔细介绍着的眼睛抬了抬，看向了我，对我很是友善地笑了笑，又偏过头去，和围在她展台前的咨询者交流了起来。

我没有往前挤，在离展台三五步远的地方静静地等着。想等咨询者都离开后，我好靠近与展台内的女子做些交流，并通过与她交流，丰富我的新闻采写内容……有些年头了，陕北的延安、榆林，呈现给人们的，除了黑色的煤炭、黑色的石油，好像就没有其他吸引人的了。事实如此，敢于冒险的人，不论陕北本地的，还是全国其他地方的，南腔北调，好像中央红军当年到陕北一样，络绎不绝，四面八方，都向陕北蜂拥而来。那时候，大家投奔延安，到陕北来，为的都是一个目标：推翻旧世界，建设新中国。陕北的山山水水，陕北的小米和大红枣儿，养育了中国革命，使中国走向了一条国强民富的幸福大道。而今，蜂拥到陕北来的人，依然怀揣着国富民强的梦想，但也不能排除，其中也有淘一把金子而去的投机者……在我的新闻采访活动中，就接触到了不少这样的人。我为他们的目的而悲哀，希望他们端正态度，多多认识陕北，为陕北的发展做出自己的贡献。可是我很失望。林立的石油钻井井架，堵塞了交通的运煤车辆，让一部分人的腰包鼓得很高，账面上的数字积累得很大，他们富起来了，但他们的精神世界却很难与他们的经济收入相适应。倒是相对贫穷的陕北百姓，依然纯朴着，依然厚道着，把陕北的土特产，以陕北特有的方法加工出来，带到盛大的杨凌农高会上进行展销。我眼前“四妹子土特产经贸公司”展台里那位年轻貌美的女子，应该就是这样的人。

展台前，有人走了，又有人来了，接踵不绝……守在展台里的女子，发现我站在那里久了，怕慢待我吧，就向围着她来的咨询者们说了句什么，抽身出来，向我走过来。她的步态是优雅的，脸上的表情是大方的。

她走到我的面前问：“你是记者吗？”

经历了多少采访对象，面对她，我却毫无来由的心慌。为了掩饰，我把挂在胸前的记者证，向她亮了亮，说：“你看呢？”

她说：“我早看见了。”

几句对话下来，我竟有些语塞，不知道还应该与她说些什么。幸好有她展台里放着的那台录播机，车轮子一般播放着《三十里铺》。这时，正播到了中间一段：

三哥哥今年一十九

四妹子今年一十六

人人说咱二人天配就

你把妹妹闪在半路口

我没话找话地借着信天游《三十里铺》问她："是你唱的？"

她的脸红了起来，红得像是一抹飘拂在闹市中的红纱巾。她说："唱得不好。"

我说："信天游还是咱陕北人自己唱着好听，有味儿。"

她说："可不是嘛！外面的人唱，声可能大，音可能高，但没咱陕北人唱的那个味道。"

我俩这么说着，说得就很近了。我问她："四妹子土特产贸易公司？你用这个名字，可能是要侵权了呢！"

她的脸色依然红红的，说："我侵谁的权吗？告诉你大记者，我有四妹子授权的呢！"

我说："四妹子她……"

虽然我的话没有完全问出来，但冰雪聪明的她，就知道我下来的问话是什么了。她说："四妹子是我的亲姑奶奶，我是四妹子的亲孙女。"

我"哦"了一声，就很开心地说："那你就是小小四妹子了！"

她说："可以这么说。"

在榆林，她姑奶奶四妹子家喻户晓，小小四妹子虽然没她姑奶奶的名气大，却也是有些小名望的。

四妹子的名气，来源于她姑奶奶年轻时的一段传奇。

小小四妹子的名望，来源于她演唱信天游。

展台前聚积的人多了起来，我不想打扰小小四妹子，与她相约在展会休息的时候，好好说说她的姑奶奶四妹子，还有她自己小小四妹子。

小小四妹子不知道，我也不知道，有个叫羽田守一的日本小伙子在农高会上也受陕北民歌《三十里铺》的吸引，在人群里挤着，向她的摊位前走来。

这也正是我在写作了《废戒》后，有机会来写《断臂》的起因。

二

秋日的斑斓多彩，还有烂漫缤纷、云淡风轻，都是四妹子王凤英，三哥哥刘唢呐喜欢的。但在1938年的时候，一十六岁的王凤英和一十九岁的刘唢呐的好兴致，被日本鬼子侵犯晋西北的枪炮声破坏了。少男少女的他们，没有了那样的好心情，心里充满了惶恐和惊惧，没有心思享受秋天的美好了。

浊浪滚滚的黄河，像是天上的银河落到了地上，森然地把四妹子王凤英和三哥哥刘唢呐隔在河两岸。这时的他们，既没见过面，也没拉过话。家住黄河西岸的王凤英，耳听着黄河东岸轰鸣的枪炮声，以及由此引发的冲天炮火，已自觉地投入到抗日救亡的潮流中去了。担任绥德一线河防任务的，是铁将军王震统领的三五九旅。三十里铺村的王凤英，是村妇救会的一员。她日夜埋头在一双双土布鞋鞋底上，用力地纳着鞋底上的仿佛铁钉一般的麻绳疙瘩，她要她纳的鞋底又硬又正，穿在河防战士的脚上，能踢得倒一座山……踢得倒山的鞋底子，砖块一样地摞着，在王凤英住着的窑炕上，顺着窑壁，已经摞起一大堆了。太阳光斜斜地穿透窑窗，照在她手里纳着的一个鞋底上，密密麻麻的麻绳疙瘩一角，剩下几针纳的，纳好后就能摞进鞋底的垛子里，抱着给娘了。娘是上鞋帮的好手。在她们家里，王凤英与娘是一对配合默契的做鞋能手。娘儿俩做好的土布鞋，送到河防部队里去，战士们都争着穿。驻防三十里铺的三排排长房生贤，还登门访问过她们娘儿俩，走的时候，就把他的脚提起来，要王凤英娘儿俩，给他也做两双土布鞋子。王凤英娘儿俩欢欢喜喜地应承下来了。这时在王凤英手上拿着，纳得只剩几针的鞋底子，可正是给三排排长房生贤特别纳制的，之所以特别，就是在纳制的时候，王凤英见缝插针的多纳了几针。细细的麻绳，尖尖的钢针，王凤英努力地穿过鞋底，一下一下地扯着麻绳，那种麻绳扯过鞋底的刺啦声，仿佛美不可言的乐曲，激励着王凤英。她忍不住哼唱出一曲信天游了：

我和哥哥隔道河，
杨柳遮住看不着。
我恨杨柳无情义，
为甚不把叶儿落。
隔河听见驴儿叫，
还以为哥哥驮柴火。
高山顶上跳下来，
单见啄木鸟儿啄树桩。

王凤英哼唱的信天游是《我和哥哥隔道河》。鞋底上的最后几针，就在她情不自禁地哼唱中，很结实地纳好了。纳好了，似还不甚尽意，拿在手上，左扭扭，右折折，确信是只钢邦硬正的鞋底子，她笑了，顺手撂在她身边的那摞鞋底子上，下炕来，把她纳就的鞋底子揽腰抱在怀里，抱着到她娘的住窑里去了……纳鞋底纳得太认真，王凤英忘了时间，也忘了肚子饥，到她抱着鞋底子从她住的窑洞门里闪身出来，这才发现，太阳不知甚时已枕在西山顶上，染红了填塞着黄河峡谷的雾气。怀抱着鞋底子的王凤英，望着红彤彤的太阳，径直往她母亲的住窑里走去。王凤英刚刚走到母亲的窑门口，母亲正好也从窑门口出来，娘儿俩差点儿碰在了一起。

王凤英的母亲叫曹梨花，她伸手接住王凤英，说："都纳好咧？"

王凤英说："都纳好咧！"

曹梨花说："给三排排长的呢？"

王凤英说："我多纳了几针！"

娘儿俩拉着话，把王凤英抱来的鞋底子放到炕上，王凤英一双一对地分拣着，母亲曹梨花催她吃饭了。

曹梨花说："快吃饭。吃罢饭你把上好帮的鞋子，送到三排去。"

河防三排就在黄河边上的一个背洼里驻扎着，距离三十里铺村不是很远，却也不是很近。母亲曹梨花不说，王凤英也知道，她和母亲新做的这一批土布鞋，就是为三排的战士量脚定制的，做好了，就该给战士们送去，让战士们穿上合脚的鞋子，也好防守河防的。

王凤英是听话的，她吃了母亲曹梨花盛给她的一碗麻汤饭，就把母亲已经捆成一捆的土布鞋，往肩上一背，从家里走出来，往黄河边上三排的驻地去了。

填塞着黄河的雾气，随着太阳的西落，天色由红变得灰暗下来。

王凤英走在去黄河的坡梁上，听见轰隆轰隆的枪炮声从黄河对岸的晋西北不时地传过来，直往她的耳朵里钻；还有大火，日本鬼子焚烧老百姓村庄的大火，也这里一处，那里一处，隔着黄河，直往她的眼睛里钻。每听到一声爆炸，每看见一处火光，王凤英都要在心里骂一声日本鬼子。她骂残暴的日本鬼子是瘟神！

瘟神！瘟神！瘟神！

在心里一声一声咒骂着日本鬼子的王凤英，向雾气蒸腾的黄河波涛上看去，她看见了一个黑点在浪涛上颠簸而来，一点一点地大着。她看出来了，那是一个羊皮筏子。羊皮筏子上驮着一个汉子，汉子驾驭着羊皮筏子，正一点一点地向黄河这边游来……王凤英不知道驾驭羊皮筏子的汉子是谁，他到河这边来做甚？他是逃难的老百姓，还是刺探情报的大坏蛋？一堆问题在王凤英的头脑里翻动着。她想不明白，就只有加快脚步，飞也似的下到三排驻扎的那个背洼里，向哨兵巩石柱报告了情况。在哨兵巩石柱的带领下，又向三排排长房生贤做了报告。

情况紧急，三排排长把王凤英肩背上的土布鞋捆子卸下来放到一边，立刻招呼来几个战士。大家在王凤英的带领下，向羊皮筏子颠簸的地方跑了去。

这时，天色已完全黑了下来。乘坐羊皮筏子的汉子，艰难地爬上河岸，站在一处伸进河水里的岩岸上，光裸着上身，泪流满面。他向着黄河的那一边，无比悲伤地把他背在背上的一把黄铜唢呐，转到胸前来，举在嘴上，呜呜哇哇地吹了起来！

呜哇呜哇的唢呐声，一会儿仿佛悲痛欲绝的哭泣，一会儿又仿佛激愤难掩的控诉……房生贤向围过来的战士们回头示意着，让大家停止了行动，只和王凤英悄悄地爬上那方岩岸，靠近了那个吹着唢呐的汉子。

房生贤问那汉子了：“小兄弟，你叫啥名字？”

吹唢呐的汉子不吹了，他把唢呐嘴儿从嘴里拔出来，说：“刘唢呐。”

房生贤又问：“刘唢呐，你……”

房生贤有几句话要问刘唢呐的，可他一句话都没问出来，却见刘唢呐双膝跪向黄河对岸，苦苦地吼喊了起来。他的吼喊声唖进黄河，与黄河的浪涛声纠结在一起，发出非常巨大的声浪，传得很远很远。

刘唢呐吼喊了一声“娘”，黄河的浪涛声回应出一串子的“娘”！

刘唢呐吼喊了一声“爹”，黄河的浪涛声回应出一串子的“爹”！

小小四妹子对她姑奶奶的故事太熟悉了，我们约在一起，没怎么说农高会上的事，说的几乎都是她姑奶奶的旧事。

三

无家可归的刘唢呐，流浪在黄河西岸的村庄里，今日去白家凹，明日在黑家湾。四妹子之所以知道刘唢呐在这一带流浪，全因为他流浪到哪里，都会鼓着腮帮子，大吹一阵唢呐，为自己挣得一碗半碗的饭食……四妹子希望刘唢呐也到他们三十里铺来，她不要他大吹唢呐，她也会管他饱肚子的。

陕北的山，陕北的水，就是这样的奇妙，可以顺着山、顺着水，把刘唢呐的唢呐声送出很远，送到四妹子的耳朵里来。这天午后，四妹子从家里走出来，翻过村后的山脊梁，到山背洼里去掏苦菜。陕北的人家，穷了、富了，虽然有所区别，有所不一样，但却都会赶在秋尽的日子，从自家窑院里出来，满坡满沟地去掏苦菜。掏多了多吃，掏少了少吃，那是大家越冬所能吃到的非常稀见的青菜呢！所以，这个时节的陕北人家，家家户户的窑垴上，散散乱乱的都是晾晒着的各种山野菜。四妹子爬着山坡，刚刚翻到山梁上，就听到了刘唢呐的唢呐声，从梁梢里的四十里铺村传过来了。他像四妹子在黄河上发现他时一样，走到哪里都赤着上身，鼓吹着唢呐，鼓吹的曲调儿又都是沉郁的、伤悲的。在黄河边上头一回听时，四妹子就流了泪，以后她再听见，还要流泪，正如现在，隔山隔水的，她听见了，就又站在梁顶上，一个人眼泪汪汪的了。

流着眼泪的王凤英，怨起刘唢呐了："你就到处乱跑么，小心把你跑丢了！"

怨就是盼。王凤英在心里怨着刘唢呐，却还踮起脚，朝四十里铺的方向瞭了瞭。她瞭见的都是山，一重一重的山；她瞭见的都是水，一道一道的水，除此，四妹子王凤英，就甚都瞭不见了。她是无可奈何的，因此，转身向背洼里苦菜生得旺盛的地方去了。

星星点点，背洼里到处都是掏苦菜的人。而大家今年掏苦菜，与往年有些不一样。往年只是为了自己家里过冬有点儿青菜杂饭色，今年就还有驻守河防的三五九旅哩，掏下苦菜，还需给他们送上些。再者是，掏的苦菜多了，还可以省下些粮食，拿出来，送到河防战士的锅灶上……守卫着那么长的一条黄河，咱们百姓自己煞一煞裤带不要紧，河防战士，可是一定要吃饱呢！

苦菜，在黄土高坡的陕北，生得可是不赖，这儿一丛，那儿一束，只要脚勤，上沟下洼，不一会儿，就能掏来半篮子……四妹子王凤英生就的勤快人。她在背洼里掏着苦菜，掏出一篮子了，就先把带在身上的粗布单子铺开在地上，把她新掏的苦菜，平摊在上面，让秋老虎似的太阳，杀一杀苦菜的水，往回倒腾的时候，就好收拾一些。然后呢，她就又撵着坡梁上的苦菜，一丛一束地去掏了……满坡满梁掏着苦菜的时候，四妹子还会碰到别的野菜呢。沙葱、山蒜、沙盖盖、山芹、马齿苋，此外，还有一种名叫地茭茭的野菜最是特别，铺地而生，不起身，不抬头，是陕北野菜中最不可多得的呢。碰巧了，在草丛和荆棘丛里掏上一把，拿回家，要煮羊肉了，投入羊汤里，煮出来的羊肉就一定不臊不膻，鲜香扑鼻……所以说，掏苦菜是件劳人的活儿，更是件考验人的活儿。谁的经验多，谁掏得就顺手。常掏苦菜的四妹子，轻车熟路，对此很有心得。一个下午，她的兴致很高，掏得甚至忘了自己。坡梁上，星星点点掏苦菜的人，甚时候走没了的，四妹子不知道；太阳甚时候落了坡的，四妹子亦然不知道。她心里想的和手里做的，就是尽量多掏苦菜……哦，苦菜！脚勤手快的四妹子王凤英，这时候竟然想起，老祖宗何以把这种聊以充饥的野菜，冠以“苦”字？从小长到大，四妹子可是没少食苦菜呢。她觉得苦菜不苦，不仅不苦，而且香甜脆滑……在她们家的锅灶上，母亲曹梨花用苦菜就能做出几样好吃的哩，譬如腌酸菜，还譬如苦菜然蔓蔓。前者呢，就是把掏回家的苦菜，拣清摘净，晾得半干不干，往灶窑的大缸里压一层苦菜，撒一层盐，再压一层苦菜，再撒一层盐……反反复复，直到缸快满时，把在锅里烧好的白汤，一瓢一瓢灌进腌菜缸里，直到灌满，然后封了缸口。十天半月过后，敲开封口，就会有种酸酸甜甜的味道弥漫开来。冲鼻而入的酸菜味气，一下就让四妹子陶醉了。不只是她，还有母亲曹梨花，父亲王木匠，以及已经嫁出家门的大姐、二姐和三姐，对母亲曹梨花腌制的苦菜，于开缸的日子，都是很陶醉、很享受哩！大家忍不住，你在酸菜缸里捞一根，塞到嘴里嚼，他在酸菜缸里捞一根，塞到嘴里嚼，酸酸脆脆，脆脆酸酸，那样一种滋味，可是太馋人了！再就是后者，很普通很日常的一道菜哩，母亲在灶头，几乎天天都要做。她或者吩咐四妹子，或者自己动手，把煮熟的土豆，剥去纸一样的皮儿，撂在一个粗瓷钵子里，手拿一把枣木的杵锤，杵成烂泥状，和进锅里焯了水的苦菜中，加上几滴麻油，加上一撮青盐，下来就开始搅拌了，把土豆泥和苦菜，在热锅里充分地搅，充分地拌，搅拌得土豆泥融进了苦菜中，苦菜融进了土豆泥里，两者青青白白，互相粘连，不离不弃，这就可以食用了。一勺一碗地分给各人，吃一口，绵软细腻，润滑爽口，入喉即化，想怎么美妙，就有多么美妙！

这就是苦菜的好呢。但是四妹子萦绕心头的问题，还没有解开，为什么要叫苦菜哩？是不是乡亲们口传的那样，“神府保德州，十年九不收，男人走口外，女人掏苦菜”，苦菜是受苦人的救命菜，大家喜爱它，才把它叫了苦菜吗？

信马由缰地想着苦菜的好，四妹子没有注意，正有危险向她逼近，不是一般的危险，是很致命的危险呢！一匹狼，灰得如同秋天的地皮一样的狼，收起它的毛发，夹起它的尾巴，朝着掏苦菜的四妹子慢慢地逼近……在陕北，狼这种恶物是普遍的。在此之前，四妹子就遇到过几次。那几次，她身边有人作伴，像大家唱在嘴上的口诀一样，“见狼撵三步，见蛇退十步”，有人作伴儿，四妹子不怕狼，大家齐心合力，还会朝着狼撵上去，撵得狼落荒而逃。可这时候，背洼里掏苦菜的人和伴儿，都翻山回家去了，现在独独地剩下她一个，她是喊天天不应，喊地地不灵……致命的危险啊！那匹狼轻脚碎步靠近着四妹子，距离她不到七步，只待狼的后腿踏实，纵身而起，向四妹子扑去时，刘唢呐横在了狼和四妹子中间，一人一狼，没有躲，也躲不开地冲撞在了一起，双双倒卧在了草坡上！

穿沟越坡的风，带着黄河的湿气，突然地大了起来，裹着一股血腥的气味，很响地往四妹子的耳朵眼儿里钻。她惊慌地回过头，一眼看见横在她和狼之间的刘唢呐。刘唢呐像座黑塔一般，与扑向她的大灰狼，山一样倒在坡洼里，翻滚扭打。她惊恐得张大了嘴巴，却喊不出来。在刘唢呐和狼的翻滚扭打中，四妹子看见，凶残的大灰狼渐渐占了上风，于是定了定神，她想她是要帮一把刘唢呐了。刘唢呐是为了救她才和大灰狼打在一起的，她怎么能视而不见呢！四妹子向扭打在一起的刘唢呐和狼撵上去几步，把她掏了一篮子的苦菜，连同藤编的篮子，一起砸向了刚刚骑在刘唢呐身上的狼头。狼受此攻击，对刘唢呐的伤害便放松了一点儿，正是这一点点的放松，给了刘唢呐一个大大的机会，他把挂在腰间的黄铜唢呐抽出来，握在手上，顺势砍在了狼的眼睛上，砍进狼的眼睛里足足有两寸深！

狼松开了刘唢呐，头上带着刘唢呐的唢呐，逃窜到一边，没逃出几步，就昏死在一丛狼牙刺里。

四

“我姑奶奶王凤英，没有刘唢呐搭救，可就没有她后来的风采了。”

小小四妹子和我约在杨凌农高会她下榻的后稷大酒店，于华灯初上时，一人一份简餐吃着，话题不离我们在她展台前就说起的她姑奶奶四妹子。

狼口救美的一段讲述，把我听得直眉瞪眼，有一筷头的菜吃进嘴里，没怎么嚼就往下咽，结果卡在咽喉中，噎得我直翻白眼。看我狼狈的样子，小小四妹子抿嘴一笑，从坐在我对面的位子上站起来，绕到我的身后，一边灌我水喝，一边捶我的背，好不容易把我咽喉里卡着的菜团儿冲到胃里，使我喘出气来。我有了气喘，没有感谢小小四妹子，而是话撵话地又问小小四妹子了。

我问她："下来呢？啊？下来怎么样？"

小小四妹子见我喘得出气来，如释重负般的也大喘了一口气。但她见我还问个不休，就小小地生了点儿气，顺势举起她给我捶背的手，攥成一个拳头，在我背上重重地砸了一下。

她说了："下来……你说下来能怎么样？"

我问："刘唢呐伤了没有？"

小小四妹子从我身后又转回到我的对面，坐下来，和我吃着饭，又开始了她的讲述。

狼嘴把刘唢呐的后脖颈咬破了，狼爪把刘唢呐的左胳膊抓破了，血汩汩地流着，刘唢呐成了一个"血人"……四妹子王凤英吓坏了，但还没到吓傻吓呆的程度。山里的姑娘哩，长到十六岁，也是有些见识了，她见过被狼咬过的人，甚至还见过被狼咬死的人！但那些所见，都与四妹子没关系，她见了，就只有害怕，害怕得心颤。可这一次不同了，刘唢呐之所以被狼咬，完全是为了她。因此，四妹子虽然也是害怕得心儿颤颤的，却抖擞着精神，扑到一身是血的刘唢呐跟前，把他从草坡上扶起来，肩膀头钻进他的右腋窝下，半拉半扶地，拉扯着刘唢呐往阳坡上的三十里铺村走了来。一路走着，刘唢呐一路流着血，流到他右腋窝下的四妹子身上，把四妹子也染成一个“血人”了。

父亲王木匠这天下午回了家，他先看见染得一身血红的刘唢呐和四妹子，起身就往踉跄着走回家来的他们跟前扑，嘴里呢，自然要惊诧地问了。

父亲王木匠问：“这是咋咧？”

父亲王木匠问：“是遇着狼了吗？”

父亲王木匠问：“是遭狼咬了？”

家有万贯，不如薄技在身。父亲王木匠坚信老祖先的这句话，他也自觉地继承了老祖先的木匠手艺。父亲的父亲，父亲父亲的父亲，一代一代都是他们陕北有名的木匠，父亲王木匠也是，箍窑打家具，割门窗收拾农具，都是一等一的好手艺。因此，他在家里总是待不住，不是东家请，就是西家请，而且常常还要被邻村邻社的人家请了去，给他们家里做活。在四妹子的印象里，父亲王木匠最早跟着爷爷东家出、西家进，满世界被人请。爷爷过世了，父亲王木匠就一个人东家出、西家进，满世界地转腾着。父亲王木匠的肩背上，扛着一把闪着寒光的锛子，锛子把儿上，挑着长的短的锯子，大的小的推刨，以及锉子、钻子、角尺、灰刀等一应木匠用得着的工具，丁零当啷地出门去了，过不几日又丁零当啷地回来了。好像是她们家的日子，就挑在父亲王木匠的肩膀头上，丁零当啷的。父亲王木匠出门走时，四妹子跟在他的屁股后，要把他送出门来，看着他一点点走远，越走越远，走得看不见了，四妹子还踮着脚往看不见父亲王木匠的地方看……这时的四妹子，不晓得母亲曹梨花的心里是怎样一种滋味，但她晓得，自己心里是忧伤的。还好，父亲王木匠丁零当啷地回家来了，四妹子仍不晓得母亲曹梨花的心里是怎样的一种滋味，可她晓得，自己心里是欢愉的。她像雀儿一样，绕在父亲的腿边，叽叽喳喳，问长问短，问东问西。就在她喋喋不休的问候声里，父亲王木匠，可能会从他身上的布兜里，摸出二尺长的红头绳给她；可能会从他身上的布兜里，摸出一个红亮的发卡给她……而且她总会敏锐地看见，就在父亲王木匠肩挑着的锛子把儿上，还会挑着几根草绳捆着的麻花或是油糕……总而言之，父亲回家来的日子，家里就像过节一般喜庆快乐！

父亲王木匠惊诧的三声询问，把在灶窑里做饭的母亲曹梨花引出来了。刚从烟熏火燎的灶窑门里探出一个头，母亲曹梨花就吓得软在了地上。

母亲曹梨花比父亲王木匠更惊慌，她惊慌得连话都说不出来了，一下软在地上，两只手仿佛旱船的船桨一样，在地上拼命地划着，向浑身是血的刘唢呐和四妹子跟前扑。

四妹子还算清醒，她给父母说："是遇着狼了！"

四妹子说："我没事。"

四妹子说："刘唢呐伤着了！他是为了救我伤的！没有他救我，我就被狼吃咧！"

三言两语的，四妹子说了事情的经过。她父亲王木匠十分感激地从四妹子的肩颈上接过刘唢呐，扶他坐在窑院的石凳上，石凳前有一个石桌子，石桌子旁有一棵高高大大的枣儿树，树上的枣儿，在残阳的照晒下，红得透亮……父亲王木匠查看着刘唢呐的伤口，招呼母亲曹梨花端水拿手巾。母亲曹梨花把水端来了，也把手巾拿来了，父亲又让母亲取他藏在窑垴里的烧酒。受了惊吓的母亲曹梨花，从地上爬起来，虽然随着父亲王木匠的指派取东西，来来回回，却还腿软脚软，走得磕磕绊绊。端在盆子里的水，洒出去了一半；拿着的手巾，掉在了地上；只有窑垴里父亲藏着的那半坛子烧酒，母亲曹梨花抱在了怀里，一滴不洒地抱到了父亲王木匠的手边。母亲帮着父亲清洗着刘唢呐后脖上和臂膀上的伤口……一身血水的四妹子，一边看着父母亲给刘唢呐清理包扎伤口，一边找来洗脸的布帕，在水盆里浸湿拧干，来给刘唢呐擦抹脸上身上的血污了。

四妹子刚把刘唢呐血染的脸面擦出来，王木匠就认出了他。

王木匠笑了一下，说："是你呀！唢呐！"

四处流浪的刘唢呐，和四处揽工做活的王木匠，原来早都认识了呢！这让四妹子一阵窃喜。她不说话，只是手脚更轻更快地在小盆里摆洗着布帕子，摆洗净了拧干，又手脚轻快地擦抹着刘唢呐脸上身上的血污，把刘唢呐彻彻底底地从血色中擦洗出来。

从血污里擦洗出来的刘唢呐，也认出了王木匠，他给他说了："王大哥，狼还在背洼里呢！"

四妹子不要刘唢呐叫她父亲王木匠大哥，她把浸满了血色的布帕往水盆里一丢，纠正起刘唢呐了。

四妹子说："你把谁叫大哥？"

四妹子纠正刘唢呐的口气是气恼的，这引来父亲王木匠的目光，把她深深地剜了一眼。

四妹子才不要管她父亲王木匠的目光哩。她依旧气恼地纠正着刘唢呐，说："你要叫我家老人大叔大婶的，你知道吗？"

五

那匹被刘唢呐用唢呐砍死的狼，在四妹子的父亲王木匠的招呼下，被王木匠和村里的几个后生抬进三十里铺村来了。

那匹狼太大了！像头牛犊一样。

父亲王木匠和村里的几个后生，往村里抬得很不容易，他们用麻绳捆绑着狼的四脚，用一根枣木杠子，穿过狼的四脚，两个人一班，轮换着往回抬，便是这样，还把他们抬得满头是汗，气喘吁吁……一路抬着，爬坡翻崖，刚一进三十里铺，就惹得村里人，一波一波潮水似的往上围。大家无不惊叹连连，惊叹救了四妹子一命的刘唢呐，太勇敢了！他赤手空拳，仅凭一把黄铜唢呐，就敢在四妹子面临生命危险的时候，挺身而出，这太难得了！

明晃晃的唢呐碗儿，砍进狼的眼睛里，唢呐的杆儿就成了狼血泄流的管道，一股一股，从唢呐杆儿上的哨眼里，沥沥拉拉地流着，流得触目惊心！

王木匠和村里的后生，把狼抬到村里的那道高坎上，来剥狼的皮子了。

延安城有名的鲁迅艺术学院（简称“鲁艺”），有个小分队，受到上面的派遣，来驻守河防的三五九旅，慰问演出，宣传动员。他们来了后，就住在三十里铺村。队长费玉清，齐耳的短发，穿一身青灰色的制服，腰里扎一条宽宽的皮带，看上去，真叫一个精神，真叫一个干练。她虽然白白净净的一张女娃娃脸，但却泼辣得敢上九天揽月，敢下五洋捉鳖。她来到三十里铺村，受她影响最大的是四妹子。她听说了四妹子和刘唢呐的事情，就去看了他们，在他们跟前还想再拉一阵话儿的，却又听闻抬回了狼的尸体，就安慰鼓励了他们几句，便大步流星从四妹子家里出来，跑着去一睹那匹死狼的样子了。

费玉清知道的事情真多。她住在三十里铺村，向村里人宣传男女平等，宣传民族大团结，一致抗击侵略中国的日本鬼子；到河防部队驻地，向战士们宣传抗日统一战线，宣传保卫黄河、保卫陕北的重大意义和决心。费玉清作为鲁艺派出小分队的队长，她采取宣传教育的方式灵活多样，很有针对性，有新编快板，新编小演唱，还有流行于陕北，为陕北百姓喜闻乐见的说书和信天游。譬如《夫妻识字》《打鬼子》等，在三十里铺演出，在河防部队演出，都十分吸引人。不知别人看了听了，记不记得住，四妹子王凤英的记性好，她差不多看上一两遍，听上一两遍，就都记了下来。《夫妻识字》是小演唱，要两个人共同合作，才能表演下来，四妹子记下台词，也没法一个人表演，而《打鬼子》这种新编信天游，四妹子记住了词曲，就一个人能演唱了。

鬼子兵多不要怕
沉着瞄准来打他。
目标越大越好打，
排子枪快放一声杀。
我们打垮他！
我们消灭他！

四妹子把费玉清他们鲁艺艺术家新编的信天游自学唱会后，有一次，她跟着艺术家们去河防三排看演出，可能是受了环境的影响吧，在接近三排驻地时，四妹子情不自禁地把这一曲信天游唱了出来。她没有大声唱，却一字不差地灌进了费玉清的耳朵里。费玉清迎着四妹子走过来，让她大声唱。她也不扭捏，响应着费玉清，当着一个分队的艺术家们的面，提了提气，很是大方地高声唱起来。

无敌的八路是我们，
打败日本鬼子兵。
努力向前打鬼子，
我们是百战又百胜。
我们打垮他！
我们消灭他！

鲁艺的艺术家们那个时候正在创编一曲新的信天游。他们在向三排驻地走的路上，有人推敲词儿，有人琢磨曲子，而且是两拨人齐心合力，把那曲新编的信天游，差不多都已合演成一个整体了。突然听见四妹子这一唱，不仅是队长费玉清，所有听到四妹子哼唱《打鬼子》的艺术家们，都把他们的注意力放到了四妹子的身上。她一唱完，大家就都热情地给她鼓起了掌……费玉清好像比其他人都要激动，她站在四妹子跟前问了。

费玉清问："谁教给你的？"

四妹子说："我自己听会的。"

费玉清是真高兴哩！她带领小分队到河防前线来搞宣传动员工作，要的就是这个结果，她希望受到宣传动员的老百姓和河防部队官兵，听得懂她们的宣传，感受得到她们的动员……费玉清因为四妹子而高兴着，就又把她们新编出来，刚刚合成好的信天游，教给四妹子唱了，而且要她记下来，唱给三十里铺村的乡亲们听。

这曲新编的信天游名字叫《支前歌》，费玉清和其他艺术家们，都还唱得结结巴巴，不甚流畅，可四妹子听了两遍，张口唱起来，却十分流利。四妹子不仅演唱得流利，而且演唱得动听。费玉清总结了一下，四妹子之所以演唱得流利动听，根本原因在于，她在演唱时，使用了陕北习惯的传统曲调，把词填进去，再唱出来，就完美了呢！

费玉清就动员四妹子："你来我小分队吧。"

四妹子有点儿不相信自己的耳朵，说："来小分队？"

费玉清说："对，来小分队。"

四妹子还能说甚呢？她使劲儿地给费玉清点头。

四妹子因此成了鲁艺小分队的一员，不过，她和小分队的队员有一样不同。小分队的队员集体居住，她还得住在家里纳鞋底支援河防部队，掏苦菜、做家务。那个时候，谁不是这样呢？小分队的队员也都要纺线织布、开荒种地的，宣传动员老百姓和河防部队就变成业余的了。

费玉清看望了四妹子和刘唢呐，回头又急匆匆地跑去看被抬回来的狼尸。四妹子跟在费玉清的身后，也赶来看了。她俩跑到的时候，那匹狼的皮子已被剥了下来，但是刘唢呐砍进狼眼睛里的唢呐，还嵌在狼的头骨里，取不下来。看到这个情景，费玉清拨开人群，站在被剥得光赤赤的狼尸前，给四妹子的父亲王木匠建议了。费玉清在给王木匠建议时，还加了一句话，把王木匠美美地表扬了一番。

费玉清说："你剥狼皮的手艺和你的木匠手艺一样好！"

好话谁都爱听。四妹子的父亲王木匠把头抬起来，对费玉清憨憨地笑了一下，然后又俯下身子，准备来从狼的眼眶里往出取刘唢呐的唢呐碗儿了。

费玉清说："你不忙取唢呐碗儿，连狼头一块切下来，一块留着，还是纪念哩。”

王木匠把费玉清的建议听进耳朵里了。

费玉清又说：“把狼心剜出来，煮给刘唢呐吃。听老辈人说，被狼咬了的人，吃了狼心，好的会快。”

这倒是个新鲜的建议。陕北山地里的狼可是不少，狼伤人，人打死狼，这样的事情经常发生，但没人听说有这样一种道理。不过，费玉清说了，四妹子的父亲王木匠倒愿意相信，因此，他手起刀落，在狼的心口上开了一个口子，把狼心剜出来，捧在手心就往家里走。狼肉怎么办呢？费玉清还有她的建议。

费玉清的建议是：河防三排在黄河边，咱们把狼肉抬去，犒劳犒劳英勇的子弟兵，使他们气正胆壮的杀鬼子，保卫黄河！

这是个好建议哩！和四妹子的父亲王木匠一块把狼抬到村子里的后生们，又都齐心合力抬着狼，去犒劳河防三排的子弟兵。

在后稷大酒店的茶吧里，小小四妹子给我说着她姑奶奶四妹子和刘唢呐。说的正在兴头上，她的手机响了起来，小小四妹子掏出手机接听，听到一个汉语说得十分生硬的口音，给四妹子说，他想与小小四妹子谈一笔生意，就是小小四妹子经营的陕北特色农产品。

这是个好消息呢！

小小四妹子参加杨凌农高会，展销她的陕北特色农产品，不就是为了扩大销路，增加收入嘛！我虽然被她讲的故事吸引着，却也不得不暂时收起自己的好奇，告别了小小四妹子，与她约好，明天晚上还在后稷大酒店的茶吧里见。

六

汉语说得生硬的家伙，是个地地道道的日本商人。

第二天傍晚，我如约赶到后稷大酒店的茶吧里，发现小小四妹子和那个汉语生硬的家伙，早我一步，都已到了，并且坐在我和小小四妹子昨晚坐过的茶台上，很有滋味地喝起了茶。昨天傍晚，我和小小四妹子在这里喝的是茶吧的茶，铁观音还是普洱？喝过，忘了。总之，不怎么样。今天傍晚，喝的是小小四妹子从她展台里带来的苦荞茶。落座后，小小四妹子给我和那位日本商人相互介绍了一下。那位日本商人哈着腰，依然用他生硬的汉语，接着前面的话头，大夸着喝了两口的苦荞茶。

这位日本商人就是羽田守一，小小四妹子给我介绍了。

可以说，这位羽田先生文质彬彬的，没有一点儿商人的习气，倒像一位很有涵养的文士。他品着汤色鲜黄的苦荞茶，很是知足地说："中国的茶，我喝过的种类多了，苦荞茶，是头一次。"

小小四妹子是自信的，她说："还习惯吧。"

羽田守一说："不是习惯不习惯，是满意，太满意了！我要把苦荞茶介绍到日本去，让大家尝尝陕北的苦荞茶！"

我再一再二的约见小小四妹子，这是我的私心了。我是《西安日报》派到杨凌农高会上的记者，我有我的任务，务必抓住参会企业和企业家的活动情况，给予充分有力的报道。我的报道是努力的，反馈回来的信息都还过得去，不是特别出彩，却也不怎么丢人。我想从中挖出一些更深层次的新闻，以满足媒体和读者的需要。我发现了“四妹子土特产贸易公司”，结识了小小四妹子这样一位经理人，我敏感地意识到这是一个非常好的新闻线索。这就是我的私心了。我要写一个人物通讯，把小小四妹子的姑奶奶和小小四妹子结合起来写，写出两代四妹子的不同人生。而且我把通讯稿的题目都拟出来了：《四妹子靓丽黄土高原》。

我拟出的这个题目不错吧！在题目的下面，我还拟出了一条副题——千古一曲信天游，新旧两个四妹子。我这么拟题，大家一看就会明白，我想怎么来写我的新闻稿了。羽田守一横插进来，和小小四妹子谈的都是生意上的话题，这对我写好我的深度报道是有帮助的，我想听听他俩怎么说，但同时，我更想知道的，小小四妹子的姑奶奶，那位年已八十余岁的四妹子，还有怎样的故事。这应该是我写好深度报道，最不可或缺的呢！

羽田守一赞叹了一番小小四妹子的苦荞茶，接着又赞叹起小小四妹子的荞麦面粉和豌豆面粉，以及其他杂食。

羽田守一不像一个商人，表面上文雅安静，但说起话来，让人不能不佩服他独到的商业眼光。他说：“来中国前做了些地理学上的调查，发现陕北是亚洲地区最适宜种植荞麦、豌豆，还有小米、杂豆等农作物的，不仅是陕北的纬度，还有陕北的经度，交织在一起，出产的这些农作物，品质和营养都是最好的。我们日本就没有这么好的农作物，但我们日本的需求量又非常大。只要我们牵起手来，建立起强有力的合作关系，你们四妹子公司，和我们羽田家族集团，都将获得丰厚的利益，并取得长足的发展。”

小小四妹子回应着羽田守一，说：“我掌握的资料如果没错，日本人灶台上的面食，最吃香的就是荞面、豌豆一类的物产。”小小四妹子看来早有准备，她不仅准备了苦荞茶招待羽田守一，还用一口的陕北普通话给羽田守一这么一说，立即引起了他的兴致。他的脸色因为惊喜，迅速变得红润起来，并插话进来，表示着他对小小四妹子的敬意。

像小小四妹子一样，羽田守一的语态，也带着他们浓浓的日本腔调，不过，可以清楚地感觉到，羽田守一算得上是个中国通。

羽田守一说：“和你谈生意，感觉真是不错，你……好像对我们日本的百姓生活，有很好的了解。”

小小四妹子不想故弄玄虚，她说：“临时抱佛脚，昨天傍晚与你初步接触后，我去宾馆客房里的电脑上检索了一下，才知道的。”

羽田守一说：“你很诚实。”

小小四妹子说：“你呢？我的四妹子公司诚实地对待每一位客户，也希望客户也是诚实的。”

羽田守一说：“我同意你的观点，我们都应该诚实地交流，诚实地做生意。”

看他俩生意谈得投机，我很高兴，但却觉得自己多余，和他俩坐在一起喝茶，都是他俩说话，我没法进入，就想躲开一会儿，解决一下自己内急的问题。这不难理解。他俩话撵话说得投机，喝的茶就少；而我没话能插，坐在一边无聊，就只有喝茶。茶喝多了内急，也极自然。我站起来，向他俩表示着歉意，准备离开，这让他俩才有所醒悟，同时转过头来，望着我，给我说道歉的话。

小小四妹子先开的口：“哎哟，把我们大记者忽视了。”

羽田守一跟着说：“啊，对……对不起。”

我不想他俩因为把我晾在一边不自在，就回答着他俩，说：“我是……喝的茶多，真的……”

小小四妹子说：“去吧，去吧，快去快回，我不会让你失望的，我有故事给你说。”

在我离开的时间里，我不知道他俩都说了什么。当我从洗手间回来再次和他俩坐在一起，听到的话题，是关于羽田守一的职业和家族的一些情况。羽田守一说了，他们家三代人都来过中国，他来得晚，是中日邦交正常化后最早来中国留学的大学生。他们家世代农民，他在日本读书学的是农业，到北京农学院留学，学的还是农业。

羽田守一说了他在中国的经历，却没说他爷爷和他爸爸在中国的经历，这使我有了一种猜想，猜想他爷爷可是侵华日军的一分子，他的爸爸……我不愿乱猜，但却猜不出别的可能，就只有这么猜了。这个猜想鼓动着我，我要向羽田守一发问了。

我说：“羽田先生，你说你爷爷是个农民，他仅仅是个农民吗？还有你爸爸……”

羽田守一好像还没听出我的话中话，他说：“我爷爷、我爸爸都比较热爱艺术，他们对绘画很有兴趣。不过，后来就都只对土地和农业生产兴趣大。”

我不满足羽田守一的回答，就又追着问：“你说你爷爷、你爸爸都到中国来过，那你说说，他们来中国，是学习艺术还是农业技术？”

我的问题是突兀的，而且还带着很强的挑战性，这使羽田守一一下子愣住了。他发愣的表情很不自然，而且还带着一种从心底暴露出来的慌乱。

小小四妹子也看出了问题，她把一杯苦荞茶送到羽田守一的手上，给他说：“茶快凉了。”

羽田守一接过了茶，慌乱地抿了一口，很是抱歉地对我说：“以后……以后……以后有机会我给你说。”

小小四妹子把羽田守一的话接了过来，说：“大记者的嘴巴，真是不得了。怎么样，你不是想要多知道我的情况吗？我可以满足大记者采访的要求。”

小小四妹子就这么把我询问羽田守一的话题岔开了。

小小四妹子说她可不是在土里刨食的人。她费了老鼻子的力气，窝在三十里铺把读书变成了吃书。吃了一肚子的书，考到了延安城，读了三年师范学院，毕业后，在她们三十里铺小学当老师。她热爱那一份工作，要说她是照亮儿童心灵的红烛，可能过分了点儿，但要说她只是吃粉笔灰，又对她不甚尊重。总之，她在三十里铺村的小学里，兢兢业业地教着语文课，可是学校里的生源不断减少，到了后来，学校的老师几乎多过了学生。这样的结果，只能有一个，在撤点并校的活动中，三十里铺村的小学被无情地撤除，并到很远的四十里铺学校。学校的老师，有的并到大校去了，有的转了行。小小四妹子因为敬业认真，深受学生们的喜爱，组织给她的安排，是要让她并到大校里去，继续她所热爱的教育工作。可是，她痛定思痛，为自己选择了另一条道路。

小小四妹子说她给当时的校长说：“我还是不去学校里了。”

三十里铺小学并到四十里铺的小学，校长还当着他的校长。小小四妹子的态度，让他很难理解，说：“机会不可多得！”

小小四妹子说：“失去这样一个机会，可能还会开辟出另一个机会呢。”

校长就还问了小小四妹子能开辟出怎样的机会，小小四妹子当时没有正面回答校长，只说车到山前必有路。这条路，就是她现在大踏步向前迈进着的农特产品深加工贸易之路。几年下来，四妹子农特产品贸易的道路越走越宽。这不，羽田守一赶到杨凌农高会上来，寻着了小小四妹子，正和她热火朝天地商谈。他们往前各走一步，就能使小小四妹子的陕北特色的农产品跨出国门，进入国际贸易的大洪流中去。

七

刘唢呐的伤口好起来了。有四妹子的母亲曹梨花和四妹子无微不至的照料，刘唢呐在脖颈和胳膊上的伤好起来的同时，人也胖了一些，白了一些，看上去自然又俊了一些。

时日忽忽拉拉，这就到了秋尽冬来的时候，风向呢，也都从东南风变成了西北风。东南风的湿润和轻柔，与西北风的干硬和冰冷，存在着本质的区别，可谓天壤之别。在吹东南风的时候，人的身上，随便一件单衣，就很舒服了呢！而在西北风吹起来的时候，就必须换上棉裤棉袄，身体才能扛得住。赶着风向改变的日子，四妹子的母亲曹梨花千针万线，给刘唢呐缝了新里新面新棉花的棉裤和棉袄！缝制前，曹梨花用手丈量了刘唢呐的腰身和胳膊腿，四妹子学着母亲的样子，把刘唢呐的腰身胳膊腿也丈量了一遍。四妹子的母亲曹梨花手指走在刘唢呐的身上，刘唢呐感到和他母亲给他每年缝制衣服时一个样，舒服、温暖、安适，他很享受这样的感觉。所以在四妹子的母亲曹梨花用手指给他丈量腰身和胳膊腿的时候，他感动得几乎掉下泪来，但他忍着没有掉。那丰沛的泪水，凝聚在心头上，没流出来，这就化作了一腔的热语，使刘唢呐忍不住要说出来了。

刘唢呐说："赶在换季的时候，我娘给我缝制棉裤棉袄，也要手把指掐的丈量我的腰身和胳膊腿的。"

四妹子的母亲曹梨花问："是吗？"

刘唢呐说："我娘丈量我的腰身、胳膊腿一次，就要说我长高了、长壮了、长得费布了。"

四妹子的母亲曹梨花说："十八九岁的小伙儿，是个长材哩。"

刘唢呐说："大娘，你不嫌我费布吧？"

四妹子的母亲曹梨花说："我也嫌的，嫌你不能经常费我的布。"

多么好的一家人啊！大娘曹梨花好，大伯王木匠好，还有……还有可爱宜人的四妹子王凤英，更是好哩！

刘唢呐在他们家里养伤，算是把福享上了。给他的伤口上换药，那是大伯王木匠的事。大伯王木匠太忙了，总是不着家。就是收秋的日子，大伯王木匠也帮不上忙，来去匆匆的，回家来，把裹在刘唢呐伤口上的布条子，小心地解开来，看一看，换上药，把布条子缠上绑好，就又启程离开……他匆忙的样子，让刘唢呐很是不解，不就是上门给人打家具割门窗箍窑洞吗，早一天晚一天，又能怎么样？刘唢呐把他的疑惑，在最近的一次见面时，给大伯王木匠说了。

刘唢呐说："大伯，你原来就这么忙吗？回家来连一个晚上都不住。"

大伯王木匠说："我咋能不想在家里住呢！金窝银窝，不如自家的土窝。"

刘唢呐说："那是甚事吗？家里就容不下个你？"

大伯王木匠没多说啥，他给刘唢呐换好药，只说："老天保佑，让你的伤口好实在了。"

大伯王木匠说了这句话后，还像他先前一样，没在家里久停，就又匆匆忙忙地离去了。家里地里，忙着的就只有四妹子的母亲曹梨花和四妹子王凤英。刘唢呐听四妹子的母亲曹梨花说，今年的雨水足，坡坡梁梁上的玉米、高粱、谷子、糜子长得都比往年好。刘唢呐相信四妹子的母亲曹梨花的话，从她们母女俩上坡下洼，身背肩扛，驮回家里的玉米棒子和高粱、谷子、糜子的穗穗来看，真是一个丰收年哩！不算太小的窑院里，靠着沟边的地方，用栽着的树桩和横编着的树枝，立起来像堵城墙一样的囤子里，密密实实，装着的就满是金豆似的玉米棒子。高粱、谷子、糜子，还有黑、白、红、绿几色杂豆，都是要摊开在场院里来打的。今日把高粱摊开在场院里，日晒风吹，然后举着梿枷打出来，明日又把谷子摊开在场院里，日晒风吹，然后举着梿枷打出来……四妹子的母亲曹梨花和四妹子，弄得她俩真是要多辛苦有多辛苦，但却因为丰收，娘儿俩辛劳的脸上，任凭甚时，都挂着满足的微笑。

忙着地里，忙着家里，把受了伤的刘唢呐照顾得那个周到，让刘唢呐心想，他如是人家的亲儿子，又能怎样？

刘唢呐伤的是后脖颈，伤的是左胳膊，他觉得自己有能力帮助娘儿俩忙些秋收的活儿，譬如背回窑院里带皮的玉米棒子，刘唢呐就自觉地蹲在玉米棒子的大堆前，一个一个地脱去玉米棒子的皮壳，再把脱去皮壳的玉米棒子，装进沟边上的粮囤里。还譬如高粱、谷子、糜子，黑、白、红、绿的杂色豆子，他自觉地摊开在场院上，让高粱、谷子、糜子，黑、白、红、绿的杂色豆子日晒风吹上一阵子，他翻上一遍，日晒风吹上一阵子，他再翻上一遍，以便高粱、谷子、糜子，黑、白、红、绿的杂色豆子日晒得更充分，风吹得更充分……刘唢呐力所能及地做着这些活儿，四妹子的母亲曹梨花不答应，四妹子更不答应。娘儿俩坚决地制止他，让他歇到一边去，好好地养伤养身体。

刘唢呐知道娘儿俩心疼他，在娘儿俩制止他的时候，他听话地歇到一边，但到娘儿俩离家下到坡地里去了，刘唢呐又会自觉地做他前头做着的活儿。

谢天谢地，没有四妹子的父亲王木匠插手，四妹子的母亲曹梨花和四妹子，也顺顺当当地把秋熟了的玉米、高粱、谷子、糜子，还有黑、白、红、绿的杂色豆子，都收回家里来了。这样，娘儿俩便腾出手来，做换季的衣服了。

给刘唢呐换季，是娘儿俩做的头一身棉裤棉袄。四妹子的母亲曹梨花用手丈量过了，四妹子撵着刘唢呐，也来用手丈量。四妹子的手指走在刘唢呐的身上，和她母亲曹梨花的手指走在上面，可是感觉不一样呢。四妹子的手指，刚往刘唢呐的身上一走，刘唢呐就觉得他的身上发痒，走到哪儿哪儿痒，而且不是一般的痒，是让他痒到骨头里的痒哩！刘唢呐痒得不能忍受，就要躲着四妹子了。

四妹子不让刘唢呐躲，说："你给我站定了好不好。"

刘唢呐没法站定，就还要拧着身子躲。

四妹子张着手指，说："我要你站定了你解不下？"

这可不是解得下解不下那么简单，刘唢呐实在是身子痒。开始时，四妹子的手指走在他身上他才觉得痒，后来呢，便是四妹子的手指张着，还没挨上他的身子，他都要痒得躲了呢！刘唢呐躲着，一直从他住的窑洞口，躲进了窑垴里，实在没地方躲了，干脆就要赖似的蹲在地上，向窑洞外的四妹子的母亲曹梨花求救了。

刘唢呐的求救，其实并不像求救，他只是连声地喊：“大娘！大娘！”

窑院外的大娘，也就是四妹子的母亲曹梨花，就给刘唢呐答话了，说：“怎么了，唢呐？”

刘唢呐怕他再喊大娘，大娘生气责备四妹子王凤英，就咬了牙不再出声，瞅了个空儿，起身从窑垴里窜出窑洞门，跑到了窑院里来。

窑院里的大娘没生气，脸上笑嘻嘻的。倒是跟在刘唢呐身后撵出来的四妹子王凤英，一脸生气的样子。

四妹子撵出来，依然追着刘唢呐，要用手指在他身上走，而且嘴里也不饶人，说：“没人吃了你！”

脸上满是喜色的大娘，看了看刘唢呐，又看了看四妹子王凤英，心里似乎就更开心，她没说刘唢呐，只说她的女儿王凤英：“不许欺负你哥哥。”

四妹子王凤英很是不服，说：“谁欺负他咧？我就是学您的样子，把他的腰身、胳膊腿丈量一下，他就受不了。”

母亲曹梨花在窑院里铺了一张席，席面上有一截黑布，还有一截白布，比比画画地正要裁剪，就把手上的剪刀放下来，招呼女儿王凤英来剪了。做母亲的心里是怎么想的呢？她巴不得女儿凤英会给唢呐换季哩。但做母亲的会说话，她像是给女儿凤英说的，可刘唢呐听着，知道也是给他说的哩。

大娘曹梨花说：“好了，黑布白布都在席面上，凤英你来，你给你唢呐哥哥缝纫棉裤棉袄好了。”

四妹子王凤英不再逼着刘唢呐丈量腰身、胳膊腿了。她碎步小脚地移到母亲曹梨花的跟前，像她母亲曹梨花一样，坐在宽宽大大的席面上，请教着母亲曹梨花，小小心心地剪裁，小小心心地缝纫，小小心心地给刘唢呐做起棉裤棉袄来……一个长长的上午过去了，到了下午不多一会儿，四妹子王凤英在母亲曹梨花的指导下，给刘唢呐很成功地缝制出了一条棉裤、一件棉袄。缝制好了，就让刘唢呐换上看，腰是腰，身是身，刘唢呐穿在身上，只觉暖到心窝子里。

这是生身母亲给换季时，他才会感觉到的温暖哩！

母亲啊！想起知冷知热的生身母亲，两行热泪，蓦地涌出刘唢呐的眼眶，长长地挂在他的脸上……刘唢呐不禁呼唤出了声。刘唢呐呼唤的声音不是很大，却特别地钻人耳朵。

刘唢呐轻声地说："娘啊！"

为了完成我的深度报道写作，我从杨凌农高会上回到报社，停留了一天半时间，就风风火火地寻到陕北的三十里铺村来了。我是来找小小四妹子的，自然还要见一见小小四妹子的姑奶奶四妹子王凤英。现在的王凤英，已经八十多岁了，可她精神很好，耳朵不聋，眼睛也好使。我进了她家的窑院，第一眼看见八十多岁的她，还在绣一只鞋垫子。我走向她，向她打问小小四妹子的时候，还不敢确定那就是已经成为传说的她。但我只向她问了一句："小小四妹子在吗？"她就放下手里绣着的鞋垫子，很是热情地拉住我的手，说她孙女说了，有个帅帅的记者，这几天一定会来的。可不是么，你果然来了。

五十多年过去了，四妹子已成老人，可从她的举止言谈和眉眼上，依稀还能看出当年的干练和美丽。

已成老人的四妹子，给我泡了苦荞茶，把我让到她的窑炕上，就给我很大方地说起当年她和三哥哥刘唢呐的事情了。她说了，如果不是孙女动员她，她是不想说的。过去的事还说，人不嫌吗？

我回答已成老人的四妹子说："有放凉的饭，没放凉的事。我们不能忘记过去，而且还应不断重温过去。老话说了，温故知新，说的就是这个理儿。"

不知已成老人的四妹子解得解不得我的话，她自己给自己也泡了一碗苦荞茶，搁在嘴边上啜着，若有所思地就给我说了一串子。

八

"刘唢呐的命苦哩！"已是老人的四妹子说了。她刚一这么说，就止不住眼泪汪汪，脸上的神色，也仿佛回到了当年她和三哥哥刘唢呐同在的时候。

三哥哥刘唢呐的家在黄河东岸的柳林县刘家塔村。他父亲是个享誉晋西北的猎户，一杆火枪，百发百中，撞进他父亲视线里的猎物，就没有跑得了的。他的母亲守在家里，洗衣服做饭，养育着刘唢呐和他的两个姐姐。不过，很是不幸，刘唢呐的两个姐姐，都没躲过天花的祸害，年纪轻轻的就走了。刘唢呐的母亲就去问"神"了。"神"说刘唢呐的父亲伤生太多，要他的父亲放下火枪，他们家就会人丁兴旺，万事大吉。刘唢呐的母亲相信了"神"的指示，一遍一遍地劝说刘唢呐的父亲，劝说得他父亲答应下来，说他再进一次山，再打一次猎，就把他的火枪摔断在山沟里，再不去打猎。可就是这最后一次打猎，让刘唢呐的父亲，不仅放不下他的火枪，而且还更精准地杀起生来。这以后，他枪杀的“生”，不是野猪、野羊、野鸡或别的什么猎物，而是人，是侵略到晋西北来烧杀抢掠的日本鬼子兵！

把自己的火枪枪口，对准日本鬼子的脑袋射击，对刘唢呐的父亲来说，真是不容易。

作为猎户，枪敲猎物的脑袋天经地义，而不能敲人的脑袋，是猎户门中一条不可违拗的铁律。

但是决定下来，最后一次巡猎的他，在晋西北的崇山峻岭里，遇着了一只野羊。那只野羊，毛色是那样的光滑，它站在山尖上的时候，就如同一只神羊一般光彩。刘唢呐的父亲悄悄地靠近着，靠近了，抬枪瞄着野羊，可就在要扣扳机时，野羊却一跳一跳地非常迅捷地跑开来……面对一跳一跳跑开的野羊，刘唢呐的父亲依然能够开枪打准它，但他不想那么取得野羊，那会把野羊的皮毛打出洞来，这可不是一个好猎户的作为呢。刘唢呐的父亲是享誉晋西北的好猎户，他就必须维护他的尊严，不能伤着野羊的皮毛。他唯一的选择是，把火枪里的散弹退出来，装上一根铸铁的小条儿，瞄着野羊的眼睛，打一个眼对眼，才能不伤野羊的皮毛。刘唢呐的父亲，就是这么决定自己的行动的。他把火枪里的散弹，换成铸铁的小条儿，撵着野羊，并选择着必须的角度，周旋在晋西北的山地里……过去的日子，刘唢呐的父亲没少这么干。多跑一段路没什么，多费一阵神也没什么，他费劲费力打下的猎物，带到人群中来，让人们看他眼对眼的枪法，那是一件多自豪、骄傲的事啊！他之所以享誉晋西北，就因为他有这高超的一手。

耐着性子，刘唢呐的父亲撵在野羊的身后，他们双双爬到一个叫双峰岭的山脊上，野羊站着不跑了，刘唢呐的父亲也站着不跑了，而这时刘唢呐的父亲和野羊站立的距离和角度，是他一路撵来，获取野羊最好的时机了。他隐身在一棵大树的身后，端着火枪，认真地瞄着野羊的眼睛，就在他瞄准了，只需一扣扳机的时候，山脊下响起一串爆豆般的枪声。刘唢呐的父亲迟疑了一下，就是他这稍纵即逝的一个迟疑，野羊仿佛一朵流荡而去的云影，隐身在山脊上的灌木林里不见了……这使刘唢呐的父亲怀疑起了自己，他一路撵来，追着的野羊只是一个幻影，它牵引着他，是要他到双峰岭来，目睹岭脚村庄里爆发的惨剧！

是侵略到晋西北的日本鬼子兵呢！

他们的枪刺上挑着膏药旗，四散在村庄周围，厉声地吆喝着，把衣衫不整的村民，像赶牲口一般，赶到村子的打麦场上……有个日本军官模样的人，骑在一匹高头大马上，在他的身边，还有两只发疯似的狂犬，“汪汪汪”“汪汪汪”，朝着瑟缩在一起的村民狂吠，爆豆似的枪声，是一个趴在村头石碾盘上的日本兵打出来的。那是一挺日本鬼子的歪把子机关枪，一梭子弹扫出去，就见村民堆里站在前边的一排人，像是嫩韭菜碰上了磨快的刀，齐刷刷倒在了地上，他们有男人，有女人，还有老人和碎娃娃，血、血、血……血从他们倒下的前心后背，像是燃烧的火焰一样，喷射而出，涌流不止！

刘唢呐的父亲把他端在手里射杀野羊的枪口，调转了一个方向，对着爬在石碾盘上的那个鬼子兵……他发现那个端着歪把子机关枪的鬼子兵，还把枪口对着惊恐成一团的村民，他把他只打野兽的火枪枪口瞄向了那个鬼子兵。他瞄着的是鬼子兵的左耳朵，他相信他火枪里的铸铁条子，能够精确地从鬼子的左耳穿进去，再从右耳穿出来。

身为猎户的刘唢呐父亲，头一回违背了一个猎人的戒律。他扣动了扳机，那根铸铁条子，从枪膛里滑出来，像是一枚火亮的飞虫，划出一条闪光的弧线，不偏不倚，正好从那个歪把子机枪手的鬼子左耳朵钻进去，又从右耳朵钻出来，向前继续地飞着，就又钻进那只狂吠的狗肚子，使那只狂吠的狗，跳起有一人高，然后落下地来，卷缩成了一疙瘩，抖颤得像是一堆风中的乱草……歪把子机枪手的鬼子兵，也是一把推开瞄着村民们的枪把，把头歪向石碾盘，仿佛过年被杀了的猪，胳膊腿一下一下地抽搐着……还有那匹枣红色的大洋马，忽然地暴跳起来，把骑在它身上的鬼子指挥官，高高地抛在了空中，后又重重地摔在了地上！

受此袭击，包围着众村民的日本鬼子，全都把他们的枪口指向了射杀鬼子的机枪手和大狼狗的山脊上，“噼里啪啦”就是一通乱枪……与野兽打了半辈子的交道，刘唢呐的父亲太有经验了，他打出一枪后，迅速转移了地方，隐身到另一棵大树的背后，又往他的火枪里装上一根铸铁的条儿，端着再一次瞄向了杀害自己同胞的日本鬼子。

刘唢呐的父亲看见鬼子兵这时丢下了被他们围困的众村民，在那个摔下大洋马的指挥官的号令下，向他包抄而来；而被围困的众村民，则乘机四散逃生而去，他开心地笑了。这个结果，是他想要得到的呢。他得到了，他能不笑一下吗？刘唢呐的父亲，知道他的孤单，他不能恋战，就把他装进枪管里的那根铸铁条儿，瞄着向他包抄来的鬼子兵射了出去。这根铸铁条儿，没能打着那个鬼子兵，却精准地打在了指挥官的指挥刀上，迸发出一抹灿亮的火花，使指挥刀一断两截，一截还握在指挥官的手里，一截则落在了地上。正是落地的那一截刀刃，不偏不倚，刚好撞在了刘唢呐父亲射断鬼子指挥刀的铸铁条儿上。日本指挥官看见了，他弯下腰来，把那截铸铁条儿捡起来，在手里翻转着。他的手，还能感到那截铸铁条儿的棱角，和那条铸铁条儿的烫烧……日本指挥官忽然明白，打折他指挥刀的，就是这根铸铁条儿。这样的铸铁条儿，不会是中国军人的枪管里射出来的，这是一杆猎枪，在中国流传了千百年，把握在猎户们手里，是用来猎杀野兽的！

日本指挥官叫羽田仲雄。想到这里，他咬牙切齿地低吼了一声："猎户！"

九

侵略到晋西北的日本混成第三旅团第三十三分队小队长羽田仲雄，就驻扎在柳林县罗公镇。被打折指挥刀的羽田仲雄，发誓要找到那个中国猎户。他发出命令，并派出奸细，想要知道有如此高超枪法的猎户，是怎样的一个汉子。羽田仲雄要抓住他，像他打穿歪把子机枪手一样，自己亲自上手，也打穿他的双耳！可是，羽田仲雄的命令布置下来了，奸细也派出去了，他竟一点儿有用的信息都没得到。相反呢，倒是他派出去打探猎户底细的奸细，今日被耳对耳地射杀一个，明日被耳对耳地射杀一个……这使窝在罗公镇据点里的羽田仲雄，像只被困的猛兽，抓耳挠腮，团团乱转，毫无办法。

羽田仲雄想到了罗公镇上的皮毛店，他派了他的翻译官，到皮货店买来一件狐狸皮的马夹，摊开在他的指挥桌上，很专心、很仔细地拨弄着细密柔绵的狐狸毛，图谋在那他不知底的皮毛中，找到些微的蛛丝马迹，并顺藤摸瓜，找到他要找的那个猎户。还别说，在那件制成马夹的狐狸皮毛上，真让羽田仲雄找到了他想要的结果。

羽田仲雄分拨着狐狸皮毛马夹上的毛片，他发现这件马夹是由两张狐狸皮缝制的，一只狐狸的皮子，散布着许多个猎枪散弹射穿的小孔，而另一只狐狸皮子，却不见一个猎枪射击的小孔。他问他的翻译官了。

羽田仲雄说："晋西北……哪个猎户狩猎，有这么好的枪法，不伤猎物的皮毛，只打猎物的眼对眼？"

翻译官是土生土长的晋西北人，像传奇一样烙印在他记忆里的，打猎可以只打猎物的眼对眼，只有刘唢呐的父亲。这是刘唢呐父亲的一个习惯：打野鸡、兔子，他用的是散弹，这是因为，野鸡、兔子仅有食肉作用；如果是狐狸、野羊，他就打眼对眼，这样猎获的猎物，食肉是一种价值，而更重要的是，狐狸、野羊的皮毛比食肉的价值更为突出、更为实在。

瘦得猴子一样的翻译官，在自己的额头上拍了一巴掌，说："我知道了！"

羽田仲雄血红的眼睛看向了猴子翻译官，问："你知道什么了？"

猴子翻译官说："我知道那个猎户是谁了！"

羽田仲雄兴奋得跳了起来，向猴子翻译官逼近了两步，伸手扭住翻译官的领口，低吼似的问："他是谁？"

猴子翻译官说："唢呐……唢呐他老子。"

羽田仲雄找到了目标，便组织起他驻扎在罗公镇上的全部武装，有一个小分队的鬼子兵，还有一个中队的伪军，骑着摩托，骑着自行车，饿虎扑食似的，向刘家塔村扑来了。

羽田仲雄把捉拿刘唢呐父亲的时间，刻意地选择在一个鸡鸣五更的拂晓。他指挥着一百多个鬼子和汉奸，神不知鬼不觉地把刘家塔村村民，在睡梦里围了个严严实实、水泄不通，然后放出他带来的狼狗，在村街上狂吠乱叫，同时引起村民养在家里的土狗，一起大吠大叫。让刘家塔村，在这个东方渐白的拂晓，顷刻被淹没在一片躁动不安的狗叫声里。

农家人养土狗，图的就是听狗叫。今日听，明日听，土狗的叫声，大家听得就很习惯，听着是对山村人气的一种补充，要不，窝在晋西北深山里的村庄，就太沉寂了。可是，在这一片狗叫声里，东洋狼狗的吠叫是特别的，有种嗜血般的狞厉……村民们都被狗的吠叫声惊醒了，在炕上找着裤子和褂子，往光裸的身上套了。可是，大家几乎都没来得及穿起裤褂，系上衣扣，就被破门而入的日本鬼子和伪军，端着明晃晃的枪刺，逼到村中央的那座砖塔下。他们被鬼子和伪军的枪刺逼着，谁要有一点点的反抗，甚至迟疑，那尖利的枪刺，就会迅速地戳向他，因此，被逼到村中央砖塔下的众村民，在走过来的村街上，此起彼伏，总会爆发出两三声的惨叫……便是集中到了砖塔下，村民们也都不敢有丝毫的举动，稍有动作，就会有日本鬼子，端着枪刺戳来。可怜的刘家塔村村民，瑟缩在砖塔下，全都衣衫不整，或受伤流血。

挎着一把新指挥刀的羽田仲雄，在两只狼狗的陪伴下，从刘家塔村村民的面前，瞪着他与狼狗差不多的眼睛，扫视过来，扫视过去，突然地拔出指挥刀，在空中做了一个斜劈的动作，然后插在地上，像是他拄着的一根手杖似的，拄着向前倾着身子，给刘家塔村村民说话了，他要他们把猎户交出来。羽田仲雄说出这句话后，瘦猴翻译官跟着就向刘家塔村的村民喊起了话。

瘦猴翻译官喊："太君已经知道，一而再，再而三，耳对耳射杀皇军和密探的人，就是你们刘家塔村的猎户。晋西北，除了你们刘家塔百步穿杨、百发百中的猎户，再没别人干得了这样的活儿！大家说，谁是那个猎户？说出来，保大家没事，都回家去，太君只想见识见识猎户，和猎户本人说说话。"

羽田仲雄说了，瘦猴翻译官也喊了。听着他俩一个说，一个喊，刘家塔村的村民知道他们要找的猎户是谁了。可是大家沉默着，没有人回答羽田仲雄的话，也没有人回应瘦猴翻译官的喊，大家站立着，都像石雕钢塑一般，脸色凝重，不言不语，却都在心里敬佩着英雄猎户，能够再三再四地打他们鬼子一个耳对耳。

追着鬼子和他的奸细专打耳对耳的猎户，就是刘唢呐的父亲，但他这时并没在刘家塔村村民中间。他忙着寻找能打鬼子奸细耳对耳的机会，已经有些日子了，一直都不在刘家塔村里待，但是他的儿子刘唢呐，还有刘唢呐的母亲，就在被鬼子和伪军团团围着的人群里。几个站在刘唢呐娘儿俩前的村民，听了羽田仲雄和瘦猴翻译官地吼喊，怕鬼子发现这娘儿俩，就自觉地拢了拢身子，并踮起脚尖，把这娘儿俩堵在身后，想要给予他们一点儿保护。

没人回应羽田仲雄和瘦猴翻译官。羽田仲雄便把他的指挥刀举起来，指向人群前的一位老人，让他向前走三步说话。这位老人是刘家塔村德高望重的族长，他面无惧色，从人群中走出来，向前走了三步，冲着羽田仲雄轻蔑地笑了一下。

老族长说："你找的猎户就是我。"

羽田仲雄看着，摇了摇头，并且抬起没有拿刀的那只手，把他的左耳朵戳了戳，然后又把他的右耳朵戳了戳，说："你不是。"

老族长很坚定地说：“我就是。”

羽田仲雄说：“说谎不好。”

老族长把他攒在嘴里，攒了一个晚上的痰送到舌尖上，向羽田仲雄的脸上吐了去，大骂羽田仲雄不是人！说：“我说谎，我给你们不是人的鬼子说谎……”

老族长还要再痛骂下去的，羽田仲雄举在手里的指挥刀，像条吐着红信子的毒蛇，一下子钻进老族长的肚皮子里，让老族长蓦然吐出一口血，扑趴在了村民们的面前。

羽田仲雄杀了老族长，接下来又砍杀了一位老姑奶奶和一位后生……被人群保护在后边的刘唢呐母亲，把刘唢呐的手，一直攥在手心里，这时她突然甩开刘唢呐的手，从人群里挤出来，站在了羽田仲雄的对面，很骄傲很自豪地说了。

刘唢呐的母亲说：“我是猎户的女人。”

羽田仲雄嚎叫了一声，他举着指挥刀，把刘唢呐母亲的下巴往起挑了挑，很是欣赏地说：“我相信你，你说，你男人是哪个？”

刘唢呐的母亲说：“他不在村子里。”

羽田仲雄说：“那……你说他在哪里？”

刘唢呐的母亲说：“你把我们村的人都放开，我带你去找我男人。”

小小四妹子的姑奶奶四妹子，不说则已，一说起来，就如黄河流水，“哗哗啦啦”地倾泻出来了。

十

一碗苦荞茶喝干了，再泡一碗来，小小四妹子的姑奶奶四妹子润了润她有些干涩的喉咙，给我又说上了。

刘家塔村的乡亲们，把刘唢呐裹在他们中间，从鬼子兵和伪军们如林的枪刺中间，默默地散去了……村民们散着，还都不忘回一下头，看向那座不知修筑在何年何月的砖塔，和孤身一人站在鬼子兵和伪军枪刺中的刘唢呐的母亲。村上的传说是，之所以在村子中央修筑这座砖塔，是要这座砖塔镇妖降魔护佑村子吉祥的。比肩站在砖塔下的刘唢呐母亲，这时可不就像一座美丽的塔身，她要用她的死，像那座砖塔一样，护佑刘家塔村了！

挺胸抬头的刘唢呐母亲，领着羽田仲雄和他的鬼子兵与伪军，走出了刘家塔村，向着尚有一段路程的黄河去了！

一路的荆棘，一路的坎坷，刘唢呐母亲本来就没穿好的衣裳，又被划破了许多口子，坦露出了她身上白皙的皮肤，这里一块儿，那里一块儿，像是圣洁的美玉！

翻过了一道梁，爬过了一道洼，又走上了一面坡，万里黄河，挟裹着细如碎金的黄沙，突兀地涌流到了刘唢呐母亲的眼底，发出惊天动地的巨响。刘唢呐母亲的眼睛灿烂发亮，她站在一面峭拔的黄河崖岸上，她到这里来过几次，她知道这一段崖岸有个很好听的名字——

虎跳崖！可不是吗？那样一种险峻，那样一种巍峨，让刘唢呐的母亲极目看去，胸中陡然生出一股旷古未有的胆气！她抬头向前看着，看见正有一行大雁，扶摇在黄河的上空，翩翩然然，迎着风，疾飞而来，都快飞到虎跳崖边了，又蓦然冲下河谷，在浪尖上，激跳几下，然后又扶摇而起，飞腾在浩莽的天空上……顺着大雁翻飞的方向看去，刘唢呐的母亲还看见了灿灿烂烂的山菊花，在黄河的西岸，在黄河的东岸，无处不在地开放着，散发着醉人的馨香……刘唢呐的母亲深深地呼吸了两口气，她转过头来，冲着跟上虎跳崖的羽田仲雄和他的鬼子兵，像满山满坡的野菊花一样，很是幸福地笑了一下……上升到中天之上的太阳，端端正正地照着刘唢呐母亲的笑脸，还有她身上裸露出来的一块儿一块儿的皮肤。她的每块肌肤都像涂上了一层美不胜收的釉彩。刘唢呐的母亲，此时此刻，宛如一尊凛然不可侵犯的女神！

刘唢呐的母亲抬起右手，指向流金溢彩的黄河，她给羽田仲雄骄傲地说了。

刘唢呐的母亲说："那就是我的男人！"

满怀希望，又兴致盎然的羽田仲雄，这时才意识到被欺骗了。羽田仲雄顺着刘唢呐母亲手指的方向看了一眼，他回过头来，怒不可遏地吼问刘唢呐母亲。

羽田仲雄问："你说……你说你男人在哪里？"

刘唢呐母亲的右臂没落下来，她很平静，而且还很坚定地指着黄河，说："那就是我的男人！"

恼羞成怒的羽田仲雄把他的指挥刀举起来，照着刘唢呐母亲的右臂，在臂弯处齐齐地砍了下来。

羽田仲雄又问："说，你男人在哪儿？"

刘唢呐的母亲面不改色，她失去了右臂，还有左臂在，她又抬起左臂来，指向了黄河，说："那就是我的男人！"

羽田仲雄的指挥刀又一次举起，这一次又把刘唢呐母亲的左臂，从臂弯处齐齐地砍了下来。

失去双臂的刘唢呐母亲，头顶着阳光，面对着黄河，她依然昂首挺胸地站立着，脸上不见痛苦，也不见悲伤……倒是砍去刘唢呐母亲双臂的羽田仲雄，突然心慌得差点儿摔倒，他惊惧地退后了几步，因为他的后退，跟着他来的鬼子兵和伪军，长枪短炮地也都后退着。羽田仲雄目不斜视地看向刘唢呐的母亲，把他自己看得目眩头晕，天旋地转……恍惚之间，他仿佛觉得时间在倒流，他脱下日本鬼子的军装，穿上随意率性的便服，坐在他求学的大阪艺术学院，手拿一支碳素笔，在一个展开的画版上，面对着一尊复制而来的维纳斯雕像，一笔一笔素描着……羽田仲雄闭起了眼睛，倏忽涌上心头的维纳斯雕像，摄住了他的魂灵。他想摆脱那个图景，但却不能。那个美得神圣，美得让人心跳的维纳斯形象，顽强占领着他的意识，而且越来越清晰，越来越明亮。他不禁又睁开眼睛，看见被他砍去双臂的刘唢呐母亲，似比刚才还要高傲地挺立着。羽田仲雄意识里的维纳斯，非常完美地与刘唢呐的母亲相叠在了一起……羽田仲雄腿脚不稳地继续后退着，跟着他来的鬼子兵和伪军，也都如他一样，腿脚不稳地继续后退着。后退着的羽田仲雄，不自觉地抬起手，从他贴胸的上衣口袋里，摸出一张扑克牌来。那张扑克牌上，就是一尊维纳斯的雕像。他把扑克牌放在自己的眼前看，正看着，即觉得那神圣的维纳斯，伸出自己断了的臂膀，很是坚定地捅向了他的眼睛。他慌张地大叫一声，把印着维纳斯雕像的扑克牌，抛向了空中，自己则掉转头去，带着他的鬼子兵和伪军，仓皇地窜逃去了。

刘家塔村的乡亲们，簇拥着刘唢呐，寻到了黄河边上来。

乡亲们在虎跳崖上找寻到刘唢呐母亲的时候，英勇的她因为流血过多，已经僵硬在了黄河的崖岸上……乡亲们在虎跳崖一边的荒坡上，给刘唢呐的母亲拱了一座墓，又从村里抬来一副上了老油的木棺，把刘唢呐的母亲装殓进去，非常庄重地安葬了。

就在安葬刘唢呐母亲的坟地旁边，刘唢呐发现了那张被羽田仲雄扔掉了的扑克牌。刘唢呐并不知道这张扑克牌上的雕像，就是希腊神话里的女神。他把扑克牌捧在手里，比照着他被羽田仲雄砍去双臂的母亲，觉得他的母亲，仿佛就是扑克牌上的那尊雕像！

悄悄地，刘唢呐把维纳斯雕像的扑克牌，装进他贴身的口袋里。

乡亲们担心羽田仲雄还会带着他的鬼子兵和伪军，再来他们刘家塔村找寻刘唢呐的猎户父亲。刘唢呐的父亲是打击日寇的壮士，刘唢呐的母亲是保护了全村人性命的女神，他们不能再让壮士和女神的儿子遭遇不测。乡亲们合计了再合计，找来一个羊皮筏子，把刘唢呐推上了羊皮筏子，任由黄河的激浪推着，游过了黄河，游到了陕北抗日根据地。

那张被刘唢呐带到抗日根据地来的维纳斯扑克牌，现在成了四妹子王凤英的珍藏。她视那张印着断臂维纳斯图样的扑克牌为生命，很早很早，就用她父亲王木匠制作的一面镜框镶起来，挂在她居住的窑洞里。

我早已注意到那个长年烟熏火燎，已经变灰变旧的镜框和镜框里的维纳斯扑克牌，但我不知道，那张维纳斯扑克牌竟然有着如此壮美的一段故事。

四妹子王凤英，在给我讲这个故事的时候，还时不时地看一眼那面镜框和镜框里的维纳斯扑克牌……老人家讲到后来，说她把她的三哥哥刘唢呐冤枉了，还骂了他“二愣子灰汉”。

十一

“二愣子灰汉”是陕北人责骂后生最解馋的一句话呢。

四妹子怎么就这么不择言语地责骂上她的三哥哥刘唢呐呢？没有别的原因，就是刘唢呐带在身上的这张维纳斯扑克牌了。

在四妹子的家里养伤时，四妹子王凤英和母亲曹梨花，还有父亲王木匠，把刘唢呐敬为救了四妹子一命的大恩人，热茶热饭地服侍着，赶上换季的时候，又不失时机地给他量体裁衣，这让刘唢呐受伤的痛苦，获得了部分的补偿。他十分痛恨惨无人道的日本鬼子，因而更爱戴照顾他、把他当亲人一样的四妹子一家。正因如此，觉得自己养伤在她们家，吃了睡，睡了吃，给她们帮不上多少忙，却还要累日累月的连累她们……就在四妹子的母亲手把手地指教下，四妹子给刘唢呐做好一身三面新的棉衣后，刘唢呐做出了一个决定，他是时候离开她们了。

穿着新上身的棉袄棉裤，刘唢呐不仅身上暖和，心里更是暖和呢。他鼓起勇气，给四妹子说了：“我说妹子哩，唢呐有福碰上你们，让唢呐太感激了。”

嘴巴子比刘唢呐要快的四妹子，把刘唢呐的话揽头截了回去，说：“是你要感激我，还是我要感激你？”

刘唢呐说：“我感激你，你们让唢呐享福了！”

四妹子说：“是一日三餐吗？是身上的棉衣吗？”

刘唢呐说：“比这还要多。”

刘唢呐说的是心里话。他在四妹子家养伤，三十里铺村的乡亲们都惦记着他，拿鸡蛋、送红枣，你家今日来了，他家明日来了，交替着来看他。便是驻守黄河的三五九旅河防三排的排长房生贤，还有战士巩有柱、刘庚茂，代表他们三排的子弟兵，也来看了他几次，慰问他，说他是英雄呢！三排排长房生贤还说了，狼是吃人的，日本鬼子也是吃人的，战士们吃了你打死的狼肉，就都不怕狼了，就都敢去英勇地消灭吃人的日本鬼子了。大家都来看望慰问刘唢呐，住在村里的鲁艺演出小分队，怎么会缺席呢？队长费玉清来得最多，她给刘唢呐说了，她要以他为原型，创作一首信天游，一首新的充满英雄主义的信天游。

刘唢呐在三十里铺养伤的日子，享受到的关怀是多方面的。刘唢呐伤好想要离开，和四妹子还有她的母亲曹梨花，你一言，我一语，说着话时，正是清早起来吃早饭的时候。四妹子端到刘唢呐跟前的一个木盘里，有一小碗的腌苦菜，一大碗的钱钱饭，和两个蒸得暄腾腾的糜子黄馍馍。四妹子不乐意听刘唢呐唠叨这些话，更不明白他唠叨这些话的目的，是要离开她，离开她们家，便顺手拿起木盘里的一个黄馍馍，塞到刘唢呐的手里，很是武断地打断他了。

四妹子说：“黄馍馍甜哩，把你的嘴捂得住。”

接过四妹子塞给他的黄馍馍，刘唢呐却没立即往嘴里送，而是拿在手里，也不看四妹子，而是看着黄馍馍说：“我是说……把你和大娘，还有大伯连累了几十天。”

四妹子说：“我们乐意受连累。”

刘唢呐说：“我知道，但是我不忍哩。”

四妹子说：“甚的个忍不忍？你从狼面前救下我！”

刘唢呐说：“是缘分，碰上了。”

四妹子说：“缘分！你说对了，缘分碰上的是你，咋不是别人？”

刘唢呐被四妹子说得没了话说，他张着嘴，把自己语塞得乱吭哧，吭哧了一阵，这才把他想要说的话说了出来：“我想……我想……我想我该离开咧。”

四妹子的父亲王木匠难得这天也在家里，他和四妹子的母亲曹梨花，一人手里端着一大碗钱钱饭，拿着双筷子和一个黄馍馍，慢了四妹子几步，也往刘唢呐居住的窑洞里来了……过去的日子都是这样，四妹子一家人，从没把刘唢呐当外人。吃饭了，坐在一起吃；喝茶了，坐在一起喝，亲亲热热的，任谁见了，都会认为他们是一家子哩。

刘唢呐说给四妹子的那句话，四妹子的父亲王木匠、四妹子的母亲曹梨花都听见了。两位老人互相看了一眼，没有驻足不前，而是加快了走路的节奏，相跟着，一前一后进到刘唢呐居住的窑洞里，脱了鞋，往炕上一坐，也不问刘唢呐为甚说那样的话，只是闷着头吃着自己碗里的钱钱饭和手里的黄馍馍……刘唢呐和四妹子也是，把刚才说的话放下来吃钱钱饭和黄馍馍了。一时之间，四个人都没说话，呼噜呼噜，四张嘴发出一阵响亮的喝汤声。

四妹子的父亲王木匠吃罢了钱钱饭和黄馍馍，把碗放了下来。

四妹子的母亲曹梨花也吃罢了钱钱饭和黄馍馍，把碗放了下来。

四妹子吃罢了钱钱饭和黄馍馍，也把碗放下了。

只有刘唢呐还没有放下来。他把清早的这一顿饭，吃得非常慢，吃得眼圈红红的，吃得嘴唇颤颤的。正吃着，突然还有两滴泪蛋蛋，从他的眼眶里爬出来，在他的脸蛋上流动着，滚到了下巴上，蓦地掉下来，砸进了他端在手里的钱钱饭碗里！

走州过县，给人上门打家具、割门窗、箍窑洞的王木匠，见多识广，他从刘唢呐的神情中，已经看出了他的心事，是悲愤的、是伤痛的，他不想让这个救了他女儿四妹子的后生家太痛苦、太难受，如果可能，他要为他分担一些的。因此，他语重心长，而又关怀备至地说了刘唢呐一句。

四妹子的父亲王木匠说："好后生哩，你和大伯我，还有你大娘和凤英，都不要生分了。你给我们说，把你的伤心事都说出来。"

刘唢呐听得懂大伯的关心，他还能把心里的话不说出来吗？

刘唢呐不能了，他把剩在碗里的钱钱饭几口吃进肚子，又把剩了一半的黄馍馍也几口吞进肚子，抬手在他流着泪的脸上，左抹一把，右抹一把，这便把他父亲扛着火枪，四处寻着去打鬼子们耳对耳，鬼子来报复，砍去他娘双臂的事，痛痛快快地哭诉了一遍。刘唢呐的哭诉引得四妹子的父亲王木匠眼里直冒火，他把他的拳头握得咯嘣嘣直响……四妹子的母亲曹梨花和四妹子王凤英，听着，就都流泪了，开始还只默默地流，后来就痛哭出了声。

四妹子的父亲王木匠，在刘唢呐哭诉完了后，给他说："后生家，哭报不了仇！"

四妹子的母亲曹梨花说："鬼子把你河东的家破了，河西三十里铺我们的家，就是你的家！"

四妹子的父亲王木匠说：“你在家排行老三，凤英今后把你就叫三哥哥咧！”

四妹子的母亲曹梨花说：“凤英小你几岁，也不管她在家排行老几，她是你的妹子了，你以后就叫凤英四妹子。”

父亲和母亲给刘唢呐这么介绍四妹子，让四妹子从刘唢呐刚才的哭诉中醒过些神儿来。她的心里泛起的，先是一种悲，继而还有一种喜。四妹子听得懂父母的话，按说，她排行不为四，而三哥哥为三，他救了她一命，父母把他当亲人待，她排在他的后边，做他的四妹子，这可是再好不过的事了。而且呢，她也乐意做他的四妹子。

四妹子这么想着，冲着她父亲王木匠不无娇嗔地喊了一声：“爹！”

四妹子还冲着她的母亲曹梨花也不无娇嗔地喊了一声：“娘！”

三哥哥刘唢呐从四妹子王凤英的喊爹叫娘声里，听出了一个让他脸红心跳的端倪，他不好坚持自己离开这个家庭的主意了。不过正好，四妹子的父亲王木匠，前些日子之所以特别忙，那是因为他接受了河防部队的一项特别使命：带领着一帮土生土长的木匠和河工，在紧张地制造几艘大木船。王木匠没有问制造大木船的目的，但他猜得出来，河防部队是在做准备了，准备时机成熟时，东渡黄河打鬼子。

猜透了这层意思，四妹子的父亲王木匠带领木匠和河工们，制造大木船的积极性就非常高涨。四妹子的父亲王木匠给了刘唢呐一个建议，让他跟着他去制造大木船，刘唢呐很愉快地接受了。

三哥哥刘唢呐到黄河边的造船工地去了。他换季下来的衣裳，四妹子王凤英要给他拆洗一新的。拆洗是对的，拆洗是好的，不对不好的是，四妹子在拆洗三哥哥刘唢呐衣服时，从他换季下来的衣兜里，掏出了一张扑克牌。如果只是一张马戏丑角似的普通扑克牌也就罢了，可这是一张怎样的扑克牌呀！上面印着个断了两条胳膊，光溜溜没穿上衣的俊俏姑娘……四妹子王凤英把那张扑克牌拿在手里，只看了一眼，就把她羞得闭上了眼睛，红着脸在心里骂起了三哥哥刘唢呐了。

四妹子王凤英骂的就是那句话："二愣子灰汉！"

马戏丑角那样的扑克牌，四妹子王凤英是在鲁艺的艺术家们那里见过的。来三十里铺村的鲁艺演出小分队，空闲的时候，就四人相对来打扑克，他们打得热闹快活。四妹子王凤英见了，就知道打扑克好玩，是一种娱乐。但是，装在三哥哥刘唢呐衣兜里的这一张扑克牌呢？也是好玩的一种娱乐吗？

四妹子王凤英不敢确定，她要等三哥哥刘唢呐回家来问一问他，问不明白，她就还要去找鲁艺演出小分队的费玉清大姐。大姐是小分队队长，她啥都懂，啥都会，问了她，一切才会解决。不过，四妹子王凤英还要骂三哥哥刘唢呐的。

四妹子王凤英在心里没住嘴地骂："二愣子灰汉。"

十二

"大记者来咧！大记者来咧！"

小小四妹子到她姑奶奶四妹子的窑院来，人还在院外的坡道上走着，声音却已飞进了窑院，钻进了我的耳朵。我听见了，她姑奶奶四妹子也听见了。她姑奶奶王凤英听见了，便是一脸的喜气，放下给我正说的话，也不知是责备孙女小小四妹子，还是夸奖孙女小小四妹子，说她就是声亮，这一辈子，占便宜在她的亮嗓子上，吃亏也在她的亮嗓子上，混得没路走了，想去当贼都当不了。

身为姑奶奶的四妹子，可是太会疼她的孙女儿了，我似懂非懂地摇着头，说："她当什么贼？她是老板了呢！"

身为姑奶奶的四妹子，就更开心地说："对了，我的孙女儿是老板了呢！"

身在我与小小四妹子的姑奶奶四妹子王凤英逗着花嘴的当儿，她一阵风地跳进了窑洞，亲热地喊了她姑奶奶一声，当面锣对面鼓地说起了她姑奶奶。

小小四妹子说："大记者呀，我姑奶奶在你跟前没说我坏话吧？"

我不置可否地说："姑奶奶就只会疼孙女儿。"

小小四妹子说："是呀，我姑奶奶还就疼我这个孙女儿哩！"

小小四妹子是钻进窑洞里来了，但我看见绣着花儿，扎着朵儿的窑洞门帘外面，还有一个人。那人没有进来，透着门帘，可以看见那人被这个陕北小院迷住了。他拿着一个照相机，在这个不大的小院子里，转着圈儿拍照。他照进相机里的景物肯定有那高塔似的玉米囤子，有那大如牛头的南瓜，有那串成串的干红辣椒，和那辫成辫子的大蒜疙瘩……这些景象，在我们老陕北人的眼里不算什么，我来时一眼就看见了的，可是那人怎么就那么有兴趣？好像是，那人把这一切拍到他的相机之后，又对着窑洞门上扎花绣朵的门帘来了兴趣，举着相机又拍了起来。他正拍着时，小小四妹子招呼他了，说他们陕北有他拍不完的景物哩，要他进窑洞里来，看看她的老姑奶奶四妹子。

那人听了小小四妹子的话，收起了他端在手里的照相机，掀开门帘进来了。

那人不是别人，就是跟着小小四妹子到陕北来考察的日本商人羽田守一。他在杨凌农高会上，与小小四妹子签订了贸易协议后，进一步提出要求，说他想到陕北去走一走、看一看，他想知道陕北的风土人情，这对他把陕北的农特产品进口到日本去，打开日本市场，有极大的帮助。羽田守一的这个要求是不过分的，小小四妹子答应了。

从门帘里钻进来的羽田守一，小跑着走了两步，走到炕跟前，给小小四妹子的姑奶奶四妹子，礼节上很是日本式的深深一躬，嘴里还咕噜出一句话来。

羽田守一说："初次见面，请多多关照。"

正是羽田守一的那一躬和他紧跟着的那句话，让小小四妹子的姑奶奶四妹子，把眼睛睁大了。

小小四妹子的姑奶奶王凤英问："你是日本人?"

羽田守一说："我是日本人。"

简短的两句话，一问一答后，小小四妹子的姑奶奶四妹子，把她的眼睛闭上了，脸上的血色也在一点点褪去，原先还坐得直直的腰身，仿佛也遭受了她不能承受的重压似的，向她身后的被垛斜靠了过去……见此情景，小小四妹子收敛了笑容，俯下身来，去照顾她姑奶奶四妹子了。腰身斜靠在被垛上的姑奶奶王凤英，举手挡住了俯身照顾她的孙女小小四妹子，与此同时，还伸手指着窑洞门。那意思是清晰的、明确的，就是不要小小四妹子管她，让小小四妹子把带来的日本商人羽田守一从她的窑洞里再带出去。

我看懂了小小四妹子姑奶奶的意思，伸手去拽羽田守一。我的手把他的衣袖都拽住了，并用上力，往窑洞门外拉的时候，拉了一下，没拉动，我就多使了些力气，再拉羽田守一，依然没有拉动……这时的羽田守一，双眼盯着那个镶嵌在玻璃镜框里的维纳斯扑克牌，像是两根钢打的钉子一样，钉在了维纳斯扑克牌上，不用些特殊的办法，休想拔下来！

我抽身转到羽田守一对面，把他和那张维纳斯扑克牌隔开来，双手并用，推着他，把他推出了小小四妹子姑奶奶的窑洞。羽田守一被我推出窑洞后，极不甘心！他看着我，那眼神既有对我的不理解，还有一种空茫的，让我琢磨不透的伤感。

窑洞里面，小小四妹子哀怨地叫着她的姑奶奶四妹子。

小小四妹子说：“姑奶奶，姑奶奶，您怎么了？啊，您不要吓我，我胆小。”

小小四妹子的姑奶奶说话了：“你还说你胆小？你把谁引来了？日本人……你咋敢把日本人引来呢？”

我想羽田守一是听见窑洞里的话了，特别是小小四妹子姑奶奶的话。这句话，让他不由自主地低下了头，手足无措地慢慢转过身，从他刚才进来的窑院里，心情忐忑着，郁郁地走了出去。

此其时也，我不知道，小小四妹子也不知道，作为商人的羽田守一，正是羽田仲雄——那个侵犯晋西北，砍断刘唢呐母亲双臂的刽子手的亲孙儿啊！

羽田守一是羽田仲雄的亲孙子没有错，羽田仲雄是羽田守一的亲爷爷也没有错。羽田守一这一次到杨凌农高会上来，像我一样，也是被《三十里铺》的歌声所吸引，寻到四妹子农特产品贸易公司展台前来，认识了小小四妹子的。我认识小小四妹子，只是为了写一篇有点分量的深度报道。羽田守一认识小小四妹子，和她签订合同，做生意是一个方面，他还有一个暗藏在心里的秘密，那就是他的爷爷羽田仲雄托付他的，要他去找一找那个被他砍断了双臂的中国女人，他的爷爷羽田仲雄给他说了，那是一位女神！

战败回国的羽田仲雄，脱下军装，回到他在北海道的家里，耕种着他们家世代相传的十多亩地，白天在地里辛苦劳作，想着晚上能睡个好觉，可是他夜夜睡觉做梦，梦见的都是被他砍断双臂的刘唢呐的母亲……刘唢呐的猎户父亲，后来不知所踪，是参加了国民党的抗日队伍，还是参加了八路军的抗日队伍？吃尽了刘唢呐父亲苦头的羽田仲雄，无论怎么努力，都没有找到他——那个打得日本兵耳穿耳的神枪手啊！羽田仲雄经多方打探，知道女神似的母亲和战神似的父亲，有一个叫刘唢呐的儿子。刘唢呐渡过黄河，到陕北的抗日根据地去了，而且还遇到一个多情的四妹子。他们有恩有爱，携手抗日，演绎出一曲可歌可泣的爱之歌。他们的爱被鲁艺的艺术家编写成一曲《三十里铺》的信天游，传唱在黄河两岸，一直地传唱着……他们情如高山、爱似长河的故事，感动了不知多少人。

痛定思痛的羽田仲雄，现在是北海道老兵反战同盟的一员，他主张日本国要深刻反思，向被侵略的受害国和人民赔礼道歉，并教育日本国的青年，牢记历史教训，誓做和平使者。

羽田守一就是在他的爷爷羽田仲雄的影响下成长起来的。他发现他的爷爷羽田仲雄闲暇时总会翻弄一副扑克牌。那是以西方雕塑为题材印制的扑克牌呢，其中少了一张红桃K……爷爷羽田仲雄原是大阪艺术学院的高才生哩！他把那副雕塑艺术的扑克牌，翻弄得烂熟于胸，他以各种形式进行排列组合，但翻弄到那张红桃K时，就只有空缺下来。羽田守一不知道空缺的红桃K是一张什么雕塑，他问过他的爷爷羽田仲雄，爷爷羽田仲雄给他说了。

爷爷羽田仲雄说："是张维纳斯呢！"

羽田守一说："怎么不见了？"

爷爷羽田仲雄说："丢了。"

"丢在哪儿了？"羽田守一还问了爷爷羽田仲雄，可是却没有得到准确地回答。因此，羽田守一的心里一直存有疑惑，却突然地，在小小四妹子姑奶奶的窑洞里，看见了那张断臂维纳斯的扑克牌，羽田守一就什么都知道了。

爷爷羽田仲雄把断臂维纳斯的扑克牌丢在他侵略中国的战场上了。

爷爷羽田仲雄忘不了那张断臂维纳斯的扑克牌，他在北海道的家里，翻弄着雕塑扑克牌，应该是一种悔罪了呢！他在翻弄着雕塑扑克牌时，还会放一曲他听了不知多少遍，一直都听不厌的信天游。

这曲信天游就是鲁艺的艺术家们编唱的《三十里铺》：

提起个家来家有名，
家住在绥德三十里铺村。
四妹妹交了一个三哥哥，
他是我的知心人。

洗了个手来和白面，
三哥哥吃了上前线。
一心一意你去抗战。
过了黄河不得见面。

从小小四妹子姑奶奶的窑院里走出来，羽田守一的耳里，响起了这曲仿佛天籁般的、让人肝肠寸断的信天游。这曲信天游唱响在陕北的崇山峻岭，唱响在声势浩大的杨凌农高会上，还唱响在他爷爷羽田仲雄和他们北海道温馨和暖的农家小院里……

十三

小小四妹子没有想到，姑奶奶王凤英对一个做生意的日本人，是那么的敏感。改革开放，我们把自己的国门打开了，我们既要走出去，而且还要请人家走进来，这是发展和壮大国家力量的必然趋势。高鼻子蓝眼睛的西方人可以到中国来，和我们肤色相同长相相似的东方人自然也可以到中国来，哪怕是曾经伤害过我们的日本人……这有什么呢？我们要广交朋友，广结善缘，然而……小小四妹子对姑奶奶王凤英的表现，有点儿沮丧，还有点儿失望了。

安排羽田守一和我去黄河边看风景，到她的农特产品加工厂参观，小小四妹子就只有背着姑奶奶王凤英了。

我到黄河边来过多次了，雄浑壮阔的母亲河啊！我来一次，激动一次，而与我和小小四妹子一同来的羽田守一，该是头一次面对黄河吧。但他是沉默的，不像我对着黄河，一会儿啸叫一声，一会儿啸叫一声，实在不能忍的时候，就还要高声地吼唱一曲信天游。

我唱《天下黄河九十九道湾》：

天下黄河九十九道湾，
九十九道湾里有九十九只船，
九十九只船上有九十九根杆，
九十九个艄公他把船来扳。

沉默的羽田守一，不言不语，他是要用他的相机镜头来说话吗？总之，在黄河边上，我们看日出，我们看日落，我们看浩浩渺渺的流水，羽田守一都只是聚精会神地举着照相机，很是专业地这儿拍拍，那儿拍拍，有时还取出一个炮筒子似的长焦镜头，长长地伸出去，把黄河东岸的远景拉近了来拍。他都拍到了什么？我没有问，小小四妹子也没有问。

几天来，我们表面上保持着一种交流，保持着一种默契，这就又到小小四妹子的农特产品加工厂里来参观了。

小小四妹子在杨凌农高会上的宣传一点儿都不虚。我们踏进她的加工厂里，时光仿佛倒流了几千年，我们又回到了石器时代。豆钱钱确实是用石头一个一个砸出来的。那些制作豆钱钱的窑洞，面对面，都是两排砸豆钱钱的雇工。一个窑洞里砸黑豆钱钱，一个窑洞里砸黄豆钱钱。大家的面前，各有一个坐底的虎皮石，坐底的虎皮石都很大，拿在手里的虎皮石都较小，大家一只手在坐底的虎皮石上放豆子，一只手举着小点的虎皮石往下砸，砸在豆子上，一砸一个豆钱钱……看到这样的生产方式，我倒有些奇怪，而羽田守一却见惯不怪。他很欣赏这样的生产方式，称赞小小四妹子有眼光，尊重历史，热爱生活，这是现代化的加工方式不可比拟的。现代化的方式，除了速度，就是速度，还可能污染和破坏食物品质；而传统的方式不会，不仅不会，还能很好地保持食品应有的品质。

在小小四妹子的特色产品加工厂里，羽田守一的情绪有了一些恢复，参观了人工砸制豆钱钱的场景后，又到另外几个窑洞里，参观碾制小米、磨制荞面粉和豌豆粉的场景来了。

那个石碾盘真大呀！石磙子也很大，把金灿灿的谷子摊在碾盘上，就由一头驴子拉着石磙子在碾道里转了，一圈一圈，一圈一圈……只有开始，没有终点地转呀转，转呀转，这就把谷壳碾下来了。负责碾米的人，清一色陕北大嫂的模样，头上顶一方蓝花布的帕子，身上穿一件蓝花布的罩衣，端着柳条簸箕，跟在驴子的屁股后面，次第地上去，从碾盘上撮一些谷米出来，站到一边去，对着一面收集谷糠的石砌糟子，反复地颠簸，把谷糠簸出去，把米粒留下来，复又倾上石碾盘，摊开了再碾。如此三番，如此五次，直到她们自己确信，把谷糠和谷米彻底分清簸净了，这才收集起来，送到下一个环节，进行称量分装。

荞面粉和豌豆粉的制作过程，与碾米的过程基本一致。唯一不同的是，碾米使用的是石碾子，磨面用的是石磨子。下扇的石磨，被固定在磨盘上，上扇石磨紧合在下扇石磨上，由驴子牵动着，一圈一圈地转，轰轰隆隆的，比起碾米的碾子，声势要大一些。石磨的上扇，堆着淘洗净了的荞麦，或是淘洗净了的豌豆，通过磨眼，一点点灌进磨口里，沿着磨口，像是一面粉白色流动着的小帘子，不断头地往下落。落在磨盘上，就有负责箩面的陕北大婶，很及时地收在一个小簸箕里，端到一边的面柜前，倒进面柜里的箩儿里，摇着面柜的手柄，咣当咣当……很有节奏地箩着面粉。

这样的节奏，是原始的，却又特别震撼人心，忍不住想要随着那动听的节奏吟唱一曲信天游。

在小小四妹子的引领下，我和羽田守一参观着她的陕北特色农产品加工厂，忽然的，就听有人跟着那节奏柔婉地唱起来了。我听得分明，那是一曲盛传于陕北的信天游《绣荷包》：

初一到十五，十五的月儿高，

那春风摆呀么杨柳梢。

年年走口外，月月不回来，

捎书书传信信呀要一个荷包戴。

吟唱者的声音不是很大，但却有极强的穿透力。我发现，羽田守一先被那天籁般的信天游迷住了。他循着歌声找人，找到一个方向了，却听出歌声来自另一个方向，他便又扭转头来，向另一个方向寻觅，才把目光投到那个方向，可是呢，那动人心魄的歌声好像又转移到另一个方向，羽田守一就又扭头而去……我久居陕北，是听惯了那些感人的信天游了，但我也像初到陕北来的羽田守一一样，被这纯真甜美的《绣荷包》所吸引，认真听着，突然想起我跟踪采访的小小四妹子，在她任教三十里铺村小学的时候，非常注重在小学生中开展信天游的普及教育，她的经验，经由市教育局的总结，还向全市的中小学推广了呢！

参观了小小四妹子的农特产品加工厂后，我向小小四妹子提出了一个要求。

我说："能到你们三十里铺村小学去看看吗？"

小小四妹子说："撤并走了。"

我说："和尚走了，庙还在吧！"

小小四妹子眉头因此皱起来了。她点了点头，却没再说话，整个人一下子陷入到了回忆中。那是一段怎样的回忆呢？小小四妹子不说，我也有了些了解。延安师院毕业的小小四妹子，本不打算回三十里铺村当"孩子王"的，她有更大的理想。由于她的信天游唱得好听，嗓子又亮又甜，参加省上的民歌大赛，没能取得头一名，却也夺得了一个让人艳羡的新人奖，小小四妹子以为自己只要努力，她是会有一个星光灿烂的前程的。但是她的姑奶奶王凤英要她回村里来，去村里的小学当“孩子王”。

姑奶奶王凤英的理由非常简单，她喜欢看村里小学升国旗。

姑奶奶王凤英说：“我看见红艳艳的国旗升起来的时候，我的心就踏实，就暖和。”

姑奶奶王凤英还说：“你升起国旗，我的心就更踏实、更暖和。”

小小四妹子知道姑奶奶喜欢升国旗的原因，她不能违背姑奶奶的心愿，她回到村里来，当起了村里的“孩子王”。可是要撤点并校了，小小四妹子也要撤并而去，得到消息的姑奶奶，没有拦她的孙女小小四妹子，但她自己仿佛失了魂似的，在自己居住的窑院里，转出转进，一会儿看看远处的黄河发呆，一会儿又看看村里的小学发呆……小小四妹子不想姑奶奶如此失魂落魄，于是，她没有去撤并后的新学校，固执地留了下来，当了三十里铺村小学没有一个学生的“留守老师”。

留守在三十里铺小学里，清早起来，小小四妹子还像以往一样，庄严地把国旗升起来，到了傍晚，又庄严地把国旗降下来。

小小四妹子留守在三十里铺小学，心没有闲着，身子也没有闲着，她从媒体上，特别是从网络上，发现陕北的农特产品有走红的迹象。这是一个机会呢，小米加步枪，能够打出一个新中国来，到新时期的今天，还能没有一个辉煌的市场前景吗！坚定了决心后，小小四妹子就把三十里铺村的剩余劳动力组织起来，开办了一个产销结合的陕北农特产品贸易公司。

公司的事情再忙，小小四妹子都不忘清早起来，到小学空旷的院子里去，把国旗庄严地升起来。

十四

住在三十里铺村，我目睹了一次升国旗的过程。

那个场景，我敢说，普天之下是唯一的。一所没有一名学生的陕北山村小学里，小小四妹子迎着朝霞，走到小学门口，把锁着的校门打开来。校门的背后，有一把竹扫帚。她先拿起竹扫帚，很仔细地把校院扫干净，然后，打来一盆水，把她的手洗了，走着正步，走到挂着国旗的旗杆前来升国旗了。她的眼睛跟着红旗，手把红旗升到多高，她的眼睛就跟着爬到多高……在这天清晨，我像小小四妹子一样，还有羽田守一，也像小小四妹子一样，把自己的眼睛挂在了鲜艳的五星红旗上，升到了旗杆的最高处！

不仅我们几个人是这样的，还有三十里铺村早起的乡亲们，都在他们所处的地方，庄严地看着小学校园里的红旗升起在蓝天上……小小四妹子的姑奶奶王凤英，年纪虽然大了，但她的腰身挺得比其他人还要直，她就站在她家窑院的崖畔上，深情而肃穆地看向三十里铺小学，看着冉冉升起的国旗！

四妹子王凤英，所以对飘扬在蓝天下的红旗，有着如此深刻的热爱，那是有她的原因的，这个原因就牵系在她亲爱的三哥哥刘唢呐身上。

发现了三哥哥刘唢呐装在衣兜里的维纳斯扑克牌，四妹子没敢给她娘曹梨花说，更没敢给她爹王木匠说，她在心里骂了三哥哥刘唢呐一句“二愣子灰汉”后，就把那张断臂维纳斯的扑克牌，像她的三哥哥刘唢呐一样藏在她的衣兜里，要去问三哥哥刘唢呐一个究竟了。她要问他哪来的这个光身子的女人？她要问他把这个光身子的女人藏在衣兜里是甚意思？一条黄河相隔的晋西北和陕北，在那个时候，还是很封闭、很落后的呢！爱上了三哥哥刘唢呐的王凤英不生这样的疑心，是根本不可能的。

害着心急的四妹子王凤英，却一时半会儿见不着三哥哥刘唢呐。她的三哥哥刘唢呐跟着父亲王木匠造船去了，他甚时候才能回来哩？

四妹子王凤英害着心急，把她急得嘴唇上都生出了几个大水泡。不过，四妹子王凤英等不得三哥哥刘唢呐回来，她还有办法的，她可以问费玉清大姐呀。

在鲁艺演出小分队里演唱信天游的四妹子王凤英，有很多机会和费玉清大姐在一起。她觉得，乐观开朗的费玉清大姐太有知识了，世上事，好像没有大姐不知道的……天长日久地跟在鲁艺演出小分队，四妹子王凤英从费玉清大姐那里学习到了许多知识。她在害急的时候，也有一个朦胧的感觉，感觉她从三哥哥刘唢呐衣裳兜里发现的这张光身子女人扑克牌，可能是一种她还不甚了解的艺术吧。凭着这点朦胧的认识，四妹子王凤英大着胆子来向费玉清请教了。

时机真是好哩！为了慰问东渡黄河抗日造船的匠人，鲁艺的艺术家们正在紧锣密鼓地排一台演出。费玉清给四妹子王凤英派了任务，要她独唱一曲信天游。就在排练的间隙，四妹子把费玉清大姐拉到背人的地方，掏出藏在衣兜里的断臂维纳斯扑克牌给她看了。

费玉清惊讶于四妹子哪儿来的这样一张扑克牌，她把扑克牌上的维纳斯看了一眼，便面带微笑地来看四妹子王凤英了。

四妹子王凤英的心是忐忑的，她说：“都怪二愣子灰汉，我是从他衣兜里发现的。”

费玉清还没弄清四妹子骂的二愣子灰汉是谁，就还满脸微笑地看着四妹子。

四妹子王凤英天不怕地不怕，就怕费玉清大姐这么盯着她看了。她知道费玉清盯着她看的意思，是嫌她动了粗口，她就老实地说："是狼口里救下我的刘唢呐，他是二愣子灰汉。"

费玉清说："你咋能骂他呢？你和他不是都认了兄妹了吗！"

四妹子王凤英的脸一片大红，她可不想被兄妹的事搅了，她要知道维纳斯扑克牌，正经还是不正经？于是她说："大姐就知道要笑人。我问的是二愣子灰汉的这张扑克牌。"

费玉清看见四妹子急了，就不再要笑她，正正经经地给她来说这张维纳斯扑克牌了。

费大姐说她现在还不知道刘唢呐怎么存的这张扑克牌，但扑克牌上的维纳斯，你四妹子可就不能瞎猜。维纳斯是光着上身的，但那没有什么不好，不仅没有什么不好，而且非常神圣，是西方世界最受尊崇的爱之神！美之神！

费玉清大姐这么说着，还批评四妹子王凤英："你以后呀，可不能随便骂你三哥哥二愣子灰汉！"

四妹子王凤英心里服了费大姐，嘴上却不饶她的三哥哥刘唢呐，说："我就骂他二愣子灰汉！"

费玉清并不知道四妹子心里已服了她，就更认真地给她来说扑克牌上的维纳斯的来历了。她说，维纳斯作为爱和美的象征，被希腊著名雕塑家于公元前四世纪时，就雕塑出来了，并且有很高的艺术性。最先供奉在希腊圣殿山的一座神庙里，后来不知所踪，直到1820年时，才由一个叫尤尔赫斯的农民，在米洛斯岛上翻挖菜地时发现。起先，维纳斯的双臂是完好的，在杜蒙·居维尔的档案里，就有关于维纳斯雕像的记述，记述维纳斯的右臂下垂，手轻轻地抚着下身衣襟，左臂伸过头顶，握着一个饱满的苹果。

费玉清说着不禁“啊”了一声，她说：“大爱维纳斯！”

费玉清大姐还感慨地说：“大美维纳斯！”

经费玉清这么一说，四妹子王凤英就不好再骂三哥哥刘唢呐了。但她还想知道，这大爱之神、大美之神的维纳斯扑克牌，三哥哥刘唢呐是从哪儿得到的？

机会眨眼就来，鲁艺演出小分队在费玉清大姐的带领下，到热火朝天的造船工地上来了。

为东渡黄河抗日建造的柳木船可真大呀！鲁艺演出小分队往隐蔽在黄河边的那条拐沟里走，一路上都能看见新伐去的大柳树墩子。这条路，四妹子王凤英过去是走过的。她过去一路走，都会看见合抱粗的大柳树，排队似的往前排去，没有始，没有终，现在伐下来了，不见了，抬到黄河边的那条拐沟里来，来造大木船了。到时候，英勇的八路军勇士将乘坐大木船跨过黄河去，抗日打鬼子。四妹子王凤英这么想，就觉得那些被伐去的大柳树真是值呢，也算捐躯为国家了！走了不是很长的一段时间，四妹子他们紧跟着费玉清大姐，这就走近拐沟里的造船工地了。四妹子他们看见，已有三艘大柳木船建造好了，巍巍然然的样子，好气派，好威风呀！

四妹子王凤英在忙碌的人群里，很容易地就找到了她的三哥哥刘唢呐。

三哥哥刘唢呐随在父亲王木匠的身边，帮着父亲王木匠给另一艘大船上龙骨……建造一艘大柳木船，制造龙骨是最关键的，龙骨的力量不够，龙骨的结构不合理，直接影响大柳木船的质量，便是下水到黄河里，经不起几个浪头，就要散了架子。因此，打造大船的龙骨，都是最有经验、最被信服的大木匠来做的。四妹子王凤英的父亲王木匠，是公认的大木匠，打造龙骨这样的关键活儿，自然就由他带头干了。

埋头造船的父亲王木匠没有看见四妹子王凤英，跟父亲王木匠一起造船的三哥哥刘唢呐也没有看见四妹子王凤英。四妹子王凤英自己也不好去打扰父亲王木匠和三哥哥刘唢呐，就跟着费玉清大姐他们，张罗着慰问演出了。

造好在一边的大柳木船，是一个现成的好舞台呢！

费玉清大姐他们，把一条染成红色的大布条幅往大柳木船的桅杆上一系，然后敲锣的敲锣，打鼓的打鼓，这就能够演出了。这样的演出，肯定是简陋的，但写在红色土布条幅上的大字是醒目的："打过黄河去，消灭鬼子兵!"

敲打的锣鼓，把造船的工匠们，三三两两地吸引来了。他们来到权作舞台的那艘大柳木船下，还都是一副做工时的模样，头上身上还都沾着雪白的柳木屑。他们仰头看着准备演出的鲁艺艺术家们，脸上全都洋溢着掩饰不住的兴奋。他们有的人，手里还提着刚才干活用着的斧头；有的人，手里还拿着丈量木材的尺子……鲁艺艺术家们不会让热爱他们的工匠们失望，他们演出得非常投入，非常艺术。前边演出了一个小演唱，一个快板书，依次演着，这就轮到四妹子王凤英上台了。费玉清大姐之所以这么安排，是因为知道这会是一个高潮呢。

四妹子王凤英演出的是费玉清大姐给她新编的信天游，名字叫《我送哥哥打日本》：

我送哥哥打日本
躲在人后拿根针。
松柏树下搓麻绳，

做双布鞋送情人。

千层底子万针缝，
千针万线一条心。
哥哥你穿上显英雄，
针线虽粗情意真。

其他节目演出结束后，兴奋的工匠们全都给他们热烈地鼓了掌；四妹子王凤英的独唱还没落音，就有更热烈的掌声送给了她。四妹子王凤英看得真切，站在她父亲王木匠身边的三哥哥刘唢呐，鼓掌鼓得最卖力！

慰问演出还在热热闹闹地进行着，四妹子王凤英走下作为舞台的大柳木船，往旁边那艘正在建造的大柳木船背后走了去。眼睛一刻都没离开四妹子的刘唢呐，很自然地撵着四妹子去了。在半成品的大柳木船的背后，四妹子一见她的三哥哥，什么话都没说，先把她装在衣兜里的维纳斯扑克牌掏出来，塞给了三哥哥刘唢呐。

四妹子王凤英说："哪儿来的？"

接过了维纳斯扑克牌，三哥哥刘唢呐的眼里就蓦地喷射出一股汪汪的泪水来，他异常悲痛地给四妹子王凤英说了他母亲被鬼子杀害的情况。

四妹子王凤英听着三哥哥刘唢呐的诉说，她的眼里就也流出一串串的泪珠。她给自己擦着泪，也伸了手，去给她的三哥哥擦泪。

四妹子王凤英说："这个仇，我们一定要报！"

十五

天是越来越寒冷了，又下着雪，黄河完全封冻了，往上看，是一条白茫茫弯曲不见头的冰雪长廊；往下看，又是一条白皑皑弯曲不见头的冰雪长廊……侵占了晋西北的日本鬼子，盼的就是这时候，他们想要趁着黄河封冻的日子，踏冰过河，侵略抗日根据地的陕北。

日本鬼子的阴谋，黄河西岸的八路军河防部队，早已了解得清清楚楚，也未雨绸缪，早就做着准备，一旦鬼子兵胆敢来犯，就一定要让他们来者无回，葬身黄河喂鲤鱼。

那是1939年新春破五的日子呢！

陕北抗日根据地的老百姓，早在年三十前，杀猪宰羊，慰问驻地八路军，大搞拥军活动；驻地八路军也献出米、面、油，到老百姓家访贫问苦，大搞爱民活动。军爱民，民拥军，军民互助，亲如一家，把弥漫着战争迷雾的年，也过得热热闹闹，红红火火。

到了破五的日子，老百姓和八路军又都相互走动，排练秧歌，准备着大闹元宵了。但就在这天下夜的时候，日本鬼子趁着黎明时的黑暗，突然地发起了踏冰过河的战役。此前的日子，侵略晋西北的日本鬼子，大大小小，已经发动了30余起的渡河战役，但都在八路军河防部队的坚决打击下，以失败而告终。这次，日本鬼子集结了混成第三旅团、混成第七旅团和混成第十九旅团，以及纠集而来的伪军，趁着陕北抗日根据地的军民还都沉浸在过大年的欢喜氛围里，在千里冰封的黄河上，悄无声息地踏上了河冰，又悄无声息地向西岸的陕北偷袭而来。

日本鬼子有千般计，我陕北抗日根据地的军民有一招用。他们有精良的装备，飞机、大炮、机关枪，我们有秋后堆积如山的玉米秆儿、高粱秆儿，有秋后堆积如山的谷豆、糜子的秸秆和其他柴火。就是这两样看似极不对称的“武器装备”，决定了战争的胜败。早已预料到日本鬼子将趁着黄河冰封的日子，向我陕北根据地侵犯，驻守在黄河西岸的抗日军民，早早就把秋收回来的庄稼秸秆儿，背到黄河边上，找寻着隐蔽的地方，堆积起来，准备在日本鬼子踏冰过河时来用。

四妹子王凤英，还有她的三哥哥刘唢呐、父亲王木匠、母亲曹梨花，都参加了背送秸秆的活动。交九后的一段日子，不仅是四妹子一家人，千里黄河西岸的人家，在河防部队的组织下，都参加了背送庄稼秸秆的活动。每个村庄通往黄河的道路上，不能说路塞不能走，但通行确实是困难的，山路全都像绳子一样，盘绕在山洼洼，或是沟梁梁上，便是空着身子走，都不好走呢！在这时候，大家的肩背上，都背着一捆比自己体形大出许多倍的玉米秸秆、高粱秸秆，谷豆糜子的秸秆，走动起来，没有点儿山地生活的经验，凭着一身蛮力，不仅困难，而且还很危险。四妹子王凤英、三哥哥刘唢呐和父亲王木匠、母亲曹梨花他们，都是没问题的。他们背起很大很大的庄稼秸秆，从三十里铺的村子往黄河岸边去，来去都很顺利，一趟又一趟，出了一身一身的汗……在背着庄稼秸秆往河边去的路上，四妹子王凤英他们，很自然地还见到了鲁艺演出小分队的人，他们都没有山地生活的经验，背着庄稼秸秆往黄河边上去，就闹了不少危险，其中两人，躲不开山崖的顶撞，受到庄稼秸秆的连累，连人连柴火，竟滚下了坡！

背送到黄河边上的庄稼秸秆，在日本鬼子踏冰过河的黎明，派上用场了。

密切监视着日本鬼子动向的抗日军民，在鬼子兵还没向黄河冰面集结的时候，就已注意到了他们的企图。消息传到黄河西岸的抗日军民中间来，大家不需要动员，也不需要鼓励，全都自觉地摸黑来到黄河岸边……此时此刻，大家都不说话，就是喘气，也都尽量控制得很小。所有的人，排起来，从堆放着庄稼秸秆的隐蔽处，一直排到黄河的冰面上，排起一条一条的长队，仿佛数不清的长龙，相互接送着一捆一捆又一捆的庄稼秸秆，接送到黄河的冰面上，又相接相连的堆积起来，单等日本鬼子踏冰到黄河冰面上的时候，举火点起来，烧融西岸的冰面，使黄河里的冰冻失去一边的支撑，而全面地塌陷下去……河东的日本鬼子，河西的抗日军民，相互较着劲，就看谁的方法有用了！

四妹子王凤英的父亲王木匠，走村串户，听了不少历史故事。三国时，东吴的周瑜火烧赤壁的故事让他印象最深，他随着抗日军民往黄河冰面上堆放庄稼秸秆时，就有了这样一个意识，一场火烧日军千里的大戏，将在黄河上重新上演一次了！他为此而兴奋着，所以活儿干得也就更加从容，更加有条有理。

点火的命令，风一样传遍了千里黄河。

四妹子的父亲王木匠，是他们这一段庄稼秸秆的点火者。他挥手让站在秸秆边的乡亲们，都后退到黄河岸上去，只留他一个人，把他带在身上的一个麻油罐，打开塞子，泼到秸秆上，这就来划火柴了。河谷里的风太硬了，他划了几根火柴，都被嗖嗖的河风吹灭了……好在他还有一套取火工具，那就是他平时吃烟时打火的火镰子。火镰取火，虽然原始，却极管用，特别是风硬的地方，有一点火星溅在火绒上，都会起火，而且还会越烧越旺……在这个关键的时刻，四妹子的父亲王木匠，把他拴在烟袋锅上的火镰取下来，只一下，就打燃了火，并点燃了堆在他面前，与千里黄河冰面上相接相连的庄稼秸秆！

顷刻之间，千里黄河，仿佛一条火的巨龙……那样一种壮观，史无前例啊！

踏冰过河的日本鬼子，已经走到黄河的中心了，他们被突然点燃的火龙弄得目瞪口呆，惊慌失措，他们中有些不知后果的人，还举枪朝着火龙射击，而觉醒过来的一些人，则掉过头去，向他们的来路狂奔而去……黄河的冰面上，原来组织有序的日本鬼子，倏忽乱成一团，看得见举着指挥刀的日本军官，胡吼乱叫着，想要控制住纷乱的队伍，可是连他们自己，也被乱糟糟的士兵，冲得晕头转向，团团乱转……长长的火龙下，受到烈焰烧烤的河冰在一点点地融化，这里开了一道口子，那里开了一道口子，河冰的口子，被火龙的舌头舔着，一点点地在扩大，扩大着就融成了一个大口子，很大很大的一个口子，嘎巴！嘎巴……仿佛有了生命的龙嘴一样，突然地发出一声一声的裂响，在那巨大的裂响声里，有一块河冰塌下去了！又一块河冰塌下去了！不断塌进河水里的河冰，溅起一波一波的水浪，把燃烧着的庄稼秸秆，也塌进了喷涌而起的水浪里，但是却不能浇灭燃烧的秸秆，只是无奈地漂着熊熊的烈焰，向一边还不曾融化和塌裂的河冰，持续地烧融着……千里黄河，仿佛阳春三月开河时一样，在这时候，都被燃烧的火龙融化着、塌裂着……失去支撑的冰河，没有多长时间，便塌裂得支离破碎。破碎的冰块，有的像牛，有的像马，相互冲撞着流动起来了，下游的冰块来不及流走，上游的冰块又以迅雷不及掩耳之势冲撞下来，冰块与冰块，就又都如活着的猛兽一样，在黄河的巨浪里缠斗起来……渐渐的，暗色退去，黄河在大家的眼睛里清晰了起来。站在黄河西岸的四妹子王凤英，还有三哥哥刘唢呐，她的父亲王木匠、母亲曹梨花，以及艺术家费玉清大姐等数也数不清的根据地军民，远远地看见，有些后退着跑得快的日本鬼子和伪军，刚刚来得及逃离塌裂的冰河，爬上黄河东岸的坡坝，惊慌失措地蹲在河坡上喘气。他们是幸运的。但有太多太多的日本鬼子和伪军，就很不幸了，他们一部分根本来不及逃跑，就被塌裂的河冰，砸进冰冷湍急的黄河水里了！还有一部分，跌跤爬扑地挣扎在河冰上，被塌裂的河冰撵得仿佛丧家之犬，落魄之狗，拼命地后撤着，终于还是没能跑过塌裂的河冰，被撵在屁股后边的河冰，张开寒冷的巴掌，一把拍进刺骨咆哮的黄河水里……黄河岸上的抗日军民，欢呼起来了！

大家欢呼自己的胜利！也欢呼鬼子的失败！

欢呼声在千里黄河岸边震响着，仿佛又一条咆哮着的黄河！

三哥哥刘唢呐在欢呼的人群里，望着黄河的东岸，他没有像大家一样欢呼，而是不由自己地流出一串热烫烫的泪水来……四妹子王凤英看见了，她知道，他的三哥哥一定想起了被羽田仲雄砍去双臂的母亲了！他是因为复仇而流泪了呢。

如此理解着她的三哥哥刘唢呐，四妹子王凤英也不欢呼了，她伸手拉住三哥哥刘唢呐的手，轻轻抚慰着说了。

四妹子王凤英说："咱不流泪，咱应该高兴的。"

三哥哥刘唢呐应了四妹子王凤英一声，说："我要参加八路军。"

十六

疯狂地报复，是鬼子的本性。

失败在黄河上的日本鬼子，死伤了数千人的兵力，更损失了无以计数的武器弹药，败退回他们在晋西北的据点里，舔着他们疼痛的伤口，谋划着接下来的报复行动。黄河天险，挡得住日本鬼子的身体，却挡不住日本鬼子的飞机，那钢铁打造的飞鸟，从晋西北的几处临时修筑的机场呼啸而起，向陕北抗日根据地扑了过来。

鬼子的飞机，成“品”字形编队，一组一组，飞越了黄河，分头向绥德县城、米脂县城，以及远一点的安塞和延安城飞了过来……就在鬼子出动飞机轰炸陕北抗日根据地的这些重要城池时，四妹子王凤英，以及她的三哥哥刘唢呐，跟着鲁艺的艺术家们来到河防司令部所在的绥德县城，参加在那里举办的庆功大会。

防御黄河的战斗，取得这么大的胜利，是该庆贺的。而且庆贺的日子，还是大年过后的元宵节。陕北的传统风俗，在这一天，无论城乡，无论贫富，都是要开开心心地闹一闹的。别的地方，把这个节日叫得很直接、很直白——闹元宵，但陕北人不这么叫，陕北人叫得很大气、很诗意——闹红火！

四妹子王凤英和三哥哥刘唢呐被鲁艺演出小分队选中，参加河防司令部在绥德县城组织的庆功大会以及闹红火的活动，他俩能不高兴快活吗！

这可真是一件扬眉吐气的事情呢！

庆功大会和闹红火的场所，就选择在绥德县建城以来就有的教场上。那一天，教场人山人海，先是鲁艺的艺术家们来了几个专业的演出，接下来就是军民自己的联欢秧歌了。驻防在三十里铺村的三排排长房生贤，还有升为班长的巩有柱以及战士刘庚茂等人，作为八路军的有功人员代表，也来参加绥德县城的庆功会。闹红火少不了唢呐助兴。三哥哥刘唢呐是吹唢呐的高手，他到绥德县城来，特意砸碎那只狼头，把他嵌进狼头里的唢呐碗儿取出来，做了些修复，就又可以吹奏了。本来嘛，他就十分喜爱唢呐，庆功闹红火，在器乐场里，他吹奏得就更加卖力。穿着件大红坎肩，扎着条三道道蓝白色毛巾的三哥哥刘唢呐，鼓吹着的腮帮子，像两只气疙瘩，他鼓吹得那样一个欢实，让在秧歌队里领舞的四妹子王凤英，扭起秧歌来，要多起劲儿就有多起劲儿……三排排长房生贤也是扭秧歌的好手，他腰里系上一条红绸带，扭着扭着，还和四妹子王凤英，扭起了对对舞。两个人在秧歌队里，就像两只翩然舞飞的蝴蝶，率领着秧歌队，扭得那个欢乐，便是高悬在天上的太阳公公，也都绽开了一张笑脸，嘻嘻哈哈地跟着闹红火的抗日军民乐起来了。

鼓吹着唢呐的刘唢呐，不想成为一个寂寞的人，他鼓吹着大唢呐，从器乐队里舞了出来，插进领舞的四妹子和房生贤中间，和他俩一起，又扭起了三人秧歌……鼓声激越，锣声清亮，大家欢天喜地，庆功闹红火。闹得正在热火朝天时，一朵黑瓦瓦的云团飘过来了，把明晃晃、暖洋洋的太阳遮在了身背后。乌云下，轰轰隆隆的鬼子飞机，像是长着毒牙的飞蛾一般，成群结伙地飞临到了绥德县城的上空，忽拉拉生蛋似的，甩落一串串黑色的炸弹……纷纷坠落的炸弹，把绥德县城的南城楼炸塌了一个角，还把南城区的一片居民窑洞，炸成了废墟。数十条同胞的生命，也在这突如其来的灾难面前，被残酷地夺去了。

三哥哥刘唢呐的眼里喷着火……他在绥德县城庆功闹红火的现场，再一次映现出母亲被羽田仲雄砍断双臂的情景，他跟定了和他以及四妹子王凤英扭着三人秧歌的房生贤，坚决地参加了八路军。

四妹子王凤英高兴三哥哥刘唢呐参加八路军，从绥德县城回到三十里铺村，四妹子密针细线地给三哥哥刘唢呐做了几双军鞋，她希望她的三哥哥刘唢呐穿着她给他做的军鞋，杀鬼子，报仇冤……这样的机会，随着春天的到来而来到了。

满山满坡的桃花开了，满山满坡的杏花开了，还有满山满坡鲜艳的山丹丹花也开了，八路军东渡黄河抗日的行动，就在这个时候紧锣密鼓地进行着。参加了八路军的三哥哥刘唢呐，跟着房生贤被幸运地选进了先遣排，第一批乘坐秘密打造的大柳木船，先行强攻到黄河东岸去，占领有利地形，掩护迎接大部队东渡黄河。

鲁艺演出小分队的费玉清，是四妹子王凤英的好大姐，她知道王凤英与三哥哥刘唢呐的恋情，以她俩的事迹为题材紧赶着创作了一曲信天游，要在八路军东渡黄河时，唱给英勇的抗日将士，鼓舞他们渡河抗日、保家卫国的士气。

费玉清一个晚上就新编出了这曲信天游，她给这曲信天游取名为《三十里铺》，而且她要教会四妹子王凤英自己来唱这曲信天游了。

东渡黄河的日子越来越近，四妹子王凤英到三排的驻地来，给她的三哥哥来送踢得倒山的军鞋来了……她来的时候，三排排长房生贤率领他们排里的全体战士，正在操练乘船渡河的一些技术要领。她就等在山坡上，怀里抱着她给三哥哥刘唢呐精心制作的军鞋，耐心地看着他们的演练。直看到天色向晚，星星明灿灿地出来了，月亮明晃晃地出来了，操练的三排官兵，这才结束了操练……他们操练得可真认真啊，一声一声的号令，一声一声的嘶喊，震撼着山岳，震撼着黄河。四妹子王凤英聚精会神地看着他们，不知他们可看见了山坡上一片花丛中的她了没有？特别是她的三哥哥刘唢呐，别人可以不向山坡上花丛里的她看，他是应该有这个感应的，知道漫山的花儿里，掩映着一个他的四妹子王凤英，趁着操练的间隙，跑来看他。

四妹子王凤英猜得不错，她的三哥哥刘唢呐是看见她了。

操练刚一结束，别人都去洗脸擦身子去了，三哥哥刘唢呐直奔四妹子而来。他跑出了营房区，跑上了花儿朵朵的山坡，向隐蔽在花丛中的四妹子王凤英跑过来了。本来，四妹子王凤英想站起来，迎着三哥哥刘唢呐去的，但她看着向她跑来的三哥哥，她突然地腿软身子软，站不起来，就那么痴痴地看着向她跑来的三哥哥……操练时，一头一脸大汗的三哥哥，跑了这么一段坡路，头上脸上的汗就更多了，到他站在四妹子王凤英跟前时，他冒着热汗的脑袋，就像从蒸锅里取出来的一个大馍馍。

四妹子王凤英就这么笑话他了，说："你看你，像个粘了一身泥水的大馍馍！"

三哥哥刘唢呐嘿嘿笑了两声，没接四妹子的话。

四妹子王凤英知道时间紧迫，三哥哥一会儿就要去吃饭，吃罢饭，就还要吹号集体休息。知道是这个样子，四妹子就把她抱在怀里的两双新鞋塞给了三哥哥，给他说："量着你的脚做的。"三哥哥感激地双手捧着新鞋，给四妹子说："三排排长做过动员了，我们排是东渡黄河的尖刀排，我们将乘坐第一艘大柳木船，渡过黄河，抢占黄河东岸的高地，掩护大部队渡河！"东渡黄河抗日，是陕北抗日根据地军民的愿望，四妹子听了，只有为三哥哥高兴了！她甚至想，如果她也是个后生，就跟三哥哥一起过黄河，打鬼子！

山坡上的花儿，荡漾着一股一股的香气，直往四妹子和三哥哥的鼻孔里钻。三哥哥刘唢呐把四妹子还给他、他时刻装在衣兜里的维纳斯扑克牌掏出来，慎重地交给了四妹子王凤英。

三哥哥刘唢呐说："你给我保管着，等我打败了日本鬼子，你再还给我。"

四妹子突然来了情绪，说："我保留着，不还给你。"

三哥哥刘唢呐说："那是我的呀！"

四妹子王凤英就拿眼剜他，说："我呢？我不是你的吗？"

三哥哥刘唢呐的胆子就大了起来，说："那就把你俩都还给我！"

三排营区有人在喊刘唢呐了。

三哥哥回头朝喊他的地方转头去望。这是军营里的纪律呢，四妹子知道，现在的三哥哥是一名八路军战士了，他必须遵守军营纪律。

四妹子王凤英这么想着，就给三哥哥刘唢呐说："你去吧，我也该回去了。"

三哥哥刘唢呐就依依不舍地转过身去，往营房那儿去了。四妹子的语音却还追着三哥哥说了。

四妹子王凤英说："你出征的时候，我唱歌给你听！"

三哥哥刘唢呐突然就又回过头来，给四妹子王凤英提了一个她从没有想过的要求。

三哥哥刘唢呐说："你叫我看一眼你好吗？"

四妹子王凤英还不明白，说："你没看见我吗？"

三哥哥刘唢呐说："不是这么看，是……"

四妹子王凤英听懂她的三哥哥是要怎么看她了，他是想要如扑克牌上的维纳斯那么脱了衣裳让他看的。这可不能够啊，她霍地站起身，顺嘴骂了他一句话："二愣子灰汉！"

骂过了三哥哥刘唢呐，四妹子王凤英就向她回村的山路，像只受惊了的小鹿一样跑走了。

十七

提起个家来家有名，

家住在绥德三十里铺村，

四妹子好了一个三哥哥，

他是我的知心人。

洗了个手来和白面，

三哥哥吃了上前线，

一心一意你去抗战，

三年二年不得见面。

四妹子王凤英没有食言，她赶在三哥哥所在的渡河尖刀排划着大柳木船，向黄河东岸齐心协力划去时，站在黄河西岸的高坡上，唱起了费玉清大姐给她刚教会的这一曲信天游。可是骤起的炮声，把四妹子唱了一个开头的信天游声无情地压了下去。

炮声真是太大了，山崩地裂似的，先从黄河西岸的八路军河防阵地上爆响起来，接着是一发又一发带火的炮弹头，从隐蔽着的群山之中射出来，向黄河东岸的日伪军阵地扑了过去。看得见日伪军的阵地，被突如其来的炮弹炸得飞沙走石，其中还裹挟着鬼子伪军的衣片和残肢，在空中飞动着，做出一个惨烈的亮相，然后落在地上……八路军河防阵地上的炮击，一浪高过一浪；轰隆轰隆的发炮声，接连不断。就在强大的炮火支援下，尖刀排在排长房生贤的率领下，驾驶着第一艘大柳木船，从黄河西岸出发了。三哥哥被排长选为旗手，他单膝跪伏在船头上，牢牢地举着写有“东渡黄河抗日尖刀排”字样的一面红旗，随着在黄河里颠簸着快速划动的大柳木船，猎猎地飘扬着……鬼子伪军被八路军强大的炮火压制在对面的山头上，只有放冷枪、发冷枪的份儿，那种没有目标的射击，仿佛过年时燃放的炮仗一样，在空中盲目地爆响着，根本不起作用。英勇的尖刀排，就趁着这个机会，仿佛射出的一支利箭，破风斩浪，很快地渡过黄河，停靠在黄河东岸的一处河滩上。三十六名勇士都如蛟龙出海般，跃下船弦，迂回着向有鬼子和伪军把守的山顶上进攻了……也许鬼子和伪军太大意了，也许他们就是那么脆弱，经不起八路军抗日英雄的打击，尖刀排的勇士，尽管牺牲了两位战友，但还是迅速把那座山头攻了下来。退下山坡的鬼子和伪军，到这时方才有所醒悟，知道八路军东渡黄河抗击他们来了。

鬼子和伪军不甘心他们刚一与八路军交手就失败的命运，组织力量，向被尖刀排占领了的山头反攻来了。

日本鬼子的小钢炮，威力的确不小。鬼子在小钢炮的掩护下，蛇行着向山头上攻击着。房生贤排长要大家保持冷静，沉着应战，但是鬼子的小钢炮不长眼睛，像是着了火的蝗虫一样，飞到山顶上，在原来的三排，现在的尖刀排阵地上炸裂，使尖刀排又伤亡了几个战友！

为了保存实力，让有限的弹药发挥更大的作用，房生贤告诉尖刀排的战友，让大家分散开来，各自选择有利位置，留出空间，让鬼子和伪军尽量靠近，越近越好，越近越能发挥短兵相接的作用……刘唢呐被班长巩有柱拉着，躲在一块大石头的背后，在他俩身边，还有刘唢呐的好朋友刘庚茂。在他们排里，姓刘的就刘唢呐和刘庚茂两个人，他俩见面就说了，三百年前，咱们可还就是一家人哩！他们三人一组，以大石头为掩体，等着反攻上来的鬼子和伪军，距离他们不足30米的时候，突然跃身而起，又投手榴弹又打枪，把逼得他们很近的鬼子和伪军，炸死射伤十多个，使鬼子和伪军狼狈地败退下坡底。

尖刀排要坚决地守住山头，而鬼子和伪军要拼命地攻下山头，双方都不示弱地较量着。鬼子和伪军向山头进攻了三次，尖刀排打退了他们三次。第四次攻击又开始了。这时的刘唢呐，只知道亲如兄弟的刘庚茂已英勇地牺牲在了他身边，还不知道尖刀排守卫山头的战友，只剩下他和班长巩有柱等为数不多的几个人了，包括排长房生贤在内，全排的其他战友，都在鬼子冰雹似的小钢炮轰炸下，壮烈地牺牲了。

山头上可真安静啊！

这是一场更为惨烈的大战前暂时的安静呢。爬到刘唢呐头顶上的太阳，也像染上了战争的鲜血，红红地照在刘唢呐的身上，他感到特别暖。在暖暖的阳光照耀下，刘唢呐回了一下头，他看见六艘新造的大柳木船在黄河上奋勇地驶了过来，跟随着大柳木船的是上百艘小船以及更小的羊皮筏子，在波涛翻滚的黄河里，乘风东渡而来，都要靠上东岸了。他对着那千帆竞渡的壮阔场面，很开心地笑了一下，扭头又往一边的虎跳崖看去。他所在的位置，距离虎跳崖不远，那里可就是母亲死难的地方！一股巨大的仇恨，再次涌上刘唢呐的心头，他两眼烧着火，用手推了一下斜躺在他身边的班长巩有柱，给巩有柱低声说了。

刘唢呐说："鬼子又上来了！"

班长巩有柱身上有伤，而且伤得不轻。在刘唢呐推他一把的时候，他几乎都要昏迷过去了，是刘唢呐把他推醒过来的。醒来了的巩有柱，只给刘唢呐说了一句话，就翻滚着向鬼子和伪军进攻的方向扑了去。

班长巩有柱说："我掩护你！"

喊着掩护刘唢呐的班长巩有柱，两手已拿不了武器，他只是用他挣扎着还能翻滚的身体，吸引了鬼子和伪军的注意，把鬼子和伪军的枪炮，全都吸引到他的身上来。那些罪恶的枪弹，密集地射向了巩有柱，他颓然地趴卧在一片血泊里。

在三排操练的时候，刘唢呐已经熟悉了战友之间的口令。班长巩有柱的一声"我掩护你"，他心领神会地向巩有柱只喊出一声"班长"，就见班长壮烈地牺牲在离他不远的地方。他无可奈何，只有痛苦地在班长舍出生命掩护他的一瞬间，撤出了他坚守着的那块大石头，转移到他母亲惨遭杀害的虎跳崖上。他在转移过来的时候，没有忘记尖刀排旗手的使命，把那面写着“东渡黄河抗日尖刀排”的红色旗帜，像他的生命一样，也带到了虎跳崖上……刘唢呐任尖刀排旗手的时候，是排长房生贤把红色旗帜交到他手上的，那时尖刀排的旗帜，是多么鲜艳啊！站在尖刀排的前面，刘唢呐把尖刀排的红旗举起来，那红艳艳的旗帜，把他们尖刀排每一个战友的脸，都染得像旗帜一样鲜红……惨烈的战斗，没有使尖刀排的旗帜褪色，反而使那鲜艳的红色，经由战火硝烟的熏染，变得更加深重！是的，原来完好的旗帜，被鬼子和伪军的枪弹，一次次地击中，留下了大小不一的弹孔。转移到虎跳崖上的刘唢呐，还把尖刀排旗帜上的弹孔数了一下，不多不少，刚好三十六个。这让他忽然感受到，他们乘坐第一艘大柳木船东渡黄河而来的全排三十六个战友，是把自己坚强的心，借用鬼子和伪军的枪弹，洞刻在了他们尖刀排的旗帜上！

这时的阵地上，也许只有刘唢呐一个人了，但他一点儿都不觉得孤单。他觉得，和他一起突击而来的尖刀排三十六位勇士都还在他的身边，而且更为重要的是，他的母亲也在他的身边。他们是一个群体，一个英勇的战无不胜的群体。

鬼子和伪军发现了虎跳崖上的刘唢呐了。他们发现他孤孤单单的一个人，擎着一面孤孤单单的旗帜。他们没有放枪，也没有放炮。一大队的鬼子伪军，端着上了刺刀的长枪，向刘唢呐围了过来。一步一步……一步一步……鬼子伪军把打光了弹药的刘唢呐紧紧围困在了虎跳崖上。

鬼子的喊叫，刘唢呐听不懂，但伪军的喊叫，他全听得懂。

投降……投降是个什么话呢？在刘唢呐年轻的记忆里，从来没有“投降”这两个字的概念。他对着围困上来的鬼子和汉奸，轻蔑地笑着，把他擎在手里的尖刀排旗帜举得更高了。是他举旗的举动惹怒了鬼子兵吧。有一发子弹打了过来，打在了刘唢呐的右腿上，他趔趄了一下，又站稳了；紧跟着，又是一发子弹打了过来，打在了刘唢呐的左腿上，他摇晃了一下，再一次站住了。这两发打进刘唢呐腿上的子弹，一点儿都不疼，像是蚂蟥咬了一下，让他不舒服。他怒瞪着一双复仇的眼睛，大吼一声，把他举在手里的旗杆横过来，朝着离他最近的一个鬼子兵，拼命地捅了去。木头的旗杆，这时仿佛一把锋利的枪刺，捅透了那个鬼子兵的肚肠。鬼子兵惊恐地惨叫了一声，扔掉端在手里的三八大盖儿，双手也握在了旗杆上，握得很紧很紧。鬼子兵的血顺着旗杆滋了出来，别的鬼子想要支援这个鬼子兵，但却有枪打不得，有炮放不得，眼睁睁看着刘唢呐和鬼子兵僵持着，往虎跳崖边退去。退到崖岸边了，只听刘唢呐一声大吼，就与穿在旗杆上的鬼子兵，凌空飞跃起来，翻下虎跳崖，落向黄河的洪流里！

尖刀排的旗帜，在落入黄河的那个瞬间，猎猎招展着，鲜艳如血！

十八

合同确定的农特产品，小小四妹子都如数加工了出来，装袋子装箱，按照羽田守一指定的地址，很规范地发走了。

可是，羽田守一还没有走。他有中华人民共和国的签证，还能够在我们国家待上一些日子。这期间，不论是小小四妹子，还是她姑奶奶王凤英和我，凭直觉来猜，也已知晓羽田守一，就是杀害刘唢呐母亲的日军侵华小队长羽田仲雄的后人了。知道了这一层关系，小小四妹子和她姑奶奶是痛苦的，我自然也是痛苦的，但我们都很好地克制着自己，没有捅破那张薄薄的窗户纸，还都保持着主宾应有的礼数。

一年一度的清明节，赶着这个时间点儿来了。过去的快六十个年头，每年的这一天，小小四妹子的姑奶奶王凤英，都要渡过黄河，去给她的三哥哥刘唢呐烧纸祭奠的。今年自然不会例外，姑奶奶王凤英准备着又要去给三哥哥刘唢呐扫墓了。

姑奶奶王凤英，给小小四妹子说过，她的三哥哥刘唢呐，手握尖刀排的旗帜捅进鬼子兵的肚肠，双双跌进黄河里后，没有被黄河的巨浪立即冲走，那杆尖刀排的旗帜，一直在黄河的激浪中挺立着，飘扬着……有了尖刀排的拼死掩护，千帆竞发的抗日东渡大军，顺利抢渡了过来，打垮了驻守黄河东岸的日本鬼子和伪军。

小小四妹子跟着姑奶奶王凤英，过河给姑奶奶的三哥哥刘唢呐和他母亲扫过多次墓了。她只听姑奶奶王凤英给她讲了那个让她感动得想哭的场景，却没听姑奶奶给她说过姑奶奶自己的另一件事。

这件事埋在姑奶奶王凤英的心里，她是不会给谁说的了。不过，她每一次过河祭扫三哥哥刘唢呐和他母亲的坟墓，都要清晰地把那个她不愿说出来的情景，在她的脑屏幕上再重现一次。

四妹子王凤英跟随鲁艺艺术家费玉清渡过黄河，为东渡抗日的将士慰问演出了。这时的她，早已知道她的三哥哥刘唢呐牺牲了。四妹子王凤英闻听消息时哭过，她哭得昏天黑地，哭得昏死过去了几次，她恨老天不开眼，更恨日本鬼子凶残，牺牲了她爱不够的三哥哥刘唢呐！三哥哥刘唢呐是英雄哩，她哭亲爱的三哥哥刘唢呐，既为他伤心，也为他心生豪迈。来为东渡抗日的八路军将士慰问演出，四妹子王凤英说什么都要去看看她的三哥哥刘唢呐呢。在一次慰问演出的间隙，四妹子王凤英给费玉清大姐请了假，爬到虎跳崖上来，来给她的三哥哥刘唢呐祭告了。

英勇牺牲了的三哥哥刘唢呐，与他母亲都埋葬在虎跳崖上。

四妹子王凤英来看他了。她爬上虎跳崖的时候，天色已经黄昏，她弯着腰，拔除了三哥哥刘唢呐和他母亲墓头上的杂草。她先给刘唢呐的母亲，磕了三个头，然后站在三哥哥刘唢呐的坟头前，解着她衣服上的扣子，一颗一颗地解着，全解开了，就慢慢地脱下来；她脱去外面的罩衣，贴着她的身子的，还有件绣着花花草草的红绸子肚兜。肚兜是她自己绣的花，她原来想要到她和三哥哥刘唢呐成亲时，让他来看，看她绣得好不好，然后让他给她解掉，把她自己整个儿交给三哥哥刘唢呐。可三哥哥刘唢呐牺牲了，他不会给她脱去外罩，再解掉她绣得好看的红绸子肚兜了。东渡抗日出征前，三哥哥刘唢呐给她提出要求，想要看她的身子，她没有给他看。她给他留着，这时候要给他看了。她把外罩脱去后，手抚着花红草绿的肚兜，给她的三哥哥刘唢呐说："你看呀！我让你仔细看，认真看……"四妹子王凤英这么嘱咐着坟墓里的她的三哥哥刘唢呐，然后，就来解掉花红的肚兜了。脖子上是系着一条细带子的，她先低头把脖子上的带子扣儿解开来，接着就又去解腰背后的细带子了，那是个活扣儿呢，她捉住活扣的一边，轻轻地一扯，遮在她胸前的花红肚兜，就完全地离开了她的身子，落在了她的脚前，她把自己彻底地解放出来，给她的三哥哥刘唢呐看了。她怕她的三哥哥刘唢呐看不清她，就还往三哥哥刘唢呐的坟头又走近了两步，嘴里呢呢喃喃的，给她的三哥哥刘唢呐祭告着。

四妹子王凤英说："三哥哥呀，你不是要看我吗？"

四妹子王凤英说："你看吧，我把我都解放出来，给你看了！"

四妹子王凤英说："我是你的，你好好看，看个够。"

就那么裸着自己，四妹子王凤英一直站在她三哥哥刘唢呐的坟头前，让她三哥哥刘唢呐看她自己……她把时间忘记了，把自己也忘记了。如果不是费玉清大姐摸黑赶来，四妹子王凤英不知会在三哥哥刘唢呐的坟前站到啥时候。

那夜的月光，是那么清亮，仿佛柔软的白纱一般，映照着四妹子裸着的身子。她站在三哥哥刘唢呐坟前，让远远看见她的费玉清大姐，像是看见了一尊下凡来的仙子。

费玉清大姐震惊了。她看着仙子一样的四妹子王凤英，蓦然想起刘唢呐交给四妹子让她小心收藏的那张断臂维纳斯扑克牌。费玉清大姐的心颤抖了，热辣辣的泪水，仿佛黄河流水一样，汪汪地流出来了。

费玉清大姐看着四妹子王凤英，还想起了刘唢呐的母亲。她悄悄地走到四妹子王凤英的身边，拣起地上的肚兜和罩衣，披在了四妹子王凤英的身上。

再一次地站在三哥哥刘唢呐坟前祭奠的人，多了一个我，还多了一个羽田守一。小小四妹子的姑奶奶王凤英已不是原来裸身站在三哥哥刘唢呐坟前的她了。现在的她，白发苍苍，满脸的老年斑，她不让我们动手，自己把她带来的白馍馍、黄馍馍，还有核桃、枣儿、苹果、甜梨，祭奠在三哥哥刘唢呐的坟前，然后又把她带来的一瓶糜子酒，撬开盖子，祭洒在三哥哥刘唢呐的坟前，这就招呼我们来烧纸钱了。在来给三哥哥刘唢呐扫墓前，我看见姑奶奶王凤英把她买回来的一摞纸，铺平在炕头上，拿了一张百元钞票，在纸面上挨着个儿拍打了一遍。姑奶奶王凤英准备得可是仔细呢。她要我们来烧，我们就都弯下身子，划着火，一张一张揭着来烧了。那些烧着了的纸钱，带着明明暗暗的火星，直往天空飞腾，仿佛浴火而生的鸟儿，在蔚蓝的天空翩翩飞舞……我们听见了黄河的涛声，一浪一浪，翻天倒海，滔滔不绝！

四妹子王凤英后来嫁给了村里一个支前模范，那个支前模范在支援东渡黄河的八路军时受了伤，残废了一条胳膊一条腿。他们成了夫妻后，四妹子王凤英渡河祭奠三哥哥，都是他们二人一起来的。前些年，四妹子的丈夫，也就是小小四妹子的爷爷去世了，四妹子王凤英再渡黄河祭奠三哥哥，就都是小小四妹子陪着姑奶奶来了。这一次多了一个我，而且还多了一个羽田守一。多一个我不会有啥，但是多个杀害了三哥哥母亲的羽田仲雄的孙子羽田守一，就不好说了。为此，我和小小四妹子便都有了一层别样的担心。我俩担着心祭酒、烧纸，这就听见小小四妹子的姑奶奶王凤英开口说话了。

小小四妹子的姑奶奶在问羽田守一："你爷爷可是叫羽田仲雄？"

羽田守一闻听小小四妹子的姑奶奶的问话，他的神情有了一些惊悸。他没回答小小四妹子姑奶奶王凤英的话。

小小四妹子的姑奶奶就又说了："你爷爷把一件东西扔了，就扔在了虎跳崖上。"

小小四妹子的姑奶奶王凤英不知啥时把镶在镜框里的维纳斯扑克牌，取出来装在了她的身上。她说着话，把扑克牌从她身上的衣兜里掏出来，交到了羽田守一的手上。

小小四妹子的姑奶奶说了："你给你爷爷捎回去吧。"

小小四妹子的姑奶奶说："是你爷爷的东西我们不要，但是我们的东西，我们也不会给你们，让你们拿去。"

羽田守一接过了他爷爷扔在黄河岸边的维纳斯扑克牌，他看了一眼黄河，向着刘唢呐母亲和刘唢呐的坟头，跪了下去。

羽田守一口齿不清地说："战争……和平……"

下篇

后死碑

一

胡武功说：“割到手里就知道，今年是个好收成。”

席扶风说：“也不知道歇一歇。”

胡武功说：“咱把礼馍蒸大些。”

席扶风说：“看你一身都是汗。”

胡武功说：“昨黑儿我做梦了，咱炕上落生了个牛牛娃。”

席扶风说：“你会梦么。”

胡武功说：“牛牛娃眼一睁，就把我叫爸哩。”

席扶风说：“你先悄着，我给你擦汗。”

胳膊上挎着篮子，篮子上盖着块白布，白布下的花卷馍，散发出一股馋人的油香气……席扶风是给割麦的胡武功送吃的来了。胡武功是凤栖镇的一条壮汉，席扶风是胡武功的新娘子。娇俏宜人的新娘子席扶风，手里还提了个野鸡红的陶瓷罐儿。罐儿里盛的是消暑解渴的绿豆汤。席扶风不想把她的汉子胡武功饿着了，不想把她的汉子胡武功渴着了。她在家里蒸好了花卷馍，熬好了绿豆汤，等不得汉子胡武功回家来，就一手挎着馍篮子，一手提着汤罐子，走着新娘子应该走的姿态，娉娉婷婷地走出了凤栖镇，袅袅娜娜地走到她家麦地里来了。正是收麦的日子，八百里秦川一片金黄。一身红装的席扶风，走在麦浪翻滚的田间，靓丽美艳，显得别有一番风韵。席扶风风姿绰约地走进了她家的麦田，放下她提来的馍篮子，放下她提来的汤罐子，张了嘴要请她的汉子胡武功吃花卷馍、喝绿豆汤时，她的汉子胡武功却引导着她，说了这么一串话。这串话把席扶风说得全身像着了火，烧得白白嫩嫩的俏脸蛋像是抹了彩。

席扶风是要掩饰自己的，她低了头，把蒙在馍篮子上的白布揭下来，来给胡武功擦汗了。胡武功的汗味是熏人的，席扶风只给她的汉子胡武功擦了一把，就已顺着势，把她的头顶在胡武功的胸膛上，伸长了胳膊，把她的汉子胡武功抱住了。

席扶风说："我要你梦想成真。"

胡武功说："给我生个牛牛娃。"

席扶风说："给你生个牛牛娃。"

胡武功的胸膛可真宽呀！像是大石夯子，千般捶，万般打，捶捶打打起来的一堵墙，席扶风的嫩胳膊努力地搂上去，都搂抱不住胡武功。倒是胡武功受到席扶风的突然刺激，伸开了双臂，也把席扶风搂抱住了。胡武功壮硕的臂膀只是轻轻地一环，就像搂抱了他们热炕头上的绣花枕头一般，把席扶风环紧了，陷入他宽博的胸怀里。

胡武功说："你听麦客说了么？"

席扶风说："麦客说啥哩？"

胡武功说："麦客从潼关一路过来，他们说日本鬼子打到风陵渡了。隔着黄河，麦客在河西割麦子，看见日本鬼子的刺刀在河东杀人呢。”像要证明麦客的传言不虚似的，胡武功给他的新娘子席扶风正说着，便从很远的东边传来鬼叫一样的轰鸣声，接着又是一声一声惨烈的爆炸声……这样的声音，凤栖镇的人近些天天天听得到，吃紧时，一天会听到好几遍。他们知道，那是日本鬼子的飞机，驮着大炸弹，从黄河东岸的山西飞过来，飞到陕西轰炸西安哩！那个声音太可怕了，把凤栖镇人听得心惊肉跳。

显然是，席扶风受到日本鬼子飞机炸弹的恐吓，她钻在胡武功的怀里，钻得更深了。

胡武功不要日本鬼子的炸弹恐吓席扶风，他搂抱着她，把她搂抱得更紧了。

无边无际的麦田，见证着这一对恩爱夫妻的搂抱，呼啦啦像是涌动的海潮，一波才下去，一波又上来，闪耀着金色的光芒……胡武功请来的麦客范庆阳，埋头在焦黄的麦垄里，不歇气地割着麦子，在他的身后，是被他割倒打成的麦捆子，立起来，一捆又一捆，一排又一排，仿佛列队的士兵，庄严地挺立在麦田里……麦客范庆阳的后脑勺该是长着眼睛的，他看见了胡武功和席扶风的搂抱，站直了身子，扭头来看了。

麦客范庆阳把自己看得快乐地笑了。

从胡武功怀里滑出来的席扶风，蹲下身子，从她提来的篮子里取出两只碗，端起野鸡红的汤罐子，往碗里倒着绿豆汤……胡武功甜蜜地看着他的新娘子席扶风，张嘴招呼麦客范庆阳了。

胡武功喊：“庆阳，你嫂子提汤来了。”

麦客范庆阳应：“来得好，我是真渴了呢。”

被胡武功从凤栖镇街上请回家的麦客范庆阳，个子不是很高，干活却是一把好手，特别是他小模小样的一张嘴，甜得像是抹了蜜，跟着胡武功刚进他家门，遇着迎上来的席扶风，就把比他不小几岁的席扶风叫了嫂子。自然是，在路上走的时候，麦客范庆阳也早已把胡武功先叫了哥。

撂下手里的木镰，麦客范庆阳兔子似的，颠儿颠儿跑到胡武功的跟前，从席扶风手里接过盛了绿豆汤的碗，叼在嘴巴上，咕儿咕儿就是一阵猛灌。他灌得太急了，汤汤水水的溢出嘴角，流了他一脖子一身，这就把席扶风也给惹笑了。

席扶风说："看把你急的，你是饮牛吗？"

胡武功抱着汤碗，也如牛一样咕儿咕儿饱饮着，听席扶风一说，他把汤碗从嘴边移开，伸手在篮子里抓起两个花卷儿，把一个塞给了麦客范庆阳，把一个塞进了自己的大嘴里……胡武功无法斥逐日本鬼子轰炸西安的爆炸声，他问麦客范庆阳了。

胡武功说："你听见了吗？鬼子又轰炸西安了。"

麦客范庆阳说："听见了。"

胡武功又说："你在潼关割麦，隔河看见鬼子的刺刀杀人了？"

麦客范庆阳说："看到了。"

胡武功就很愤慨了，说："咱今日割麦哩，割回去碾出来，不知道还吃得到吃不到咱嘴里？"

胡武功说得有点儿丧气，新娘子席扶风抱怨他太阳底下说瞎话，咱自家打的麦子，自家吃不到嘴里，难道让别人吃吗？席扶风没有听懂胡武功的话，麦客范庆阳听懂了，听懂了就也如胡武功一样丧气。

麦客范庆阳说："我在潼关听人说，鬼子三个月要打到兰州去哩！"

胡武功握了握拳头，说："我要他连黄河也过不来！"

胡武功的话引起了一个人的喝彩。这个人与胡武功的年龄相仿，是凤栖镇耿财东的三儿子耿礼泉。小时，胡武功与耿礼泉玩尿泥、摔泥炮，最能耍在一起了。胡武功低门矮户，日子过得去，想要外出求学就不能了。耿礼泉则不同，家是凤栖镇最大的家，他又特别能念书，从村上他们家办的私塾学起，一口气念到西安城，念起了时兴的新学堂。念了城里新学堂的耿礼泉，却从不嫌弃小玩伴胡武功。学校放假回来，耿礼泉不管留啥新式头发，也不管穿啥新式衣服，还要找到胡武功，和堆泥，做了泥炮和他摔……记得最近的一次，是胡武功娶了席扶风后，已经磨炼得像个庄稼把式，却被耿礼泉缠在凤栖镇的村头上，和了泥摔泥炮。胡武功是不好意思了，就只让着耿礼泉来摔。耿礼泉是不管不顾的，他摔了几把，就还非要胡武功来摔。耿礼泉的理由很充分，说他和胡武功摔了多少泥炮，却从来没有胡武功摔得响。

然而他俩摔的泥炮再怎么响亮，又哪里比得了日本鬼子的飞机炸弹？那轰炸声，隔着千百里的路程传来，也还是比他俩的泥炮响，使人心惊肉跳……突然地，从遥远的东边，再次听到日本鬼子飞机制造的轰炸声时，在麦田里收割麦子的胡武功搂抱着他的新娘子席扶风，竟意外地听到耿礼泉对他的赞同声。

耿礼泉声如洪钟，说："武功说得对！"

耿礼泉给胡武功喝彩时，伴随他的还有一声震天撼地的马嘶声……这是他们耿家几匹马中的那匹枣红马，耿财东把它养在家里，农忙时拉犁驾车，平时出门了乘骑。特别是耿礼泉回家休假的日子，这匹高大俊美的枣红马，就成了他的坐骑，披上鞍辔，一早一晚，呼啸着乘骑一阵，从门前的沟道飞身而下，跃上对面的沟坡，然后又从对面的沟坡飞身而下，再跃上村子来……耿礼泉自己乘骑自家的枣红马，寻着了胡武功，要他也像自己一样能打马乘骑一阵儿。胡武功感受过骑马飞奔的快意，觉得人和马都像生出了一对翅膀，踏云破雾，如仙似魔，真是来劲啊！

这阵儿，嘶鸣的枣红马，被套在一辆木轮的大车里。耿礼泉赶了它来，是要帮胡武功往村头的麦场上拉麦的。

听了好伙伴的喝彩，胡武功的脸红起来了。

耿礼泉却还照着他的喝彩往下说。他说话时举目把胡武功和麦客范庆阳割倒在地里的麦捆子扫了一眼：“六月天，猴娃脸，一时一变，我来给你拉麦，是怕一会儿遭雨淋了。”

胡武功向不远处的北山看去，发现压在山顶的一团黑云，像是山倾一样向前压了过来……胡武功不能多说什么了，再说什么就是见外。他让麦客范庆阳继续割麦，自己则配合着耿礼泉，把割倒在地的麦捆子装车往回拉。往马拉的木轮大车上装麦捆子，可是个技术活哩！耿礼泉站在马车上，胡武功站在马车下，手执一柄带两根钢刺的谷叉，把地里的麦捆子，拦腰叉起来，举着扔到车顶上。耿礼泉按住了，顺势压在脚底下，一捆一捆，一层一层，很快地，割倒在地里的麦捆子被胡武功挑在谷叉上送到车顶，使拉麦的木轮大车就如驮着一座金黄色的小山包了。原来高大俊美的红枣马，这时像是被埋在了麦车下，忽然变得小了许多。

这幅壮美瑰丽的情景，凤栖镇活得刚刚强强的席扶风不给我说，我是压根不知道的。不瞒大家说，席扶风可是我的一个远房姑奶奶呢！

如今的席扶风，早已不复初嫁给胡武功时的模样了。她的头发白得如雪一样，牙也掉了几颗，说起话来，透风跑气，近来又常生病。我去采访她，她也不问我是谁，就给我叮咛，说她死了以后，要我多打一副棺材，把她和她男人胡武功埋在一起。

二

胡武功抗日的故事，我在故乡凤栖镇读书的时候就知道了。

那时候每逢清明节，我们在校的小学生、中学生，都要去给烈士扫墓。我们凤栖镇那一块儿，虽然知道有抗战牺牲的胡武功等不多几个人，但却不去他们的坟头上祭扫，而是舍近求远，要去二十多里开外的“扶眉战役烈士陵园”扫墓。近十多年来，台湾的一些抗战老兵，回来寻找牺牲的抗战战友，寻找到了胡武功的坟头，反映给当地政府，主持召开了一次隆重的祭拜仪式，从此凤栖镇的小学生、中学生清明时节祭扫烈士陵墓，就到相近的胡武功墓前来了。

这时的小学生、中学生来给胡武功扫墓，原来躲着的席扶风有空没空，都要赶着来。她来了，就给学生们讲胡武功，学生们叫她姑奶奶，她也自称姑奶奶。有了这个习惯，席扶风到了任何时候，不管是谁，都把她要以姑奶奶的身份说给对方。我知道，学生们乐意她是他们的姑奶奶，他们是她的孙子。

那时我还供职在《西安日报》，抗日战争胜利六十周年纪念的日子，策划了一档寻找抗日老英雄的活动，我慷慨请命，获得了报社领导的支持，这就回到凤栖镇，向姑奶奶席扶风仔细问起胡武功他们当年打鬼子的事。姑奶奶席扶风对小学生、中学生说起胡武功他们抗日的故事，很少顾虑，但对我这样的一个记者，她好像还放得不开。这我不能怨她的，她的口风紧，不愿意说太多胡武功他们抗日打鬼子的事，是有其原因的：胡武功他们抗日，参加的是陕西抗日救国军。这支部队其时由国民政府指挥，新中国成立后很少被提及。

姑奶奶席扶风把这些事藏在心里，我是早就察觉到了。

姑奶奶的家在凤栖镇，我家也在凤栖镇上，不过我家在镇子的南街，姑奶奶的家在镇子的北街。回到凤栖镇家里来，我做了些准备，就撵到凤栖镇北街的席扶风家里来，我说了我的来意，还说了我凤栖镇家里的情况。我之所以说家里的情况，是因为我们两家套来套去的那点儿亲戚关系。我给姑奶奶席扶风那么一说，不知她弄明白了没有，就给她喊着说我爱吃臊子面，而最爱吃的还就是姑奶奶您做的臊子面。姑奶奶席扶风不知我是瞎套近乎，就和面烧汤给我做了臊子面。我是呼噜呼噜吃着姑奶奶席扶风的臊子面来问她话的，我以为这么问她，情况会变得轻松一点儿，可能的话，也许还会愉快一点儿。

一口香香的臊子面下了喉咙，我说了："姑奶奶哎，您知道胡武功这个人吗?"

姑奶奶席扶风被我问得一愣。显然，姑奶奶席扶风不知我为何问起胡武功。她把昏花的眼睛盯在我的脸上，没有回应我。

我没有给姑奶奶席扶风喘息的机会，接着就说："胡武功在中条山打鬼子，您把他丢在那里了!"

姑奶奶席扶风摇了摇头，然后又点了点头……姑奶奶席扶风在我直截了当的问话声里，承认了我的话。我劝说着姑奶奶席扶风，让她不要担心，胡武功是抗日英雄，他不能死得不明不白，姑奶奶您也不能活得不明不白。姑奶奶，我的好姑奶奶，您要把您知道的英雄胡武功的事都说给我，我要写出胡武功他们的英雄事迹，这既是对胡武功他们应该有的纪念，也是对我们后来人的一种鞭策。姑奶奶，我是咱凤栖镇上的人，我是记者，我有责任把英雄的胡武功他们，在抗战胜利六十年之际，写出来，让我们中国人千秋万代记着他们。姑奶奶席扶风被我说动了心。心动起来的姑奶奶席扶风，没有抹眼泪，只是颓然地坐在她家的土炕上，两只手胡乱地抓着炕上的席片。姑奶奶席扶风把席片都给抓破了，破了的席片又把姑奶奶的手割破了……我看着姑奶奶席扶风流血的手，惊恐得立即呼叫起来，我大声地呼唤着“姑奶奶，姑奶奶，姑奶奶……”我没有唤得姑奶奶的回应，却见姑奶奶席扶风慢慢地、慢慢地往热烫烫的土炕上躺下去。她躺在炕上，两只昏黄的眼睛里，慢慢地、慢慢地蓄满了泪水，汪汪地顺着眼角流了出来。

姑奶奶席扶风躺在炕上，躺了一天一夜，我陪了她一天一夜。到来日天明时分，她把偎在她炕上睡着了的我推醒来，打开了她的记忆，向我述说了。

姑奶奶给我说，胡武功离家打鬼子的那一年，关中道里的麦子长得可是好呢！姑奶奶这么说，我却不敢相信那年的麦子会比现在的好。那时的关中平原，一亩麦子能收二三百斤就不错了；现在的一亩麦子，下了八百斤就是歉收。但姑奶奶说她男人胡武功太会打理小麦了，那一年的小麦收成，她以后再就没有见到过。

耿财东的三儿子耿礼泉，帮着胡武功把割倒在地的麦子拉回到打麦场上，又帮着胡武功把麦子碾打出来，然后套上犁耙，在麦茬地上种玉米了。姑奶奶席扶风说她那些日子，心像一面鼓一样，不用鼓槌敲，咚咚咚咚都要响个不停。姑奶奶席扶风预感有个事情要发生了。

晚上睡在土炕上，席扶风缠着胡武功说：“你要用劲呢！”

胡武功说：“我没用劲吗？”

席扶风说：“我是要你再用劲的。你用了劲，我才能给你生娃的，生个牛牛娃。”

胡武功响应着席扶风，就十分地用劲。

在席扶风的身上十分用劲的胡武功，不论他怎么累，哪怕累得要死，席扶风还要鼓励他，让他再用劲的。

席扶风炕上如饥似渴的样子，让她自己都要吃惊了。

这可不是个好兆头啊。在席扶风没命地催逼着胡武功轰轰烈烈用了一夜劲后，来日清早，胡武功扶犁出了家门。席扶风跟着胡武功，跟出了门，跟着走了一程，然后又转回家里，给下地耕种的胡武功准备吃喝了——胡武功只要下地干活，席扶风就要给他准备吃喝。这天早晨，席扶风给胡武功准备的还是花卷儿和绿豆汤。

胡武功说过席扶风的花卷儿、绿豆汤做得好，席扶风就不改样子给胡武功蒸花卷儿，熬绿豆汤。席扶风准备好了花卷儿、绿豆汤，竹篮子挽了，野鸡红罐子提了，送到地头上来，却不见了胡武功的人影儿。

孤零零的一架犁杖插在地头上，席扶风无力地扶住，抬眼望着四野。她望不见胡武功，心里突然明白，她夜夜要求胡武功在她身上用劲，怕的其实就是胡武功撂下她走了。

席扶风把她鲜嫩缠绵的身体拧成了一根绳，是想拴住胡武功的，终了却没有，胡武功还是撂下她走了。

席扶风知道，胡武功撂下她是打日本鬼子去了。

席扶风的判断很快就被证实了，是耿财东给她证实的……准备了花卷儿、绿豆汤，席扶风从凤栖镇里走出来，耿财东就注意上了她，远远地跟着她，跟她来到地头上。

席扶风眼里只有胡武功，耿财东跟着她跟到了地头上，席扶风就没往眼里去。

耿财东理解席扶风，他说话了。

耿财东说："武功家的，你是看你武功来的吧？"

席扶风被耿财东这么一问，惊得浑身一颤，粉粉嫩嫩的脸一下子红到了脖子根。席扶风呆望着问她话的耿财东，没有否认，也没有承认。

耿财东说："武功该给你明说的，又不是啥丢脸事。"

席扶风就笑了。席扶风不知道她怎么就笑了。她笑着说："我知道，武功打鬼子去了。"

耿财东看见席扶风笑了，跟着就也笑了起来，说："村上像武功一样的小伙子，去了七八个，我的三小子耿礼泉也去了。"

耿财东给席扶风说了这些话后，低头去看卧在了犁前头的关中红犍子牛。不知人间忧伤的犍子牛，卧在犁前头悠闲地反刍着香甜的草料，蚊虫落在它光滑的毛皮上，它摇着头，或是摔着尾巴，把蚊虫迅速赶走……耿财东不再和席扶风说什么了，他扶了胡武功插在地头上的犁杖，吆起了趴卧着的关中红犍子牛，吆起来拉犁了。他在一片金黄的麦茬地里开着沟，帮助席扶风一垄一垄地耕种着秋庄稼……耿财东的家里顾着长工和短工，可他绝不少干活，凤栖镇人就说，耿财东家的财富，是他几辈人黑汗黄汗挣下来的。

耿财东扶犁的技术就很好。平常日子，他也是很会穿的，长袍马褂配上景泰蓝的水晶石眼镜盒子，下坠着鲜艳的彩丝流苏，在凤栖镇一带风流倜傥得出了名……他来帮席扶风种大秋，是做了充分准备的。他脱下了长衫，改穿上短打，认真仔细地帮助席扶风种上了大秋。这一季席扶风种的是玉米，耿财东帮助席扶风把玉米全都种到地里后，他给席扶风嘱咐了。

耿财东说："武功打鬼子去了，地里的活有我哩，我来做。"

耿财东还怕他把话没说清楚，跟着又补充了几句："我是老了，不老我跟他们一块儿过黄河去。日本鬼子太嚣张了，不把咱中国人往眼里放，咱能让他狗日的猖狂吗？啊，咱不能让他个碎鬼子欺负咱，咱只有打他了。村里的青壮年过河打鬼子去了，不仅我在村子里，还有像我一样的人都在村子里呢，你有活要干，我不是推卸义务，给我说给谁说都一样，大家都会帮你哩。"

耿财东说到了，也做到了。

地里的活，席扶风想到了，赶到地里去做时，常常要晚给耿财东，让他抢了先，早早地都给席扶风做好了。

席扶风感激着耿财东，还知道了，他的三儿子耿礼泉过河打鬼子，干脆就是他逼着去的……在西安城读洋学的耿礼泉，让耿财东提心吊胆，总是难以放心。蒋委员长来西安视察，学生娃上街游行，耿礼泉跑在最前头。他的手里举着小红旗，一会儿登高演讲，一会儿领呼口号……这样的画面，自然逃不过西安报馆的注意。派出记者把耿礼泉的形象拍下来，登在他们的报纸上。这一切，身在凤栖镇的耿财东是不知道的，可他的大儿子看见了。在岐阳县国民党县党部任职的大儿子，拿着报纸回了家，把报纸上耿礼泉的照片拿给耿财东看，乍看还把耿财东乐得喜眉笑眼，说他娃耿礼泉有出息。但大儿子说话了，大儿子说耿礼泉演讲喊口号不是拥护蒋委员长，而是声讨反对蒋委员长呢！大儿子这么一说，耿财东乐不起来了。他骂了一句耿礼泉逞能，就起身赶到西安城，把在游行队伍里的耿礼泉一把揪住，揪回到凤栖镇来，关在自己的眼皮底下。任凭耿礼泉哭喊，就是不放他出门……此一时间，张学良、杨虎城武力兵谏，扣押了蒋委员长，也就是人们后来说的"西安事变"。这次兵谏虽然最终和平结束，国共由此实现了第二次合作，携手抗击日本侵略，但其间的曲曲折折，让耿财东为耿礼泉的出格行为还是提着一颗心。

事情过去了，耿礼泉要去西安继续他的学业，耿财东依然不放心。

耿财东把三儿子耿礼泉从关着的家里往出送，送到凤栖镇的镇街头上，他还叮咛耿礼泉说："天子头上哪里敢耍刀子？你娃怨我你怨去，以后你会知道，马王爷究竟长了几只眼。"

不让人省心的东西呀！耿财东的苦口婆心，耿礼泉左耳朵进去，右耳朵里跑出来，根本没往心里去。他在西安的洋学堂里念着书，顺顺利利地念着，再有半年时间，就能光光堂堂地毕业出来，随便做个事，都是错不了的。耿财东的大儿子从县城回到家里来了。大儿子给耿财东报告，说他的宝贝三儿子耿礼泉，根本就没在西安的洋学堂里念书，而是躲在岐阳县城，联络了几个赤色分子，印传单，贴标语，号召贫苦百姓站起来，要和国民政府的腐败分子斗！要和危害地方的土豪劣绅斗！"谁是国民政府的腐败分子？谁是剥削贫苦百姓的土豪劣绅？照你宝贝三儿子耿礼泉的说法，我这个大哥就是国民政府的腐败分子！你这个养了他的父亲就是剥削贫苦百姓的土豪劣绅！"

耿财东听他大儿子一说，本来是要生气的，但却笑了起来。

耿财东咕哝了一句，说："碎崽娃子还蛮血性的！"

耿财东咕哝了这句话后，就和他的大儿子一起下了岐阳县城，让他的大儿子把耿礼泉找到，用一根绳子捆了起来，投进了县政府的监狱里。

监狱的窗子可真小呀！从铁窗缝里射进来的阳光，窄得像一把刀子，斜斜地割着耿礼泉的眼睛。他依稀知道，这把刀子在的时候，就该是大白天呢；这把刀子不见了，就该是漆黑的晚上了……耿礼泉数着阳光这把刀子，数了有九个日头，耿礼泉听到监狱铁门上的大锁剧烈地响了响，他以为是给他送饭的狱卒，便硬邦邦地坐在一堆败草上，犟着脖子，对来人看都没看一眼。耿礼泉不知道进来的人是他的老父亲。他从父亲耿财东踏进监狱来，走到他的监舍边，就一直保持着这样一副姿态。他不知道父亲为什么把他送进监狱来，送进监狱又能把他怎么样？耿礼泉努力地想着，他想不明白。想不明白，也就不去多想。

耿礼泉坐在监狱里等他的父亲耿财东。

耿礼泉把他的父亲耿财东等来了。来到监禁三儿子耿礼泉的监狱里，耿财东把带来的几样菜，还有烫好的一壶酒，隔着铁栅栏门，一样一样地端着放了进去，放到了三儿子耿礼泉的面前。县城监狱的铁窗虽小，栅栏铁门却还不小。耿财东把他拿来的酒菜放进栅栏铁门里，说话了。耿礼泉不是傻子，开始不知道父亲耿财东来了，他犟着脖子不理不睬，可当他听话辨出是父亲，就拿眼睛去看。看清不是别人，正是他的父亲耿财东时，他犟着的脖子塌了一些，但却没有彻底塌下来，他还等着听他父亲耿财东给他能说什么话。

耿财东却不多说，只把带来的酒菜摆在耿礼泉面前后，说了句“要吃就吃，要喝就喝”的话，便从后脊梁抽出他的旱烟锅，装了一锅烟，细细地吃了起来。

耿礼泉知道做儿子的地位，他等不来耿财东的话，自己就问父亲了。

耿礼泉说：“世上有老子把儿子往监狱里送的吗？”

父亲耿财东不动声色地吃了两口烟，说：“你读的书多，你说有吗？”

耿礼泉却拧转了话题，说：“爹给我说个理由。”

父亲耿财东说：“啥理由你不知道？”

耿礼泉无辜地摇摇头。

父亲耿财东不让耿礼泉摇头，他说：“你是共产党！”

耿礼泉不摇头了，也没有点头。他很惊讶地看着父亲耿财东，看父亲一口一口地吃着旱烟，吃进肚子里，憋了一小会儿，又吐出来，父亲的面目就完全地笼罩在纱一样的烟气里了。

父亲耿财东把一锅旱烟吃完了，没有烟雾了，把他喜爱的黄铜烟锅收拾起来，向耿礼泉看了一眼，看定了耿礼泉。

父亲耿财东说：“那是一条死路！”

耿礼泉不让爹这么说，他顶了一句：“那你就让儿死了去！”

耿财东料到耿礼泉会这么顶他，他听了一点儿都不生气，很有耐心地看着耿礼泉，说：“黄泉路上没老少。我是要死的，你也是要死的，但怎么死，很不一样，我不想让你这么死。”

耿礼泉的眼睛睁大了，他不知道父亲会说出这样的话，更不知道父亲接下来还会说怎样的话。

耿财东没让耿礼泉往下猜。他说了：“你是你爹的种，你就过黄河那边去。日本鬼子打来了，你去打鬼子，死在打鬼子的阵前，还算你爹我没白喂你二十年饭。”

耿礼泉流泪了。他隔着铁窗跪在父亲的面前，向他的父亲重重地磕了个头……耿财东让人打开了监狱的门，把他带进监狱里的酒壶端起来，往旁边的一只酒盅里满满地斟上，双手端起来，送到了耿礼泉的手里。

耿财东说：“爹敬我娃了。”

耿礼泉有话却没有再说，端着父亲敬他的酒，很爽利地倾进了他的喉咙里。

三

“覆巢之下岂有完卵?”耿财东把三儿子耿礼泉从县城的监狱里接出来，给他把这句老话说了好几遍。耿财东为了耿礼泉听得懂自己的话，就还说：“咱们堂堂大中华，被一个蛮夷小族欺辱到这份儿上，咱再不站起来和狗日的打，咱良心上放不下来。日本鬼子说他要打过黄河来，真打过来了，哪儿还有咱们的国土呀?国都没了，咱那个小家还能有吗?”

耿财东把耿礼泉先接到凤栖镇的家里。家里有几杆看家护院的枪，耿财东就都给了耿礼泉，还有那匹枣红色大马，也扎绑起来给了耿礼泉。嘱咐他不要光杆杆一个人去，要去就拉出一杆子人来，人多了势众，打鬼子才有力道。

耿礼泉过去很少听他父亲耿财东的话，但对这次的交代，耿礼泉一字不落地都记在了心里，并按父亲的交代做了。

耿礼泉瞧准了胡武功。他和胡武功是村里耍得最好的伙伴，他先把胡武功动员到他的身边，然后又在凤栖镇和凤栖镇相邻的村子里，动员了一批热血青年，呼啦啦聚在一起，向黄河东岸的中条山抗日前线开去了。

受雇胡武功家割麦子的甘肃麦客范庆阳，受了胡武功的动员，干脆没回甘肃老家去，也没给老家捎个话，便拿着他割麦的木镰，也跟着耿礼泉走了。

胡武功他们跟着耿礼泉去打鬼子，席扶风是不反对的。那些天，都忙着割麦碾麦，接着又种秋玉米，席扶风没太注意胡武功的表情，但她知道耿礼泉在凤栖镇的行动，都是为了抗日做准备。胡武功是耿礼泉的发小，他俩聚在一起叽叽咕咕，席扶风是看得见的。为此，席扶风还问了胡武功。

席扶风用一种无所谓的口气，说："耿礼泉整日和你叽咕啥哩？他要背井离乡打鬼子去吗？"

胡武功老实地说："他爹耿财东逼他去哩。"

席扶风说："他爹倒是心大！"

胡武功说："不是谁心大，是日本鬼子把咱欺负到家了。"

席扶风说："莫非你也要去？"

胡武功说："我不是有你哩么，你说我走得开？"

不能说胡武功言不由衷，他是真的舍不得席扶风。可他答应了耿礼泉，一起过河打鬼子，就一定要去的。他觉得这不是丢人事，说啥都要给席扶风说的。可是几次了，面对着席扶风，他欲言又止，总是说不出。席扶风问他了，他也张不开口。张不开口也是要走的，最后，胡武功违心地躲开席扶风，自己偷着跟耿礼泉去了。

其实呢，胡武功想错了，他是该给席扶风说了的。恰恰因为他瞒着席扶风，在他走了之后，让席扶风大哭了一场。

席扶风的那一场哭，听凤栖镇人说，是比孟姜女哭长城还要惨烈。她把自己哭得不管不顾，容颜变了，头发乱了。

席扶风哭着还骂了胡武功一句："冤家呀！你个隔肚皮的冤家啊！"

耿财东让席扶风把他的心哭软了，说："要么我去追他，把人给你追回来。"

席扶风哭着摇头了，说：“他的心打鬼子去了，你把人追回来又怎样。”

耿财东就不劝席扶风了，他吆着牛给席扶风耕地下种……耿财东说得到也做得到。在以后的许多年里，凡是到了收收种种的关键时节，都是他带着他家的伙计，赶着他家的耕牛，给席扶风收种了。耿财东给席扶风收种庄稼，他做得死心塌地，无怨无悔。只是他在给席扶风收种庄稼时，总要向他儿子耿礼泉率领胡武功他们东去的方向瞭望……席扶风也是，像耿财东一样，要向耿礼泉和胡武功东去的方向瞭望。

他们睁眉豁眼瞭望着，虽然瞭望不到什么，却听得见，从耿礼泉和胡武功他们黄河东岸的方向，总会传来让人惊心动魄的枪炮声。

耿财东和席扶风知道，那撕心裂肺的枪炮声里，有他们的儿子和丈夫。

枪不长眼，炮不长眼，耿财东和席扶风，就只有为枪炮声里的儿子和丈夫担心了。他们在黄河东岸的中条山打得怎样？他们打死日本鬼子了吗？

远在家乡凤栖镇的耿财东，还有席扶风以及乡里跟着耿礼泉去打鬼子的热血汉子的家人，莫不盼望他们在抗日的阵地前，多多打死罪恶的鬼子兵。

耿礼泉和胡武功，他们在炮火连天的中条山，谁又不是这么想的呢？他们也盼望着打败日本鬼子，把鬼子赶回海上的老家去。

但是他们还要等待，就像他们庄稼汉子挂在嘴边的话一样——“磨镰不误割麦功”。他们是需要整训的，练习好了打枪，练习好了拼刺，才好开到抗日前线上的中条山去，像他们庄稼汉子在麦田里割麦一样，去割日本鬼子的头。

整训的地方，就在西安城南的一片塬坡上。这里集中了许多自愿而来的抗日义士。耿礼泉和胡武功他们来的人多，负责整训的人就把他们编在一起，成立了一个排。耿礼泉是带着大家来的，就被任命成了排长。他下面需要三个班长，负责整训的人让耿礼泉做主定。耿礼泉没有盲目定，他设定了三个比赛项目，谁在比赛中胜出，谁就当班长。耿礼泉设定的比赛项目都不复杂，一个是打弹弓；一个是爬树；一个是捆了一捆干麦草，栽在三十步开外的地方，让大家投谷叉，谁投得准就是谁。比赛开始了，一个叫葛大荔的汉子，便是个中好手。他当仁不让，看着头顶飞来的一只麻雀，弯腰捡起一块小石子，压在弹弓上，瞄着麻雀，就在麻雀将要飞过他的头顶时，他手起弹飞，把奋飞的麻雀打得坠落下来，不偏不倚，还就落在耿礼泉的脚跟前。耿礼泉笑了，当即把葛大荔任命成一班长。塬坡上有不少挺拔破云的白杨树，下来的比赛项目就是爬树。耿礼泉发下令来，没人迟疑，就近抱着棵白杨树就往上爬。最先爬到树上，在树顶上的鸟窝里掏出一个鸟蛋，然后飞身下了树的是麦客范庆阳。范庆阳把他掏出来的鸟蛋往耿礼泉的手上一塞，耿礼泉就大声地宣布了："范庆阳为二班长。"

两次比赛，胡武功都输了，剩下最后一项，他还能输吗？

胡武功有点儿急眼。他偷眼去看动员他出来打鬼子的耿礼泉，耿礼泉却没看他。耿礼泉在捆扎一捆从他们睡觉的铺底下抱来的破麦秸，捆好了，就把胡武功叫了来，给他说："你有用武之地了。"耿礼泉这么一说，胡武功一下子明白了过来。最后一项比赛，耿礼泉是使了私心的。耿礼泉知道胡武功的谷叉使得好，能使出百般花样来。这是胡武功在劳动中练出来的把式，想不到在打鬼子的练习场上有了用处。

耿礼泉带出来的几十个人，单靠他们耿家捐的几杆枪是不够的。他们要去打鬼子，手里没有家伙怎么成？枪太少，他们就从自己家里带。麦客范庆阳回不了他在甘肃的家，就把割麦的木镰带来了，木镰的把儿长，麦客范庆阳耍起木镰来，如风车飞旋，别的人干脆近不了他的身。胡武功用得应手的是柄长把儿的谷叉，农忙时他用谷叉挑麦捆子装车堆垛子；农闲时，又使着谷叉巡夜看秋……故乡的秋庄稼，种植玉米是一个大项，此外还要种植红苕、瓜豆等五谷杂粮。玉米和杂粮成熟时，是会引来野猪和獾的。那些动物，钻在庄稼地里，不要说一头野猪，就是一只不大的獾，一个晚上就能毁坏半亩秋庄稼……一片秋庄稼能经得起野兽们糟蹋几个晚上？家大业大的耿财东家，准备了枪铳护秋，"轰隆"一铳，把野兽就赶跑了；小家小户的胡武功，没枪没铳，就只有扛着谷叉护秋了。耿礼泉出于好奇，在家的时候跟着胡武功护了一夜秋。他眼见胡武功在月光迷蒙的秋夜，瞄见了一只糟害庄稼的獾，胡武功不喊也不叫，平举着两个尖齿的谷叉，悄悄地逼向獾，逼到二三十步开外的地方，就把平举的谷叉朝着糟害庄稼的獾飞掷出去了。谷叉发出冷飕飕的轻响。獾开始是没有反应的，到它有感觉时，谷叉的尖齿已吃进了它的身体，把它叉死在了庄稼地里。

栽在演武场上的麦捆子，在胡武功的眼里，就是一只糟害庄稼的野猪或獾。他对自己是自信的，让过几个人，叫他们先用谷叉叉麦捆子，结果没有谁能叉得准。这时胡武功出场了，他像叉野猪、獾一样，猫着腰，平举起谷叉，瞄都不瞄，就把谷叉投掷了过去，嗖嗖地飞着，不偏不斜，正好刺在麦秸捆子的腰眼上……耿礼泉给胡武功鼓掌了，他的掌声带动了所有的人，大家都冲着胡武功鼓起了掌。

热烈的掌声渐渐稀落了下来，稀落到近乎于无的时候，却有一个人自远处走来，也向胡武功鼓掌了。

胡武功他们都还不认识这位一身黄呢军装的人，看着他鼓着掌一步步走来，不知是被他的威仪还是被他的热情所震撼，一时都愣愣地站着，不知如何是好。

耿礼泉和胡武功显然不一样，他迎着来人前趋几步，站在此人的面前，向此人行了一个标准的军礼，接着又朗声地报告：“孔旅长好！”

来人是孔旅长！胡武功他们在西安的新兵基地整训，没少听说孔旅长的故事。他太英雄了！时为国民革命军独立旅旅长的他，在“西安事变”中，积极协助张、杨二位将军，逼迫蒋介石树立起全民抗日的大旗。事变的当天夜里，是他带领部队，悄悄包围了驻扎在西安的蒋介石嫡系部队，与之展开殊死的战斗。事变过后，杨虎城将军说，没有孔旅长快刀斩乱麻的那一下子，就不能促成逼蒋抗日的成就，“西安事变”孔大洲旅长该领头份功。蒋介石与共产党签署了合作协定，携起手来一致抗日，孔大洲的独立四十六旅最先开出西安城，渡过黄河，与日本鬼子在黄河东岸的中条山打了起来。和鬼子的仗打得太惨烈了！人家有飞机大炮，咱只有简陋的土炮和“汉阳造”步枪，几场仗下来，虽然有效地阻止了鬼子横渡黄河的进程，但也使孔大洲的独立四十六旅遭受了十分惨痛的创伤。幸有三十八军最新组建的三万秦川子弟，渡过黄河，把孔大洲从血与火的抗日前线换下来，使他回到西安，为他的四十六旅补充新的力量。

耿礼泉还想向孔旅长做进一步报告的，但孔旅长把手扣在了耿礼泉的肩膀上，问：“小伙子认识我？”

耿礼泉说：“我不认识。”

孔旅长就有些奇怪，说：“那你？”

耿礼泉说：“报纸上有将军浴血奋战的照片，我看到了。”

耿礼泉这么一说，孔旅长仔细地端详起耿礼泉了。他端详着也就想起“西安事变”时的报纸上，登了幅青年学生游行请愿的照片，其中领头的一个学生不就是站在他面前的小伙子吗？

孔旅长高兴起来了，说：“你不认识我，我可认识你。”

耿礼泉敬畏地看着孔旅长，心里是茫然的。

孔旅长看出了他的茫然，说：“跟你一样，我在报纸上早就发现你了。”

孔旅长这么说了后，朗声笑了几下，就把扣在耿礼泉肩上的手抬起来，走到胡武功叉倒的麦秸捆子跟前，把谷叉从麦秸捆子上拔出来，向胡武功走来了。接受了几个月整训，胡武功他们，都已经有了较强的军事纪律和素养，在耿礼泉向孔旅长报告的时候，他们已经自觉地排起了队。

耿礼泉在孔旅长的前边，向大家喊了一声“立正”的口令，就和大家挺起胸来，接受孔旅长的检阅了。

孔旅长问大家：“日本鬼子打到我们的家门口了，我们该怎么办？”

耿礼泉和胡武功他们回答了一句说：“打小鬼子！”

孔旅长满意大家的回答，就给耿礼泉和胡武功他们说：“下午给你们换军服，换装备，咱们明天就开拔，越过黄河打日本鬼子去！”

孔旅长把胡武功的谷叉，很郑重地交给了他，让他换了装备，也把谷叉带上。

孔旅长给胡武功说：“到时候，谷叉也是好武器哩！”

四

姑奶奶席扶风不知道这些故事。这是我回凤栖镇前，钻进省档案馆，从一批解禁了的抗日战争档案里找出来的。档案里有一张黑白照片，时间长了，虽然有点儿泛黄，但还能够清晰地看到，换了服装和装备的耿礼泉和胡武功他们，面貌真是焕然一新。原来肥大臃肿的农家衣裳脱下来，换上了制式军服，怎么看都是一个精神。不过，谁都没有扔了农家衣裳，那或是自己的母亲为自己缝制的，或是自己的婆娘为自己缝制的，怎么能随便扔了呢？胡武功就把换下来的农家衣裳打进了他的背包里，扛着新发的一杆“汉阳造”，和耿礼泉他们一起，跟着孔旅长过了黄河，进入山西的永济地区，参加到打鬼子的前线上来了。

耿礼泉和胡武功他们补充到独立四十六旅，一到旅部驻地，大家一起吃了一顿大肉臊子面，就都以排为单位，分散补充到了连队里。耿礼泉和胡武功他们受到了旅长的关照，被安排在警备营三连。警备营营长叫孟关中，三连连长叫甘淳化。耿礼泉和胡武功他们的到来，使营长孟关中和连长甘淳化大喜过望，夸奖他们的到来就是炎炎三伏送来的一池甘泉，就是寒寒三九送来的一盒炭火，还要他们甭着急，说不定哪天就和日本鬼子打起来了。

孔大洲的独立四十六旅，此时驻防在山西省的永济县。

永济古称蒲州，看戏的人都知道，三国戏里的红脸关公迈着八字步，走到前台，常要自报家门："某姓关名羽字云长，蒲州解良人氏……"这么一说，大家会豁然明白，这里可是个天下有名的忠义之地。此外，蒲州城外东北三里，有个普救寺，也是大有名气的。元朝时的戏曲大家王实甫，写的那出传世的《西厢记》本子，据传就是发生在这所山寺里的故事。主人公张生和崔莺莺演绎的那一场爱情，是太惊世骇俗了，太凄迷缠绵了。因此还可以说，这里也是个天下有名的大爱之地。别人可能还不清楚此地的故事，在西安洋学堂读了书的耿礼泉是知道的。随着独立四十六旅驻防在这里，耿礼泉趁操练排队时，把这里的历史典故，给排里的人，桩桩件件，仔细地讲了一遍。

耿礼泉讲了这些历史典故，是要大家学做个血性男儿关云长，同时又要做个有情有义的真君子。

胡武功、范庆阳他们把耿礼泉的话认真地听进了耳朵里，并牢牢地记在了心里头。他们抛家别舍，背井离乡来到这里，为的是什么呢？不就是要共赴国难，抗击日寇吗！他们驻扎在了永济，就要像一颗打不弯、摧不折的铁钉，死死地钉在永济，不让鬼子前进一步！

为了提高新兵队伍的战斗力，孔旅长在他的老队伍里，抽调了一部分骨干人员，分派到从西安来的新兵队伍里。耿礼泉带的警备营三连三排也来了三个战斗经验丰富的老兵。他们都是关中汉子，一个叫任富平，一个叫乐永寿，一个叫何周至。他们三个一到耿礼泉的三排来，耿礼泉就想让他们接替葛大荔、范庆阳和胡武功当班长的，可他们三人说了，上面有指示，不能抢兄弟们的饭碗，三个班不是没有副班长么，他们就当副班长好了。为此，耿礼泉还请示了连长甘淳化，并通过甘淳化请示了营长孟关中，两位上级的态度是一致的，三排的事你当排长你拿主意。

耿礼泉没有好主意拿，就同意了任富平、乐永寿、何周至的意见，让他们分别当了葛大荔、范庆阳、胡武功的副班长。

任富平、乐永寿、何周至三位老兵，前不久参加了收复永济的战斗。他们原来以为，日本鬼子是钢打铁铸的身子，其实根本不是，日本鬼子和咱们一样，都是肉身子。但鬼子和咱们又不一样，他们太残忍了，是一伙没有人味儿的野兽。1937年7月7日，日本鬼子在卢沟桥发动事变，他们的枪炮声，仿佛就是他们侵犯堂堂中华的宣言。在日本本土的日军最高统帅部，随即发出要“三个月内灭亡中国”的叫嚣！日本鬼子可是太疯狂了，20天不到的时间，北平、天津两大华北重镇便陷落其手。紧接着，他们一路南下，一路北进。南下的日军，数月之间，先后占领了上海、常州、扬州、芜湖、杭州……江南半壁河山在日寇的铁蹄下呻吟，终至12月16日，首都南京沦陷，国民政府仓皇退守武汉。日本鬼子制造了惨绝人寰的南京大屠杀，30余万无辜的中华同胞，惨死在鬼子的刺刀下和狞笑声里……北进的日本鬼子哪甘落后，他们沿着长城扑来，越过了冀中平原，迅速跨入山西境内，9月13日攻下大同，11月9日占领太原……翻过年，到1938年3月，日军牛岛、川岸两个师团，已完全控制了同蒲铁路，黄河沿岸的临汾、运城、永济、平陆等地亦相继失守，骄狂的日本鬼子扬兵风陵渡，随时都可能渡过黄河，向沃野八百里的秦川杀来。

为收复永济、平陆，把日本鬼子从风陵渡拽回头的战斗就这么打响了。任富平、乐永寿、何周至三位老兵说，他们豁出命了打，枪子儿打在鬼子身上，“噗”的一个血眼儿；利刃片捅进鬼子的身上，“噗”的一个血洞儿……嗨！咱们舍下命不要，日本鬼子就只有夹着尾巴逃跑了。

"咱们把永济从鬼子的手里夺回来，老百姓杀了猪，抬了酒慰劳咱们。可老百姓给咱们哭诉的事情，把咱们气愤得有肉吃不下去，有酒喝不下去……日本鬼子烧杀奸淫，无恶不作，手段太残忍了，咱们想都不敢想！"永济城"晨露堂"药铺的老板给儿子娶媳妇，堂也拜了，客也待了。新娘子顶着花红的盖头步入了洞房，她盘腿坐在炕沿上，心怦怦地跳着，等待她的新郎为她揭盖头，等得她心慌意乱。突然，听到院子里爆出一阵异乎寻常的嚎叫声，她还没弄清楚发生了什么事，就隔着轻轻薄薄的盖头布，看见两个扛着枪的小鬼子冲进洞房来，端着枪刺，挑落她头上的盖头，哈哈笑着，直说"花姑娘的好""花姑娘的好"……新娘子哪里见过这个阵势，吓得血往脸上冲，当下没了鼻息，身子软软的，像根面条一样倒在了炕上。老掌柜和他的儿子，以及持事的一干人等撵进洞房来，扯着两个小鬼子，把他们扯出洞房，扯到了酒席桌上，上菜上酒，热情地招待两个小鬼子吃喝。鬼子兵也不客气，该吃的吃了，该喝的喝了，吃喝得小鬼子半醉不醉，掂着枪从"晨露堂"要走了，还大力夸赞结婚喜宴的菜好吃，结婚喜宴的酒好喝。鬼子兵这么说着，没忘放下话来，说他们知道"晨露堂"今日有喜，他们没能登门庆贺，是他们失礼了。是这样的出了门，这才说出他们此来的目的，告诉"晨露堂"当家的人，说他们久保利通大佐不想失礼，他要表示自己的亲善，在他的指挥部设了酒宴，还望新娘子天黑时到指挥部来，接受久保利通大佐的庆贺。

这是什么话呢？

黄鼠狼给鸡拜年，肯定没安什么好心。传话的小鬼子一来，"晨露堂"便乱成了一锅粥，老掌柜为人忠厚谨慎，一生为人诊脉瞧病，处方配药，哪里见过这种阵势，当下没了主意，急得满头虚汗。从

"晨露堂"的前院走到后院，又从后院走到前院，在他的身后，跟着做了新郎的儿子，以及家里走卒小人等。吓晕了的新娘子，被人救了过来，透过贴了花红窗花的窗洞看出去，看见了一家老小的惊悚慌乱，想着自己将要面临的遭遇，忍不住泪流满面，嘤嘤咽咽，啜泣不已。然而高挂西边天际的日头，似乎不知道人间这般疾苦，循着它自己的规律，恍如流火一般，迅速地枕在西边的山脊上……"晨露堂"的人越来越急，越急又越怕。新娘子的嘤嘤啜泣，这时也变成哇哇的嚎哭了。老掌柜的眼睛在"晨露堂"的药柜上瞄来瞄去，别的药是看不见了，能看到的只是"砒霜""蟾酥""关木通"几味毒药了……老掌柜心想，一家人怕只有喝毒药的份儿了！

走投无路时，永济城"卖大炕"的阎寡妇从"晨露堂"的门里走进来。

阎寡妇并不是公开"卖大炕"的娼门。她是命运不济，从中条山的一户穷家嫁进永济城，给她的男人冲喜的。她的男人比她小了六岁多，刚过了十三岁的样子，大家指望着喜事一办，她的小男人能病除身强，好起来。不成想三日未过，小男人光赤条条爬在她的怀里，小嘴儿叼着她的乳头，竟然蹬腿儿去了。家里人的眼窝子浅，把失子的痛苦全都撒在阎寡妇的身上，公爹打，公婆掐，花骨朵儿一样的妙人儿，自己也悔着自己，没把她的小男人照顾好，左想不通，右想不通，就从"晨露堂"今日买一味"天南星"，明日买一味"关木通"……她这么买着有毒的中草药，别人看不出来，老掌柜是看出来了。老掌柜是位诚厚人，他此前给阎寡妇的小男人瞧病，老掌柜把脉问诊，终究弄不清楚那是什么病，只知道小男人是没的救了。家里人要给患病的小男人结婚冲喜，老掌柜还劝了他们，说是人有病，岂是冲喜可以治得了的？他们不听，冲喜不成，死了小男人，还要虐待人家小媳妇。

她是受不了了，想着喝药自杀哩！

山里长大的女孩子，对有毒性的中草药知道得真是不少。就在她买了几味有毒的中药后，老掌柜心里疑惑着，像有一根迷走神经唆使着他似的，到她家门上去了。刚入她家的大门，老掌柜就已闻出一股呛鼻的毒药味儿，他紧走了两步，循着毒药味儿往房子走去，才刚走到窗洞门口，就见阎寡妇仰着头，咕嘟咕嘟喝着毒药。老掌柜大喊一声“不敢喝”，就向阎寡妇的屋里跑了去。前脚才踏进门，便见喝完了的药碗，从阎寡妇的手里跌落下来，坠在地上发出一声惊心的脆响。

阎寡妇的家人闻声围了来，他们的儿子刚死，他们不想再弄出人命，就全眼巴巴地看着老掌柜，由着老掌柜给阎寡妇扎针喝解药，逼她把喝到肚子里的毒药都吐了出来。从冥府门前转回身来的阎寡妇，睁开眼看见了老掌柜。她知道是怎么回事了，但她不想感激老掌柜，瞪眼把老掌柜看了一阵，差点儿把老掌柜的脸上看出血来，这才背过脸去，从眼角窝里生出几粒豆儿一样的泪珠来。

阎寡妇说话了，她要让老掌柜做个中人。

人命关天的时节呢，老掌柜没有推辞，他问阎寡妇：“让我当个啥中人？”

阎寡妇说：“不难，我要分门立户自个儿过。”

老掌柜拿眼去看阎寡妇的公公婆婆，说：“这得听你家里人咋说。”

阎寡妇凄然地笑了一下：“如不能，我就还要死！”

老掌柜和阎寡妇的家人迅速地交换了眼色，他们知道，这是一个要死之人的最后通牒，不答应她还会死。无可奈何，阎寡妇的公公婆婆最后同意了她的要求，让她分门立户过了……在永济城，自己过着，吃穿用怎么办？阎寡妇不能怎么办，她有选择地交了几个来往永济城的生意人，给他们在自己的床上放一只枕头，吃他们、穿他们、用他们。永济城里人把她这种情况，总结了一个别有意味的名词——“卖大炕”。

阎寡妇背着这样一个名声，“晨露堂”老掌柜和她就没再打照面。在这个让人气短窒息的傍黑时分，她不请自来，叫老掌柜和他的一家人不知所措了。

阎寡妇也不和老掌柜一家人多言语，她来到老掌柜家，款款地走着，把愣在院子里的人都瞄了一眼，最后走进了布置得花团锦簇的洞房，抱住哭成泪人的新娘子，温言软语地说：“狗日的久保大佐哪里是要庆贺你？他虎豹的胆，豺狼的心，你是不能去吃请的，你去就是把你送进虎豹豺狼的口里了。”

新娘子乍听阎寡妇一说，哭得就更没了章法，四肢痉挛，一个劲儿地喊：“我不去，我不去。”

咋办好呢？搂着新娘子的阎寡妇说了：“我没脸来你家门上，但我有恩要报，我替你去。”

听了阎寡妇给新娘子说的话，“晨露堂”老掌柜像暗夜里看到了一颗明亮的星，他扑腾扑腾猛跳着的心，都快跳出胸腔了，这时稳了下来。老掌柜吩咐家里人，准备了两篓的老汾酒和两坛老陈醋，再加两吊中条山里的老腊肉，牵出马，拴好了车，就等装扮成新娘子的阎寡妇出来，去到久保大佐的队部里去，去为他们“晨露堂”救场子了。

洞房里的喜烛一直燃着，那烛火的亮火在大白天不咋显眼；天黑了，就从挂着绣了喜凤门帘和喜凤窗花的门窗上现出来了。

绣了喜凤的门帘一挑，走出来穿了新娘嫁衣的阎寡妇，她在毕剥燃烧着的喜烛光影里，显得那样的美丽迷人，落落大方……她低着眉，不看老掌柜的家里人，她像做了什么错事似的，脸上羞着，走出“晨露堂”的院门。院门外有辆马拉的轿车。这辆轿车，就是清早接新娘子上门的那一辆。轿车的彩绣帘子上，双喜的字样，交织在龙与凤的图案中，透出十分的喜庆和吉祥，便是套在轿车上的那匹马，亦拴红挂彩，戴了拳头大的黄铜铃儿……“晨露堂”的人，看着风摆杨柳般走着的阎寡妇，你伸着手，他伸着手，不知是搀她一下好，还是就那么让她走。他们全都一脸愧色，跟在阎寡妇的身后，亦步亦趋，这就走到轿车前了。走到轿车前的阎寡妇，没有立即上轿车，她站在轿车下，很迟疑的样子，这让“晨露堂”家的人，蓦然又都提起心来，纷纷往阎寡妇的跟前挤，但他们还是没人伸手去搀阎寡妇。直到阎寡妇低声提示他们，这才有人伸手搀扶她了，搀扶着她上了轿车，由“晨露堂”的家人赶着马，马脖子上的铜铃叮咚、叮咚一路响着，去了久保大佐的指挥部。

不过，在阎寡妇顶替新娘子去赴久保大佐晚宴前，老掌柜和阎寡妇说了几句话。

老掌柜说了：“让你去受那个罪。”

阎寡妇说：“我不受谁受？让新娘子吗？”

老掌柜语塞了。

阎寡妇说：“我只当炕头上多添了一个枕头。”

老掌柜说：“那不一样。”

阎寡妇说：“有啥不一样？”

老掌柜说：“我也说不清有啥不一样，只是觉得人和人，都是人哩。你代人受罪，叫人心里不是滋味。再说那日本鬼子，他们就不是人啊！”

阎寡妇说：“有你这句话就够了。”

阎寡妇因此更坚定了她代新娘子赴难的决心，她义无反顾地坐上花轿去了。可是老掌柜的心，怎么都放不下来。他在家里没头蜂似的，胡乱转着，这就听见马拉轿车哇哇哇哇，一路又刮风似的回来了。赶车的还是他的家人，但轿车上却坐着三个日本鬼子。他们不管轿车停稳了没有，刚到“晨露堂”门口，就从上边跳下来，吆吆喝喝地闯进来，谁上前阻挡他们，他们就拿刺刀捅谁。老掌柜的胳膊被鬼子捅破了，血流哗哗的，家里人慌了神，找药的找药，找布的找布，围着给老掌柜包扎伤口……凶神恶煞一般的日本鬼子，不理不睬，径直去了张灯结彩的洞房，把挣扎嘶叫的新娘子，像扛一条面口袋似的扛在肩上，从惊魂满院的“晨露堂”扬长而去。

洞房花烛夜，老掌柜为儿子精心操办的婚礼，就这么被鬼子的蛮横和粗暴毁掉了。

一夜无眠，老掌柜一家人苦苦地等着，等到天刚扑明，把家里的大门打开来，就只见两扇黑漆大门靠着两个红装女人，顺着打开的大门倒了进来……两个红装女人，不是别人，一个是老掌柜为儿子娶回的新娘子，一个是卖大炕的阎寡妇。

软软地倒在地上的两个女人，裤裆里全是血，她们牙关紧咬，只有出的气，没有进的气。

血债要用血来还！

老兵讲的故事，把耿礼泉、胡武功和范庆阳听得义愤填膺，他们全不自觉地站起来，高呼口号，举起手中的枪，恨不得立即面对日本鬼子，杀鬼子一个尸横遍野，血流成河。

五

没让耿礼泉、胡武功和范庆阳他们等得太久，他们便正面和日本鬼子打起来了。

小小的永济城，因其地处黄河东岸，是通往风陵渡和茅津渡的必经之地。日本鬼子要想突破黄河天险，实现他们进军陕西的目的，必须把永济控制在他们的铁骑下。因此，他们从永济败退后，无一日不想再度挥师西进，占领永济这一战略要冲……日本鬼子是这么想的，我们抗击日寇的中国军队又是怎么想的呢？自然是要针锋相对，寸土不让，坚决守卫永济城。耿礼泉动员胡武功和范庆阳他们说，守卫永济，就是守卫黄河；守卫黄河，就是守卫故土陕西。

耿礼泉在给胡武功和范庆阳他们这么宣传鼓动时，还从永济城的商铺里买了许多大红大绿的彩纸，裁成一条一条，发挥他善书会写的特长，写下“大刀向鬼子们的头上砍去”“保卫黄河，保卫家乡”“誓与日寇血战到底”等标语，动员大家贴到大街上去。

胡武功积极参加贴标语的活动，一次他正在大街上贴着，有人围上来看，还把他贴的标语念出了声。胡武功转过头来，他看见念出声的人不是别人，就是他们尊敬的孔大洲旅长。

胡武功一个立正，拿糨糊的手猛抬起来，给孔旅长敬了一个礼。

胡武功的动作大了，把手里的糨糊溅了出来，不偏不倚，竟然溅到了孔旅长的脸上。

孔旅长笑了，说：“给我脸上也贴标语吗？”

胡武功不好意思地红了脸。

孔旅长依旧笑着说："标语贴得好！我们需要充分地动员，鼓舞我们的士气，振奋我们的精神，去和日本鬼子战斗。"

胡武功无话可说，他对着孔旅长只有点头，使劲儿地点头。

孔旅长和随在他身边的几个人走开了。才走出几步，却又回过头来说："告诉你的耿排长，他编的标语有力量，一句能顶十杆枪！"

胡武功听了孔大洲旅长的话，一句都没"贪污"，把他拿到大街上的标语，电杆上贴一幅，树干上贴一幅……胡武功贴得认真负责，他贴完了，迅速地跑回他们排，把孔旅长的话说给了耿礼泉。当时，耿礼泉正捉笔运腕，在红红绿绿的彩条纸上写标语，并没有说啥，但排里围在他身边的战友们听见了，就都兴奋地跳跃起来，呼喊着耿礼泉写在彩条纸上的标语：

秦晋一家人，打败日本兵！

鬼子不灭，誓不还家！

腥风血雨的战斗，就在大家激情难抑的情绪中展开了……1938年8月8日，这是个阴霾燥热的晚上，午夜时分，孔大洲旅长在他的指挥部接到军部密电，告诉他日军牛岛师团已从运城出发，穿越上虞向永济扑来了。

敌情就是命令，孔旅长当即号令驻守永济东城部队，火速进入阵地，迎敌而战。

耿礼泉、胡武功和范庆阳所在的警卫营，就在四十六旅指挥部集结待命，他们还有时间，可以观察前线的战斗情况。大约到凌晨四时许，位于东城的窑店村方向，突然响起了激烈的枪炮声……敌人的火力是强大的，听上去有十余门大炮持续不断地向我军东线部队轰击。待命在指挥部旁边的耿礼泉、胡武功和范庆阳他们，看见飞来窜去的炮弹，像是一群着了火的大鸟，拖着一条又一条闪亮的尾光，交织在黑沉沉的夜色里，显得那么纷乱和莫测。二十余华里的东线战场，全都覆盖在日军的炮火下了……天明时分，日军设在运城的飞机战斗编队，也加足了油料，挂满了炸弹，向永济城飞了来，飞到我军阵地上空，便像飞鸟下蛋一样，抛掷下挂在飞机肚腹下的炸弹。

包括排长耿礼泉在内，胡武功和范庆阳他们都是头一回上前线，头一回眼见鬼子的炮火，但他们没有害怕。鬼子的炮火越凶猛，他们越冲动，越急着与日寇血战拼杀。

指挥部里，孔大洲旅长沉着镇定，他向前沿阵地发出指令，要他们避敌锋芒，躲过大炮飞机的轰炸，等到鬼子扑到阵前来，再还击作战。

应该说，孔大洲旅长的指挥是适当的，东线战斗从凌晨四时打到日过中午，永济城的东线阵地除了鬼子投下无以计数的钢铁炸弹外，他们没有一兵一卒能够攻击进来，三次海潮般的冲击，无一例外地被阵前将士所击退。阵地前，中弹死去的鬼子尸体重重叠叠，堆积似丘……当然，守卫东线的四十六旅七三六团也伤亡惨重。当地群众自发组织的战斗救援队，在硝烟弥漫的战火中，奋勇地抢救着伤员。“晨露堂”的老掌柜和他还显面嫩的儿子，就在群众救援队里，背着他们“晨露堂”的药匣子，给伤员们的伤口上药包扎。

鬼子的飞机有恃无恐，他们飞得很低，挂着航空弹又飞临阵前……老掌柜的儿子抬起头来，很是好奇地望着猖狂的日军飞机。新婚的妻子被日本鬼子凌虐致死，他忍气吞声，等来我英勇的抗日军队，把鬼子从永济城赶出去，他们不要日本鬼子再次来犯。然而鬼子还是来了。父亲带头在城里组织群众救援队，他第一个跟着父亲，动员群众冲到阵前来，用他所学的医护本领，有效地救护着伤员。他已经成功救护了三十多名伤员，长时间没吃没喝，他不觉得饿，也不觉得渴。到他抬头看见鬼子的飞机，看见驾驶飞机的鬼子飞行员，他突然地饿了，渴了，真想伸出手来，把驾驶飞机的鬼子拽到地面来，吃了鬼子的肉，喝了鬼子的血。狞厉的鬼子飞行员没有给他这个机会，飞机肚腹下的一颗炸弹挂钩松开了，垂直地坠下地面，就在他身边炸开来。有几块滚烫的弹片，发出尖利的嘶鸣，钻进他白嫩的肉体……他扑倒在他正救护的一个伤员身上。

鬼子坦克上来了，一辆跟着一辆，目标是永济城东的孟明桥……紧随在坦克群后的鬼子兵，像蝗虫一般，密密麻麻，铺天盖地。坦克一边前进一边打炮，鬼子兵一边蠕动一边放枪。孟明桥头的守军，打得退鬼子肉体的冲击，但对铁疙瘩的坦克缺少办法。轰轰隆隆前进的坦克掩护着鬼子兵，很快突破了我军的防线，冲上了孟明桥。鬼子兵不知道，我英勇的守军早在孟明桥下埋了成吨的炸药，就在他们骄狂地就要冲过孟明桥时，桥下的炸药引爆了。巨大的冲击波炸毁了孟明桥，桥上的鬼子坦克和鬼子兵都被炸得飞起来，然后又重重地落下来，掉进了污水横流的壕沟里。

孔大洲旅长的指挥部挂着一张军事地图。地图标明，永济城外的东、北两面，连接着中条山的制高点尧王台，从这里直至黄河岸边的文学村，独立四十六旅于阵前开挖了一条长长的弓形防御工事。这一工事的最大特点，就在于巧妙地利用了那条从中条山延伸下来的小土沟，再次进行了挖深和拓宽，使其成为一条连绵不断的深沟壕堑，并且引来黄河水，漫灌进壕堑里，对守卫永济城形成了非常有利的自然屏障……孟明桥是这条沟壕上不多的几条咽喉通道。日军牛岛师团的前线指挥官久保利通大佐，看来是个很有头脑的家伙，对永济城外的地形了然于胸。他在数十里长的战线上向永济城发动攻击时，是把孟明桥等几座桥梁作为战斗的重点来进攻的。他指挥着近百辆作战坦克，配合步兵队伍，想着一举突破孟明桥等桥头阵地，为他的大部队攻击永济城打开进攻通道。但他想错了。孟明桥等几座桥头阵地成了他的坦克和士兵的葬身地，炮口冒着硝烟的坦克，跌进灌满了黄河水的壕沟里，当下便熄了火。在笨拙的坦克周围，是一个一个炸飞了胳膊和腿的鬼子兵……日军当天的进攻，因为孟明桥的失利，全线退缩回去了。

这是暂时的退缩，日本侵略者不会因此而放弃攻占永济城的图谋。

承担攻占永济城任务的日寇为牛岛师团的第三十九旅团，旅团长是高木幸。连日来，他指挥着三千多人的部队，不断向永济城发动进攻，飞机轰炸，坦克冲击，然而一次次的进攻，都以损兵折将而结束。这使堪称中国通的高木幸焦躁难耐，用他的话说，这支“支那军”是天帝派来的吗？他们怎么如此顽强？也难怪，高木幸旅团长跟随牛岛师团，从北京郊外的卢沟桥打下来，一直地打，几乎没有碰到像样地抵抗。打到哪儿，哪儿的中国军队便一击即溃，这让他手里须臾不离的那本翻得卷了皮儿的《三国演义》，几乎没有派上一点儿用场。

高木幸把我国的历史文学名著《三国演义》读得滚瓜烂熟。他认为这虽是一部文学著作，但却胜过一些军事著作十倍，空城计、苦肉计、借东风等战争计谋和战斗实例，太精彩、太不可思议了……焦躁的高木幸进攻永济城，原计划两天时间，可他打了七日，还不能从孟明桥一线突破进去。他困惑不解地又把《三国演义》捧在手里，哗哗地翻着书页，想从《三国演义》里找到作战的谋略，可他翻了一阵子，把他自己都翻得没有了信心。

在前线指挥作战的久保利通大佐，恰在这时窜进高木幸的指挥机关。他这时进来，先向翻阅《三国演义》的高木幸“啪”地立正，再弯腰鞠躬时，却没防备，迎来了高木幸的两个大耳光。

高木幸咆哮着骂着：“废物，统统都是废物！”

久保利通挨了打，受了骂，却还站直了腰板，嘴里一声声应着：“哈咦！哈咦！”

高木幸在久保利通身上发泄了一通后，也不问久保利通来干什么。他把捧在手里的《三国演义》放回宽大的办公桌上，背着手踱到墙边的一排博古架前，欣赏起他在中国大地搜刮来的古董了。那些古董多是各色各样的珍贵瓷器，有盘，有碗，有罐，有瓶……无一不精美绝伦，无一不珍惜贵重。在这许多瓷器的包围中，有一尊周代的青铜鼎，不大不小，如一口行军的小铁锅，只不过青铜鼎是浑厚的、古朴的，鼎身上铸满了纹饰，乍看上去，非常狞厉威严……高木幸的目光在这尊鼎上定格了，他静静地审视着青铜鼎，这让久保利通被高木幸的大耳光抽得肿起来的脸蛋浮出些笑意来。

久保利通太熟悉这尊青铜鼎了。

年初，久保利通率领一个大队的日本鬼子，破天荒地攻进永济城。他在城里烧杀抢掠，整死了“晨露堂”老掌柜的儿媳和阎寡妇不算，后来听说老掌柜的祖宗牌位前供着一尊周代的青铜鼎，心想他的上司高木幸旅团长是喜爱的，就又派了几个鬼子，从老掌柜家的祖宗牌位前，把青铜鼎抢了回去，奉送给了高木幸。

高木幸的目光停在青铜鼎上，久保利通知道这是一个信号，他可以放开胆子给高木幸旅团长报告战事了。

久保利通在中国打了一年多的仗，对中国军队的作战特点有了些认识，因此他向高木幸建议：“太君，我们面对的‘支那军’与我们过去遇到的不同，他们不怕正面较量，如果我们改变策略，从侧翼……”

高木幸不等久保利通说完他的策略，旋即转过身来，大声地夸赞起久保利通来了：“吆西吆西！”

久保利通听到高木幸的夸赞，红肿的脸当下笑成一朵花。

高木幸肯定了久保利通的策略，伸手又把《三国演义》取来，捧在他的手上，说：“中国的《三国演义》就有许多这样的战法。”

久保利通附和着高木幸：“中国人的……了不起！”

六

时间是块湿重的大抹布，能把许多事情，或喜悦的，或悲壮的，甚或凄惨的，抹得难寻痕迹。好在还有存封在档案袋里的文字资料，让我悲喜交集地搜寻出来，说给了姑奶奶席扶风。这让守口如瓶的姑奶奶席扶风哽咽不已，昏花了的老眼里，闪烁着晶莹的泪光。她抬手左抹一把，右抹一把，抹着抹着，就在我给她的叙述中，也加进了她所知道的耿礼泉、胡武功和范庆阳他们在山西中条山抗战的更多英雄壮举。

姑奶奶席扶风之所以沉默寡言，对耿礼泉、胡武功和范庆阳他们跨过黄河，在中条山抗击日寇的事深藏心中不愿多说，是有原因的。耿礼泉、胡武功和范庆阳他们抗日参加的是国民政府的军队。因此，在姑奶奶席扶风的生活中，胡武功像一团压在头上挥之不去的阴霾，让姑奶奶数十年间，不敢乱说，不敢乱动，受尽了他人的侮辱和白眼。

姑奶奶席扶风向我述说着耿礼泉、胡武功和范庆阳他们，说着突然抓住我胳膊，坚定地给我说，让我带着她，到中条山去看胡武功。姑奶奶说出这个想法，也不管我的态度如何，就收拾着东西，决计上路了。下来的故事，就都是我和姑奶奶席扶风在黄河东岸的中条山找寻胡武功时，从当地群众七拼八凑的传说和描述里知道的。

日军指挥官高木幸和久保利通久攻不下永济城。他们学习《三国演义》里的战法，欲对我永济城守军实施侧翼攻击的时候，独立第四十六旅旅长孔大洲比他们早了一步，把留在旅部预备队的两个营紧急部署到日寇可能侧翼来攻的尧王台。绵延千余华里的中条山，在永济方向的一个制高点，就是三皇五帝中尧帝活动过的尧王台了。守好尧王台，就能拒敌于侧翼，保卫永济城的安全。

预备队的两营兵力，接受命令爬上尧王台，刚刚筑起简单的工事，就发现久保利通率领的侧翼攻击部队，于8月15日黎明，秘密推进到了尧王台下的一片开阔地里……日本鬼子为了配合此侧翼攻击，于当日清晨还从正面战线发动了几次大的攻击。他们的作战方法，与前几日没有多大区别，首先利用他们的火炮优势，向我军阵地发射了无数的炮弹，剧烈的爆炸把我军阵地几乎炸成了一片火海……炮声渐渐隐去，他们的飞机又来了，挂满航空弹的飞机，不但向我军前沿阵地投弹轰炸，而且还要飞越前沿阵地，向我军纵深地带的战略要地投弹轰炸……孔大洲旅长的指挥部隐蔽在永济城外的一个树木茂密的小村子里，不知是日寇侦查到了还是盲目乱炸，有一架飞机从高空飞来了，到了小村的上空，盘旋了两圈，即向下俯冲，俯冲得又低又急，一掠而过的机翼把小村口上那棵细高的白杨树，摧折得枝叶都纷纷落下来……透过指挥部的窗口，孔旅长甚至看见了鬼子驾驶员的狞笑，这使孔旅长怒不可遏，号令拱卫指挥部的警卫营，举枪射击。

数天来的血战，身在警卫营的耿礼泉、胡武功和范庆阳他们一直没仗可打，鬼子飞机的猖狂表现，更是惹得他们怒火中烧，听到孔大洲旅长发出的号令，就都在各自的掩体里举起枪来，向着空中飞掠的鬼子飞机射击起来。一排子弹打过去，像是燃放的烟花一样，灿烂而绚丽，也不知道打着没打着鬼子的飞机，只见飞机迅速爬升，向远处飞了去。

这样的地对空战斗，接下来还发生了几次。一班班长葛大荔，原来是个打弹弓的高手，有了枪，他练起射击来比别人自然要好，是他们当中最为优秀的射击手。头几波朝天打飞机，没有打着，让葛大荔觉得很没面子，再有鬼子的飞机低空飞来，他就小心瞄准，只等到鬼子飞机俯冲到树梢一般高时，他迅即扣动扳机，飞蹿的子弹，像只蹿升的火球，照着鬼子飞行员的面门直射进去……这一切，耿礼泉、胡武功和范庆阳他们都看见了，看见狞笑的鬼子飞行员，中了葛大荔射出的枪弹后，脑袋往肩膀上一歪，飞机便失去了控制，在空中摇摇晃晃地斜飞过去，于不远处的谷子地里倒栽下去，轰隆一声爆炸，燃起的大火，把一片谷子都烧着了。

看见这一幕的警卫连官兵，都兴奋地从自己的掩体里跳出来，大声地呐喊着……胡武功距离葛大荔不是很远，他虎步冲了过去，下腰扛起葛大荔，如同飞速旋转地风车，在阵地上旋舞了起来。

步枪打落了鬼子的飞机，不仅使警卫连的官兵振奋不已，也使指挥部的孔大洲旅长大为开怀。在过往的战斗中，孔旅长的将兵没少吃鬼子飞机的亏。孔旅长把装在水壶里的西凤酒美美地灌了一口，传下来，让他身边的人都美美地喝了一口。他这时想起了尧王台，抓起电话就往尧王台上打。孔旅长打了几遍，都没有接通尧王台的电话，这让他不禁担心起来了。

孔大洲旅长的担心一点儿都不多余。久保利通的步兵还在尧王台下集结着，而拉上尧王台的预备队两个营，已被鬼子的大炮和飞机轰炸得损失了不少……尧王台上的工事都太简陋了，既没有预先浇筑的混凝土碉堡，又没有依山开凿的石洞，有的只是战士们用随身携带的铁镐和尖头锨，环绕尧王台挖的一条勉强藏得住身子的小战壕。鬼子的飞机大炮没头没脑地轰炸着，每一次轰炸，都有牺牲的守军将士，两个营的营长有一个牺牲了，两个营里的六个连长，有三个也牺牲了……到这时候，久保利通才挥舞着他的指挥刀，像赶一群草黄色的东洋豺狼，向尧王台上冲击来了。

在鬼子炮火下侥幸生存下来的那位营长叫张在兴，他在久保利通指挥着鬼子步兵向尧王台发起冲击的同时，很想给指挥部的孔旅长报告一下情况的。他叫着报话员的名字，叫了几声，却不见回音，他偏头去找，找见的是牺牲了的报话员和报话员背在身上的报话机。他扑过去，想把报话员摇醒过来，但他失望了。轻轻放下报话员，从报话员的身上取过报话机，“喂喂”喊了几声，却不见报话机有丝毫反应，张在兴这才发现，报话机也被鬼子的炮弹炸坏了。

尧王台阵地，只能由张在兴营长自己做主了。

趁着鬼子兵还在山脚下爬坡的机会，张在兴大声地号令战士们，把被鬼子炮弹炸毁的工事修补起来。他要大家镇定，不要慌乱，让鬼子往尧王台上爬，爬得距离阵地越近，打击鬼子的火力越有效……张在兴营长的指挥是有力的。久保利通的步兵，向尧王台三番冲击，都被勇士们手里握着的“汉阳造”步枪和手榴弹，打得败退下去。

没有尧王台上的消息，孔大洲旅长站在指挥部的军事地图前，两眼死死盯在写有“尧王台”三个字的红色圆点上，叫来警卫连连长孟关中，向他发出了命令。

孔旅长说："尧王台不能丢，你带警卫连火速前往支援。"

孟关中还有些不解，说："警卫连去了尧王台，旅指挥部怎么办？"

孔旅长大手一挥，说："我要尧王台在我手里！懂吗？"

孟关中不好再说什么，他双腿一并，向孔旅长敬了一个标准的军礼，然后转身出了旅指挥部，一路小跑地回到警卫连，大气不喘地率领警卫连，跑步向尧王台增援去了。

警卫连增援尧王台可太是时候了。坚守在阵地上的勇士，与久保利通的千余名鬼子兵几番较量，虽然没让一个鬼子兵爬上尧王台，但两个营的守军，能够拿起武器和鬼子兵拼杀的人，差不多只余下一个连了。孟关中带着警卫连增援上了尧王台，他们是从尧王台的侧后方爬到阵地上来的。他们增援上来时，还看见张在兴营长抱着一挺机关枪，站在阵地前向鬼子扫射。正是张在兴的这一举动，引来了鬼子的强大火力，无数支枪口对着他，吐出一发又一发罪恶的子弹。张在兴营长中弹了，中了弹的他摇晃了一下身体，再次站稳后，又向鬼子扫射起来！而鬼子的枪弹也像雨点一般向他横扫过来，在他的身上打出一个又一个洞眼，他倒下去了。

孟关中和张在兴是一起当的兵，也一起打了不少仗，因为职务的提升，他们分了开来，但在没仗打的时候，两个人还好钻在一起喝口酒，吹吹牛什么的。在尧王台阵地上，孟关中刚一增援上来，就眼见他亲密的战友牺牲在鬼子的枪下，他的眼睛蓦地充满了血，随着张在兴身躯的倒下，他怒吼起来了。

孟关中的怒吼声震尧王台："兄弟们，把胆气提起来，打狗日的鬼子兵！"

鬼子的一波进攻，被警卫连和坚守阵地的战士们一起，又一次打退了……太阳西坠，接过牺牲了的张在兴营长的指挥权，孟关中和他的战友们一步不退地守卫着尧王台。然而，他们把弹药快打完了，每人手里都只有一杆火烫的枪。久保利通好像知道了孟关中他们的情况，挥舞着手里的指挥刀，再次吆喝着鬼子兵向尧王台上扑来。孟关中改变了战术，他要战士们节约弹药，悄悄地掩蔽在战壕里，只等鬼子爬近阵地，和鬼子拼刺刀了。

白刃的拼杀，在黄昏的尧王台上展开了。耿礼泉、胡武功和范庆阳他们虽然初上战场，却没有谁胆怯，更没有谁退缩，都红着眼睛与鬼子搏杀着……胡武功的谷叉，这时就掂在他的手中，他眼疾手快，在一个鬼子的前胸捅了两个血窟窿，转身看见另一个鬼子，正端着刺刀向一个战友的后背刺去，他扬手把谷叉抛了出去，双刺的叉尖扎进了鬼子的后心，把鬼子叉趴地上，口鼻当即喷出一股血水！

短兵相接的搏杀，让日本鬼子的大炮和飞机顿然失去了威力，大炮不能轰击了，飞机不能轰炸了，双方扭打在一起，枪刺挥来舞去，喊声惊天动地。尧王台上的一场肉搏，持续了有一个多小时，杀得可真是天地色变，血抛肉飞……连长孟关中、副连长甘淳化全都加入了血肉横飞的白刃搏杀；充实到耿礼泉三排的任富平、乐永寿、何周至三个有着实战经验的老兵，在战斗中起到了非常好的带动作用。任富平人高马大，臂力过人，一把枪刺连着挑翻了七名日本鬼子，可他也不幸被鬼子的刺刀刺中胸膛，壮烈牺牲在尧王台阵前。

蜂拥而上的鬼子兵不断地被杀死，而我们英勇的战士也在不断地牺牲。副连长甘淳化被鬼子兵围了起来，左冲右突，身上多处受伤，在他无力脱身时，竟然伸手拉动了挂在腰间的一颗手榴弹，随着一声剧烈的爆炸声，围着他的鬼子兵，与他一起同归于尽了。

经过殊死搏杀，尧王台守卫住了。

七

久保利通大佐侧翼攻占尧王台制高点的图谋没能成功。在指挥部，他被高木幸旅团长骂了个狗血喷头……高木幸气急败坏，把从民间抢掠来的一只青花瓷将军罐抓起来，摔在久保利通的脚前，碎成了一地闪光的瓷片。

高木幸咆哮起来了：“大日本皇军，不成功，则成仁，你还回来干什么?”

久保利通先还站得笔直，把他在战场上脏污了的脸面正对着高木幸。高木幸摔碎了青花瓷将军罐，他的腰弯下来了，头也低了下来，双眼失神地看着他脚下的瓷罐碎片……这只将军罐也是永济城“晨露堂”老掌柜的宝贝藏品，久保利通在从“晨露堂”掠去那尊青铜鼎的时候，顺便也把这只青花瓷的将军罐夺了去。久保利通大佐知道旅团长高木幸痴爱中国文物，于是无论青铜器、陶瓷器，还是书与画，他能搜掠到的，都尽量搜掠到手，然后转送给高木幸，他想以此博得高木幸的欢心……每一次给高木幸奉送上搜掠来的古董字画，高木幸都是要开心地夸赞他的，“吆西吆西”“大大的好”这样的赞赏字眼，在过去的时日里，从高木幸的嘴里吐出来，把久保利通的耳朵灌得既舒服又高兴。

久保利通给高木幸旅团长搜掠了多少古董珍玩，他自己都不记得了。但他眼睛不瞎，看得见高木幸对这件青花瓷将军罐的喜爱，是超乎寻常的。

高木幸旅团长把最为珍爱的青花瓷将军罐摔碎在久保利通的脚下，让久保利通感到从来没有过的寒心。他扑通双膝跪下来，跪在青花瓷将军罐的碎片上。碎瓷片割破了他的衣裤，进一步地切割着，把他的膝盖也割破了……高木幸背转了身，不看跪下来的久保利通，但他感觉得到久保利通抽出了佩刀，用衣袖擦了擦佩刀的锋刃，对着胸膛，哧啦一声，斜斜地捅了进去！

久保利通大佐以自杀谢罪的方式，结束了他罪恶的生命。

鬼子从侧翼攻击尧王台的图谋失败了，但却在永济城的正面战场撕开了一道口子。

这个口子就在永济城东的万国寺。

戏曲《西厢记》中张生和崔莺莺私定终身的普救寺，和万国寺、玉泉院一样，都是享誉晋西的著名寺院，香火非常旺盛，而万国寺似乎还要更胜一筹，这是因为寺内有座造型精巧的十三重宝塔，以及气势庄严的大雄宝殿和其背后的那座无梁殿……盛唐时期，日本遣唐使把佛教从中国带回日本本土，让日本迅速成为一个佛教兴旺的国度。最初，日本僧人不仅在盛唐的首都长安住寺修行，有些甚至还东渡黄河，在山西的一些寺庙游学。初建于唐朝的万国寺就有这样一些遗存。进攻万国寺的日军是高木幸旅团的另一个大队，统率这个大队的井上云清大佐，恰恰是个“虔诚”的佛教徒。他带领部队，无论走到哪里，遇上寺庙，也不论这个寺庙里供奉的是普贤、文殊或者别的什么尊者，他都要低头走进去，上香、跪拜、布施……熟知他的人都知道，他的脖子上戴着个古玉菩萨吊坠，他有事没事，都要把菩萨吊坠从胸窝里掏出来捧在手上，闭上眼睛，嘴巴轻轻地翻动着，念出一些祷告的词语来……以万国寺方向作为他的进攻突破口，这是井上云清大佐以一个佛教徒的思维做出的选择。他知道这里该是中国军队防守最为薄弱的地段。

通常的情况都是这样的，谁会把主力部队安排在寺庙里，与修行的和尚们争地盘？

井上云清这个诡异的想法是对的，他向万国寺方向冲击了两次，到第三次时，就在这里撕开了一道口子。

井上云清统率的鬼子兵，吼喊着往万国寺前冲击，他在鬼子兵队伍的后面，还把他佩戴在脖子上的古玉菩萨吊坠掏出来，捧在手里祈祷着……守卫万国寺的是独立四十六旅教导团二营，营长张大文参加过刘志丹等人发动的“渭华暴动”，后入黄埔军校学习，在学校加入了中国共产党。娘子关阻击战是抗战初期重创日本侵略军的一个典型战例，张大文有幸参加了那次战役，打到最后，和被阻击的日本鬼子肉搏起来，张大文的刺刀被鬼子的血浆泡软了，他就用枪把和鬼子打，枪把打折了，就又用牙齿咬，他浑身是伤，血染战衣，却还用他的牙齿咬掉了一个鬼子的耳朵……守卫万国寺，除了这座古老的寺庙，就再无掩体可据，与火力强大的日本鬼子打起来，很快见出了分晓。敌强我弱，要想坚守万国寺是非常困难的。而且，张大文还想保护万国寺不被战火毁灭，因此即便有万国寺的建筑遮蔽，他也不好利用了，反而还要躲开这里，从他处阻击向永济城进攻的日本鬼子。

张大文的这一良苦用心，让井上云清抓住了机会，从万国寺掩杀过来了。

永济城的防线因此而全面崩溃。

万国寺修行的和尚们，哪里甘心受日本鬼子的侵犯，他们在济本方丈的率领下，也加入到抗击鬼子的战斗中了。

成功保卫了中条山的制高点尧王台，逼迫日军大佐久保利通剖腹自杀的警卫连，成了孔大洲旅长指挥部的一支机动武装。连长孟关中趁着鬼子败退而去的机会，请示了孔旅长，对尧王台上的军事力量做了必要的调整：甘淳化副连长牺牲了，便任命耿礼泉来接任，而胡武功又接任耿礼泉当了排长……孟关中还把在他们之前守卫尧王台的人马，做了一些整编，准备让他们后撤下去休整。恰在这时，孔大洲旅长的作战电报拍上了尧王台，他命令孟关中率部增援万国寺。

军令如山，孟关中没敢迟疑，命令把准备后撤休整的人马留守在尧王台上，自己亲率警卫连，火速向万国寺方向增援过去……然而，他的增援已经迟了。到他们警卫连赶到万国寺附近时，只见日军的坦克，掩护着铺天盖地而来的步兵，压迫着我守卫万国寺方向的教导团二营官兵，节节往后撤退。远远的，孟关中、耿礼泉和胡武功他们看见，后撤的队伍里夹杂着不少身穿袈裟僧袍的和尚……增援而来的警卫连，在孟关中的指挥下，迅速与后撤的教导营交融在一起，让后撤的步子停了下来。官兵齐心协力，阻击鬼子的疯狂进攻。

敌我双方，在距万国寺不远的地方，形成了一个暂时的对峙状态。

这样的对峙，是太消耗部队的战斗力了！枪声混含着炮声，炮声又夹杂着枪声，持续着，一刻都没有停歇。我方官兵坚守在阵地上，射杀着鬼子兵，自己人也不断地被鬼子兵所射毙……葛大荔的枪法太好了，他在尧王台的肉搏战中，从鬼子的手里缴获了一杆“三八大盖儿”。这时，他躲在一条土坎下，借助着一簇野菊花的掩护，瞄着正面而来的日本鬼子，“嘎嘣”一枪，鬼子的进攻队列中就有一个应声倒下，“嘎嘣”又一枪，鬼子的进攻队伍中又有一个应声倒下……掩护着葛大荔的那簇野菊花可是太灿烂了，蓝莹莹蓬勃繁茂，长长地一条天然土坎，多是这种开在秋风里的野菊花。受了葛大荔的启发，阻击鬼子进攻的警卫连和教导营官兵纷纷躲在土坎下，借助野菊花的掩护，悄悄地伸出端在手里的长枪，瞄着进攻的鬼子兵，“嘎嘣”“嘎嘣”地射击着……不知别人注意到了没有，与葛大荔一起入伍抗日的胡武功，瞥见葛大荔在每一次射击后，总会迅速缩下他的身躯，在脚下的土地里翻捡出一枚小石子儿，装进他的军衣口袋里……黄河岸边的土地，最不缺少的就是小石子儿。那些小石子，经过黄河水千年万年的冲洗和磨砺，一个个又光又亮，或是深蓝的颜色，或是暗红的颜色，各具形态，的确是很迷人的呢！如果不是因为与侵略我们土地、杀害我们同胞的日本鬼子战斗，在黄河滩地上捡拾石子儿，那可真是一件惬意无比又艺术无比的事情哩。但正与罪恶的日本鬼子枪来枪往地打着仗，葛大荔从地里拣拾石子儿做什么呢？

如古人结绳计数一样，葛大荔拣石子儿是来计数的。他捡起一枚石子儿，装在军衣口袋里，就是记着他射杀了一个日本鬼子。

葛大荔不紧不慢、沉着镇定地射杀着鬼子。到他掩护在野菊花的背后，正要再捡一枚石子儿时，鬼子的一颗子弹打来了，打在了葛大荔眉心上。他无奈地往后一倒，喷涌而出的鲜血当即染红了他的头和脸。

胡武功看见了他不愿看见的一幕，嚎叫了一声，向倒在土坎下的葛大荔爬了过去。胡武功把葛大荔抱紧在怀里，叫着葛大荔的名字，可是他叫不醒葛大荔了……战斗还在继续，子弹飞鸟一般呼啸着从头顶飞过。胡武功掰开葛大荔紧攥的手指，在葛大荔的手掌心找到了一枚石子儿，这是葛大荔最后捡的石子儿。这枚石子儿颜色粉红，仿佛一个小小的鸡心玉石坠儿。胡武功想着葛大荔往军衣口袋捡装的石子儿，他就伸手去掏，一枚，两枚，三枚……胡武功从葛大荔的军衣口袋里掏出了六枚石子儿，加上从葛大荔手掌中找到的那枚石子儿，想都不用想，胡武功就已断定，葛大荔躲在野菊花的后面，总共射杀了七名日本鬼子。

不能说赚了，但葛大荔用他一条性命，在一场战斗中，歼灭七名日本鬼子，他可以笑傲疆场，长眠九泉了。

谁都没有想到，孔大洲旅长这时会到阵前来。他像胡武功一样，把葛大荔装进口袋和握在手里的石子儿数了一遍。他在数的时候，还用他的汗手反复搓磨，直把石子儿全都搓磨得水灵灵的，更加增添了一层光亮……胡武功把葛大荔的“三八大盖儿”操到手里，借着土坝和土坝上盛开的野菊花，像葛大荔一样瞄着鬼子射击了。

孔大洲旅长身先士卒，冒着鬼子的枪炮亲赴万国寺阵地，极大地鼓励了警卫连和教导营的官兵。大家沉着应战，终于把突破进来的鬼子兵又赶了回去……然而，侵犯永济的日本鬼子，下了死力气，他们是非要吞咽下永济城不可了。军事情报雪片一般飞到孔旅长的手上，他知道牛岛师团驻扎在运城的军力，不断向永济方面调动，而我军一时难有援军补充上来。保卫永济城的战斗在孔旅长的指挥下，仅仅依靠他们一个旅的有限军力，与数倍于他们的日本鬼子激战九天九夜，成功地阻击了鬼子的进攻速度，已是一个令人鼓舞的胜利了。为了保存实力，以便更好地打击日寇，孔大洲旅长接到上级命令，于8月17日夜里，率领部队有计划地往中条山腹地转移。

狡猾的鬼子，像是察觉了孔旅长的意图……因为天黑，鬼子的飞机无法出动，可他们的大炮在独立四十六旅后撤中条山的道路上，不歇气地轰击着。特别是他们的地面部队，向天空不停地发射着照明弹，把漆黑的夜晚照得如同白昼，独立四十六旅后撤一步，他们就如狼似虎地向前紧咬一步。

如何摆脱鬼子的尾随，成了独立四十六旅胜利后撤的关键。

孔大洲旅长想出了一条计谋，他果断命令孟关中，要他率领警卫连远离后撤大军，返回身去面对尾随的日本鬼子，打他个猝不及防，然后向侧翼撤退。退一程，反身过来再打他一阵。孔旅长要使警卫连变成一块磁石，紧紧地吸引住日本鬼子，好让独立四十六旅主力向中条山纵深移动。

孟关中接受了命令，他和全营官兵迅速返身回来，迎着穷凶极恶的鬼子追兵，在夜色中劈头盖脸就是一阵猛打。这一打还真是起了大作用，把尾随的日本鬼子打得趴在地上不敢动了。然后，孟关中便依计而行，借助夜色的掩护，带领警卫连向独立四十六旅后撤的侧翼方向退去……退去时，孟关中要求警卫连的官兵必须弄出一些动静来，或大声地吆喝，或放一两声冷枪。鬼子兵不明就里，难分真假，就尾随着警卫连后退的方向狂跑猛追，一直追到天明。孟关中和他的警卫连全部后退到中条山的一条叫后沟的峪口里，日本鬼子才知上当。恼羞成怒的鬼子兵发了狠，向警卫连又是连连发炮轰击，又是阵阵开枪射击，晚上不好出动的飞机，也如腾空而飞的大鸟，载弹飞临警卫连后退的上空，既投弹轰炸，又俯冲扫射……警卫连遇到了最为惨烈的一个清晨。

中条山上的秋天是多彩的。草在渐渐地变色，树叶子也在渐渐地变色，特别是老百姓称之为“铁杆庄稼”的柿子树，柿子在变红，柿树叶子也在变红，这里一棵，那里一棵，有的地方，沿着农田的地塄，丛丛的柿子树还扯出一条长线，被黎明时升起、此时又渐渐爬高的太阳照着，是那样的鲜艳靓丽……鬼子的飞机从柿子树的树梢上掠过时，会给灿亮如火的柿子树丛投下一阵暗影。

后退的警卫连官兵有两条腿，追击的鬼子兵也是两条腿，两条腿跑起路来，谁比谁能快得了多少？警卫连且打且退，对付鬼子的地面追击，勉强还可以应付，可是腾空飞来的飞机，就不是警卫连官兵的双腿对付得了的。警卫连没谁跑得过飞机飞行的速度。投到警卫连后撤队伍里的航空炸弹，每爆炸一颗，就有警卫连的官兵被炸身亡……更要命的是，安装在飞机上的机枪凌空向警卫连扫射，就像着火的蜂群，一群群飞临警卫连官兵的头顶……牺牲是巨大的，一百五十多名官兵的警卫连，多一半死在了鬼子的枪弹下！

范庆阳是机灵的，他可能从孔旅长的诱敌方法中获得了启示，传话给他们班仅剩的另外三名战士，要他们跟上自己，从警卫连的作战队列里脱离出来，像是一只只灵敏的兔子，在中条山野花芬芳、草色凄迷的斜坡上跳蹿着，从后沟的这一面坡迅速跳蹿到对面的坡上。范庆阳发现轰炸警卫连的鬼子飞机都是从这面坡上过来的。他们四个人，每人选择了一棵姹紫嫣红的柿子树，嗖嗖嗖爬到树顶上，在密匝匝的柿果子和柿树叶子的遮掩下，把枪朝天瞄着，等待鬼子的飞机从他们头顶飞过……麦客范庆阳的苦心没有白费，鬼子的几架飞机又一次挂满了炸弹从他们头顶飞来了，他们没有犹豫，举枪迅速地向着鬼子的飞机，扣动扳机，射出了喷火的子弹……范庆阳带上柿子树的是一挺机关枪。他打得又准又狠，只一梭子子弹射向空中，就把一架鬼子的飞机打着了。飞机拖着一股浓浓的黑烟，斜斜地直插后沟的沟底，爆炸并燃烧成一堆大火。

鬼子飞机遭此一劫，其他飞机全都拉升起来了。鬼子发现了柿子树上的秘密，便回过头来轰炸和扫射范庆阳他们隐蔽着的柿子树。一架飞机凌空投下炸弹，并扫射出一阵密集的枪弹，才飞掠过去，又有一架飞机飞了来，凌空投下炸弹，并扫射出一阵密集的枪弹……鬼子飞机的轮番轰炸和扫射，把范庆阳他们隐蔽着的柿子树炸射得着起了大火。

冲天而起的大火啊！像是烛照苍天的几柱火炬！

连长孟关中，副连长耿礼泉，还有胡武功他们，因此获得了喘息的机会，避开了鬼子的尾追，隐身进中条山里去了。

在中条山的皱褶里，警卫连清点保存的力量，胡武功发现没了范庆阳和他们班的士兵，突然意识到，爬上柿子树击落鬼子飞机掩护大家后退的就是他们。

在连长孟关中的带领下，警卫连的幸存官兵散乱地站着，脱下军帽，向着他们撤退而来的方向，低下头来，静静地默立着……默立着的他们，耳朵听得见，不远的地方，还有鬼子的枪炮声在炸响。但大家充耳不闻，屹然默立着，仿佛是一群受过战火洗礼的雕像。

八

到中条山来看胡武功，姑奶奶席扶风仿佛年轻了数十岁。我陪着她，她说去哪里，我就陪着她去哪里。姑奶奶席扶风好像对中条山一点儿都不陌生，身在中条山，她自己的记忆似乎也清晰了起来，给我又说了许多让我感慨不已的事情。

胡武功他们在中条山抗战的时候，姑奶奶席扶风也跨过黄河，到这里来过。她是参加抗战英雄家属慰问团到中条山的，她在这里还见到了胡武功。

抗战英雄家属慰问团里，本来没有姑奶奶席扶风，是耿财东把他的名额让出来，姑奶奶席扶风才有了那样一个难得的机会。

耿财东知道胡武功偷别姑奶奶席扶风去抗日时，心存着一个很大的希望，就是想让席扶风生个牛牛娃。耿财东在凤栖镇，自觉担起了为抗属分忧解愁的任务。他除了帮助抗属耕种收获，还多操了一份心，用心观察抗属其他生活需求。胡武功希望席扶风给他生个牛牛娃，耿财东就操心着席扶风的肚子，却发现席扶风的肚子一如她嫁来凤栖镇做新娘子时一个样，没出一点儿状态，耿财东不好说，心里却想，这个忙他可帮不了。

耿财东为席扶风的肚子着急，还真让他急来了一个机会。省城的秦腔名流组织抗属去中条山慰问三秦抗日将士，耿财东想都没想，就为席扶风争取了一个名额。

席扶风知道机会是耿财东争取来的，就还推辞了一下："你儿子，我礼泉兄弟也在那边呀！"

耿财东说："我不急。"

席扶风说："哪能不急呢？都在枪林弹雨下穿梭。"

耿财东说："这我知道。"

席扶风说："知道你还让啥？"

耿财东说："我还知道，武功有个心愿，是必须要你去实现呢。"

席扶风听耿财东这么一说，她就什么都不说了，突然地倒头跪在地上，给耿财东磕了个头，慌得耿财东扶着席扶风的双肩，把她扶了起来……这一幕事情发生在凤栖镇的村巷里，村巷里人来人往，看到了都围上来，听席扶风给耿财东道着谢。

席扶风说："我替武功谢谢你了！"

耿财东说："你就快快准备吧，我出车把你送到西安去，慰问团在西安聚集，然后去中条山慰问抗日英雄。"

凤栖镇的乡亲听明白了耿财东的话，许多人的眼圈变红了。他们看见席扶风回家准备去了，就都纷纷回到自己的家里，也为席扶风去中条山慰问抗日英雄准备着了。凤栖镇有个习俗，不论谁上长路，也不论上了长路做什么，都习惯炕了棋豆儿，让上长路的人带上走。

姑奶奶席扶风就炕了一袋子棋豆儿。

姑奶奶席扶风在炕棋豆儿时，往面团里擦了十香粉、芝麻渣、花生碎，还掺了切得碎碎的新鲜椒叶，她扛着一袋棋豆儿出得门来，棋豆儿那特殊的味道，立即香了凤栖镇的满街满巷……耿财东马拉的车子，拴了红，挂了彩，早已停在席扶风家的门前头。席扶风走向了马车，在她坐上马车后，发现耿财东也在马车上准备了一袋棋豆儿……凤栖镇的人，知道席扶风要去中条山慰问抗日英雄，这时都来送行了。大家的肩上无不扛着袋棋豆儿，扛到马车前了，也不说啥，就把棋豆儿往马车上装，一会儿的工夫，马车上堆天堆地，就都是乡亲们扛来的棋豆儿……此时此刻，席扶风想流泪，但她忍住了，如同她嫁到凤栖镇来，给胡武功做新娘子一样，脸上甜蜜地笑着。席扶风想了，胡武功去抗日了，他是应该受到这样的欢送的，可他是背着人偷跑去的，没有亲见乡亲们的欢送；她去中条山慰问他们，这不算什么，却受到了乡亲们的热烈欢送。于是，她只能笑，尽管她想哭，太想哭，也要像新娘嫁汉子一样笑着了。

耿财东的鞭花在凤栖镇响亮地炸了一声，他牵着同样拴了红，挂了彩的大马，拉着车子一路走了……席扶风一路既坐车，又坐船，在省城西安与抗属慰问团会合后，顺利地出陕入晋，进入了苍苍茫茫的中条山，见到了已经升为排长的胡武功。

胡武功他们从永济后撤出来，暂时聚集在黄河边一个叫二十里岭的地方，进行大战后的休整准备。

二十里岭背靠着绵延不断的中条山，面向着长流不断的黄河。说它是二十里岭，其实何止二十里，二百里也是有的。临着黄河的一边，齐茬茬全是壁立的危崖。黄河水在危崖下荡荡湍湍地流淌着，站在危崖上，人就不敢低头张望，担心看上一眼，可能会眼晕得扑跌下去。

席扶风驴驮马载似的扛着凤栖镇乡亲和她炕出来的棋豆儿，千辛万苦来到了二十里岭。她是来看胡武功的，却没能一眼就看到……席扶风先看见的是像胡武功一样的抗日勇士们。大家知道席扶风，知道她是胡武功的新婚婆娘，可是大家没有给胡武功最先相见席扶风的机会。席扶风和几个一起来的抗属，刚刚走进独立四十六旅警卫连，就被和胡武功一样的抗日勇士给围住了。

这一天，席扶风比她嫁给胡武功做新娘的时候还要心慌。她的心扑腾扑腾跳着，紧咬着嘴唇，生怕她嗵嗵激跳着的心，随时会如射出枪膛的子弹，忽地飞射出来。

席扶风穿着一身她嫁给胡武功时的红装，处在抗日勇士的包围圈里。她低一下头，又抬一下头，在勇士圈里搜寻着胡武功，努力地找寻着，却没有找寻到。她想她要找见胡武功，她的心会跳荡得更激烈……没有找见胡武功，席扶风的心镇定下来了。她把她一路驮到二十里岭来的棋豆儿，随手抓起一个袋子，就往离她身近的人怀里塞一袋。获得棋豆儿的勇士们，没有谁会独享美味，他们解开布袋的扎口，掏着棋豆儿，你一把，他一把地发给同伴。围着席扶风的勇士们把棋豆儿一颗一颗往嘴里丢，丢一颗咬一颗，咬嚼出棋豆儿碎在齿唇上的一丝丝轻响，脆脆的、香香的，是那么的入味入心。

勇士们不能白吃席扶风带到二十里岭的棋豆儿，他们从二十里岭的山坡上，采来一束束的野花儿，或者编成美丽的花环，或者扎成艳丽的花束，捧到席扶风她们抗属的身前，把花环戴在席扶风她们的脖子上，把花束递到席扶风她们的双手里……席扶风她们几乎被花环和花束埋起来了。

席扶风脸是红的，是比花环和花束还要灿亮的红呢！

席扶风是抗属中最受瞩目的一个人。她的鲜亮，她的笑容，还有她的棋豆儿，让二十里岭于清亮的秋风里，也灿烂靓丽了许多。

席扶风不知道，胡武功早已得到通知，知道她参加了抗战慰问团，是要渡过黄河，来中条山看他的。但他不能干等在军营里，等着席扶风来看他。

胡武功有事要干，而且是件非常特殊的事。

这件事是耿礼泉想出来的。一场硬仗打下来，耿礼泉从排长升为警卫连的副连长，他给连长孟关中建议，趁着作战休整的间隙，他要刻一块石碑，把警卫连阵亡勇士的名字刻上去。耿礼泉说了，为了打败侵略者，就得抛头颅、洒热血，前仆后继，就得不畏牺牲，但我们要让后人知道，我们的牺牲是光荣的。许多战友在我们前头牺牲了，我们今后还会有牺牲，就让我们后死的人，为他们先死的人立一块石碑吧！

连长孟关中赞赏耿礼泉的建议。

耿礼泉拉着胡武功与另外几个战友，在黄河边的一处突兀而起的崖石上，先由耿礼泉写上阵亡战友的名字，再由胡武功和战友们，用他们磨尖了的刺刀，照着耿礼泉写出来的字样，一刀一刀地刻出来……突兀而起的崖石上，前后左右，已有胡武功和他的战友们，用刺刀雕刻出的一长串阵亡的战友姓名。

哦，亲爱的战友啊！

哦，英勇的战友啊！

耿礼泉和胡武功他们，把这块崖壁上的碑刻叫作后死碑！

在耿礼泉的带领下，胡武功和他的几位战友，用刺刀雕刻着先他们而牺牲的战友，嘴里不断地默念着，默念着牺牲战友们光荣的姓名。

葛大荔　陕西岐山县人

范庆阳　甘肃庆阳人

任富平　陕西渭南人

乐永寿　陕西淳化人

赵长城　陕西保安人

齐连志　陕西澄县人

孙正宁　陕西西安人

邓生刚　陕西西安人

……

胡武功和他的几个战友是照着耿礼泉写出来的字样雕刻的，耿礼泉写得凝重，胡武功他们雕刻得凝重……很显然，那一串串姓名，有胡武功和他的战友熟悉的，还有一些他们不熟悉的……熟悉或是不熟悉，胡武功他们并不奇怪，他们奇怪的是，耿礼泉在有些人的姓名前加了个五角星，有的姓名前则没有加五角星。耿礼泉没有给胡武功他们解释，他们就照猫画虎，只要耿礼泉在哪位死难战友姓名前加了五角星的，他们就用刺刀，一丝不苟地照刻出来。

不断地镌刻着，到耿礼泉在崖石上把牺牲的战友姓名都写出来时，胡武功他们猜出了五角星的头绪来……胡武功是最先猜出来的，他猜出来后，也不顾别的战友如何想，撂下手里的作为刻刀的刺刀，拉起耿礼泉的一只手，把他拉到远一点儿的地方，来问耿礼泉了。

胡武功说："咱们是好乡党，对吧？"

耿礼泉茫然地点点头。

胡武功说："你要承认，你就给我说实话。"

耿礼泉依旧茫然地点点头。

胡武功的眼睛看着快要镌刻而成的后死碑，说："死难战友的姓名，你给有的加了五角星，你说那是为什么？"

耿礼泉的嘴张了张，他都快要说出理由了，却又忍着没说出来。

胡武功不指望耿礼泉照实给他说什么，他直截了当地问了："你爹耿财东为啥把你送进岐阳县监狱的？"

耿礼泉对他的好乡党不能不开口了。他说："我爹逼我来中条山打鬼子。"

胡武功笑了，说："怕不会只有这一个理由吧。"

耿礼泉说："那你说，还有啥理由？"

胡武功说："你是共产党！"

耿礼泉语塞了。

胡武功得理不饶人，他又跟了一句，说："我在村里就知道，你是共产党。"

胡武功说得来了劲，他说："你在后死碑上为有些牺牲的战友加颗五角星，你想瞒我呢。我给你说，你瞒不住我，我知道他们像你一样，都是共产党。你动员我来中条山打鬼子，我看出来了，独立四十六旅有共产党，咱们警卫连里也有，共产党抗日打鬼子没有一个孬种，就像你，见了日本鬼子总是泼了命地打，你要介绍我，我也要当共产党。"

耿礼泉的眼睛湿润了，他握住了胡武功的手，轻轻地说："同志，胡武功同志，我来介绍你。"

在警卫连官兵的簇拥下，席扶风向二十里岭上的胡武功他们走来了……壁立千仞的危崖下，滚滚滔滔的黄河水，前浪刚扑上崖壁，似乎还没退下来，后浪就又逼上来，浪拍悬崖，发出一阵强似一阵的轰鸣声……席扶风站在了胡武功的面前，胡武功才觉得眼前一亮。耿礼泉知趣地退到了一边，和簇拥着席扶风一起走来的战友们，鸦雀无声地站着。他们看着慰问而来的席扶风，以及与席扶风对面站在一起的胡武功，战友们看见一对久别重逢的小夫妻，对面站着，却都沉静得如他们身边那座刚刚落成的后死碑，凝重地壁立着，不说话，也不拉手，久久地站着。黄河的风，带着一种凉凉的湿气，从河谷里扑上来，扑到他们夫妻的脸上，他们没有觉得什么，依然凝重地面对着面，眼睛眨也不眨地站着。

是席扶风先开的口，她说：“你……黑了。”

胡武功跟着说：“你……瘦了。”

胡武功再没和席扶风犟嘴，他伸出手来，把戴在席扶风脖子上的花环捧起来，凑到他的鼻尖上，很认真地嗅着……他深深地嗅了几口说：“花儿真香。”

席扶风说：“我怎么闻不到？”

胡武功说：“你戴的花是要我闻的，我闻得出来。”

席扶风便很快活地笑了。

胡武功被席扶风的笑弄迷糊了，他脸上的肌肉不能自禁地抽动起来。他说：“我没给你说就跑出来了。”

席扶风说：“你该给我说了。”

胡武功说：“我错了。”

席扶风说：“你没有错，你是对的，打鬼子人人有责任。”

席扶风说着把她好生留下来的棋豆儿，捧给了胡武功。在中条山抗击日本侵略者，胡武功最常想的一道吃货，就是席扶风给他炕的棋豆儿。席扶风炕的棋豆儿，干巴楞脆，丢儿颗到嘴里，胡武功能嚼出花炮爆响般的炸裂声。

胡武功好想席扶风炕的棋豆儿，吃了棋豆儿，胡武功做什么都更有胆，也都更有劲道。

九

日本鬼子的冬季大扫荡，是在中条山落下一场薄雪的初寒时节展开的。

日本鬼子这次不仅出动了牛岛师团的全部军力，还把增援到山西境内的岸介喜师团的大部分军力推进到中条山的前线阵地，决心要与我驻防中条山的抗日军队来一场鱼死网破的大决战。绵延三千华里的中条山上，无处不见炮火，无处不是战场……孔大洲的独立四十六旅，坚守在二十里岭一线，凭借着黄河天险和中条山的有利地势，已与鬼子的高木幸旅团窜进中条山的部队，你死我活地打了十多天。高木幸动员他的部队，要他们向神明般的天皇陛下起誓：不打败“支那军”，誓不为人。

日本鬼子端出了决战的架势，守卫中条山的中国军队自然不会示弱。战斗打得十分惨烈，无论赵寿山的三十八军，李家钰的四十七军，李兴中的九十六军，还是王镇华的独立四十七旅，都从正面遭遇到日本鬼子的进攻，部队伤亡严重，必须立即补充新的兵员……独立四十六旅，在二十里岭与鬼子们打得难解难分。鬼子兵的后方，有准备充分的弹药，马拉车载，不断地往前线运送；有准备充足的兵力，骑马跑步，不断地往前线补充。英勇的独立四十六旅抗击着，却也渐渐显出力不从心的窘况。在白天的战斗中，日本鬼子借着飞机大炮的掩护，几次攻上二十里岭阵地，与我独立四十六旅白刃肉搏，我军以战士们极大的牺牲，勉强保证二十里岭阵地还在四十六旅的手里。

旅指挥部的孔大洲旅长，向集团军总部和西安的军政要员，一日三次地发电报，报告二十里岭上的情况，请求他们给予二十里岭弹药和兵员上的支援。

孔大洲旅长的电报请示，在一个月黑风高的晚上，收到了杯水车薪般的回应。在大后方西安，八百名青壮年汉子迅速被募集了起来，趁着夜色的掩护，从黄河西岸的陕西朝邑登上当地百姓自觉献出来的木船，横渡黄河，在中条山下一个环境偏僻的小渔村，抛锚登岸，秘密潜行六十华里，拉上了独立四十六旅镇守的二十里岭防线。

像耿礼泉、胡武功他们组建的新兵连一样，新到二十里岭防线上来的八百新兵，也是需要老兵来带的……这一回，胡武功成了调去新兵队伍里的老兵，他去做了一个连的连长。

与胡武功一起调动的还有耿礼泉，不过他与胡武功不一样。胡武功去了新兵营，他则上调到了指挥部，去了旅部新设立的一个政治工作部。他俩离开警卫连时，鬼子兵像突然睡着了一样，不向二十里岭的四十六旅阵地发射枪炮了，激战了十多天的二十里岭，突然寂静得让人惊讶……大雪纷飞，把远山近岭全都染得白茫茫的，便是咆哮着的黄河，似乎也挡不住落雪的侵袭，从黄蜡蜡的样子变成纷纷扬扬的一片洁白。耿礼泉和胡武功走出警卫连，双双向前又走了一程，他们的脚踩在雪地上，踩出了一串咯吱咯吱的轻响，往前再走，就是一条窄窄的岔道，岔道的一端连着旅指挥部，另一端则连着从关中故地新来的八百汉子。耿礼泉和胡武功在这里要分手了。岐阳县凤栖镇的两个好青年，都很自觉地站在岔路口上，你看着我的眼睛，我看着你的眼睛，一时间都沉默不语。

耿礼泉打破了俩人无语的对视。他说："胡武功同志，你的申请党组织研究过了，同意你为中国共产党预备党员。"

胡武功的眼睛立即发出了火石般的亮色。他说："谢谢你，耿礼泉同志。"

耿礼泉说："到了新兵营，你要注意发展新的党员。"

胡武功给耿礼泉敬了个军礼，说："我会的。"

耿礼泉还了胡武功一个军礼，说："那我们就再见了。"

再见……在抗击日寇的中条山战场上，他们一对好伙伴会是一个怎样的"再见"呢？

耿礼泉和胡武功分了手，就向着各自的新岗位走去了，走一程，还要回过头来，招一招手，直到他俩走得谁都看不见谁……恰在这时，鬼子停了一个瞬间的枪声又爆豆子般地响了起来。胡武功不敢稍有耽搁，他把步子走得更快了，快得像是奔跑在漫天雪花里的一匹飞马，他迅速到达新兵营，去了他的连队，见了他的战友。

这都是些什么样的战友呢？在渡河前来中条山时，他们或者坐在私塾里的教室里听老师给他们讲功课；或者在考究的店铺里拨拉着算盘子学做生意；又或者是手提着粪笼，肩背着粪筐，转悠在干硬的田间小路上，捡拾牛马偶尔拉在地上的粪蛋儿……胡武功入伍抗日，还有时间在西安的新兵操练基地，拼刺、射击，被严格地训练一些日子，可他们没有时间。撂下正读的课本，撂下正打的算盘，撂下手提肩背的粪笼粪筐，这便加入到抗击日本鬼子的队伍里来了。他们既是无所畏惧的，又是让人十分担心的。

他们没有时间，胡武功也没有时间。他带着他们连的新兵，在阵地前，顶着漫天的飞雪，分秒必争地练习着拼刺，练习着瞄准和射击……临阵磨刀，虽然仓促了些，却也聊胜于无，让初到阵前的新兵们，对他们端在手里的铁家伙，能有个起码的认识。

因为他们初上阵地，胡武功担心着，旅指挥部里的孔大洲旅长也担心着。就在胡武功前脚刚踏进新兵营，带头教练新兵拼刺和射击时，孔旅长后脚也到新兵营来了……漫天狂舞的大雪，使戎马半生的孔大洲旅长显得英武干练。他一到新兵营里，也不去营部搭建的棚屋里喝口茶，便直接走到新兵队伍里，看着他们一张张稚嫩的脸蛋，孔旅长的心里是不好受的。他揣摩着他们的年龄，大都在16到18岁之间。像他们这样的年纪，在这样的大雪天，倘若不是日本鬼子打到中国来，叫嚣着“三月内灭亡中国”，他们都该是还在父母的膝下，享受着家的温暖。可是他们却都热血沸腾，匆匆脱下家常衣服，穿上军装，就到打鬼子的阵地前来了，要和日本鬼子真刀真枪地打了，以牙还牙，以血还血……孔大洲旅长的身旁，有一块高出地面的巨石，他箭步跃上石顶，把落了一层积雪的军呢大氅脱了下来，摔给巨石下的副官，扯开喉咙就给大家训话了。

孔大洲旅长说：“小兄弟们，日本鬼子扬言要三月内灭亡中国，中国亡了吗？中国没有，中国还是我们的中国！”

新兵们听到旅长的训话，心头血流汩汩，他们跟着孔旅长呐喊起来：“中国不会亡，中国永远是中国的！”

孔大洲旅长等着新兵呐喊过了，就又说：“精忠报国！你们都是好汉子！鬼子必败！小兄弟们，黄河就在我们身边，她是我们中华民族的母亲，我们保卫母亲，母亲也会保佑我们的，大家听听吧，听听黄河母亲的涛声吧。”

狂雪压不住黄河奔流的声音，那种气吞山河的巨响，随着孔大洲旅长的训话声，一下子灌满了新兵们的心房。

新兵高呼起来了：“跟着孔旅长，杀死鬼子兵！”

孔大洲旅长从巨石上下来，副官给他来披军呢大氅，他拒绝了，只从副官手里拿过一面军旗，是他们独立四十六旅的军旗呢！这面军旗似乎用了一些年头了，展开来，还能看见军旗上面几个小小的弹洞……孔旅长没有解释这面军旗的来历，他凝重地走向列队的新兵们，孔旅长走得不偏不倚，正好走到胡武功的面前。

孔旅长说："胡武功，把你的谷叉拿出来。"

胡武功跨前一步，把他扛在背上的谷叉拿出来了。

孔旅长就把那面他带来的军旗，牢牢地绑扎在谷叉把儿上。

孔旅长说："军旗在，阵地在。"

胡武功重复了一遍孔旅长的话："军旗在，阵地在。"

孔旅长满意地看着胡武功，还说了一句让胡武功拍破脑袋也想不到的话。

孔旅长说："你婆娘给你的棋豆儿还有吗?"

胡武功说不出话来了。他瞪大了眼睛看着孔旅长，抬手从他的军衣口袋里掏出一把棋豆儿，把掺进了十香粉、芝麻渣、花生碎、花椒叶的棋豆儿，送到孔旅长的手边。孔旅长接过来了，他丢了两颗到嘴里，"嘎嘣""嘎嘣"……他认真地嚼着，把剩下的棋豆儿又装进了胡武功的军衣口袋里。

孔旅长说："你有个好婆娘，她炕的棋豆儿真香啊!"

孔旅长的话让胡武功的眼里闪出亮晶晶的泪花儿……好像还不仅仅是胡武功，近旁听到孔旅长热心热肠几句话的人，差不多眼里都闪烁出亮晶晶的泪花儿。

鬼子新一轮的进攻，在二十里岭不避风雪地打开了。

鬼子兵人多势众，武器精良，新一轮进攻，又采取了突击穿插、分而攻击的方法，把二十里岭阵地，切割成零碎的几块儿。他们的这一招太狠毒了，胡武功所在的新兵营，就齐茬茬地被鬼子兵分割围困在二十里岭人称孤崖的地方。

胡武功想着他和耿礼泉分别时耿礼泉给他说的话，就感到他肩上的担子很沉重，便是身在炮火硝烟的战场上，他也在发现和培养着思想进步的新兵。小名赵铁锤、洪转转，外号周门墩、麻旗杆的几个小伙儿很是不错，他们一个是眉县人，一个是凤县人，两个是乾县人。胡武功教他们练拼刺时，他们练得都很到位；再教他们练射击时，他们也练得非常认真。他们对日本鬼子，既仇恨，又蔑视，这让胡武功喜欢上他们了。

喜欢归喜欢，胡武功还要进一步观察。可是把他们分割在孤崖上的日本鬼子，给胡武功的时间太有限了。他们的枪炮在风雪里裂响，他们的枪刺在风雪里乱舞……才到前线的新兵，就只有硬着头皮应战了。

结果还不错，从没打过仗的新兵，在一批编入他们队伍中的老兵带领下，打退了鬼子几番进攻……进攻孤崖的鬼子，不知是哪一部分的，但他们的指挥官，好像已经得知困守孤崖的中国军队，是一批初上战场的新兵，而新兵们却把他们打得不能近身，让这位指挥官不禁恼羞成怒。就在他们的进攻再一次被打退败下孤崖时，那个指挥官举起指挥刀，把退在最前面的一个日本兵，不分青红皂白，一刀劈将下去，那个鬼子的脑袋被劈得与身子分了家。指挥官挥舞着沾了自己士兵鲜血的军刀，扯开大嘴，命令他的鬼子兵："不许退！谁退谁就死！"

退是死，前进也是死……为"天皇圣战"所洗脑的鬼子兵，他们是宁肯前进去死的。他们看着指挥官军刀上同胞的鲜血，没有人觉得怪异，仿佛那就是他们表达决心的招魂幡，他们转回过头来，又不知死活地向孤崖上的新兵扑过来了。

新兵的装备本来就不足，和鬼子又打了几个回合，身边的弹药所剩不多，这一番和鬼子兵的战斗，打了不长时间，便都打完了最后一颗子弹，上好了刺刀，等着鬼子进攻上来，要和鬼子兵肉搏了。

孔大洲旅长把一面军旗扎绑在胡武功带来的谷叉把儿上，胡武功庄重地举起来后，又交到外号麻旗杆的小兵手里。和鬼子兵在孤崖上交锋，麻旗杆真是不错，他让独立四十六旅的军旗一直飘扬在孤崖上。

鬼子兵扑上孤崖来了。

小名周铁锤的新兵，呼地跃上孔大洲旅长给他们训话的巨石上，举起手里的枪刺，大声地吼喊着："碎爷爷还怕你小鬼子不成！杀呀！是儿子娃，就杀他狗日的小鬼子！"

周铁锤吼喊着跃身跳下巨石，与扑上来的鬼子兵拼杀起来了。胡武功瞻前顾后地心疼着这些年纪尚小的新兵，他和鬼子兵拼杀着，还要分出一个眼神，照看新兵们的拼杀……他们都是好样的，拼杀的动作虽然不很规范，但都拼杀得很勇猛。小名洪转转和外号周门墩的两个小伙儿，一和鬼子交上手，就用枪刺在鬼子兵身上捅出了窟窿眼儿，窟窿眼儿里血流如注……拼杀到交关处，枪刺软了，枪杆折了，就扑上去，抱着鬼子滚作一团。周铁锤的牙咬在一个鬼子的脖子上，咬断了鬼子的血管，血喷出来把他的脸糊成了一片血色……麻旗杆为了军旗不倒，躲着鬼子不和他们蛮干，躲着就躲到了孤崖紧靠黄河的边沿上。他太想杀鬼子了，就把扎绑着军旗的谷叉往孤崖顶上一插，端起枪刺和鬼子兵搏杀在了一起。猎猎飘扬的军旗，就是新兵们拼杀鬼子的胆魄，就是新兵们拼杀鬼子的勇气……鬼子兵似乎也懂这个道理，他们几个人围着麻旗杆去了。为了不使麻旗杆太吃亏，也为了军旗不倒，胡武功闪开和他缠斗的鬼子兵，迅速向麻旗杆靠拢过去，把一个就要刺杀上麻旗杆的鬼子，从身后刺了一刀，刚刚把这个鬼子刺翻在地，就又和另一个鬼子拼杀了起来……胡武功不知道他是怎么被鬼子刺倒的，但在他努力地睁开眼睛，挣扎着从几具压着他的尸体下爬出来时，他看见孤崖边上，站满了衣衫破烂、血迹斑斑的新兵战士，日本鬼子就站在距离他们不远的地方，“哇啦哇啦”地喊着话。

胡武功知道，鬼子是要新兵战士投降的。

密密麻麻站在孤崖边上的新兵战士，也都听懂了鬼子的喊话，但没有一个人举手。大家怒目向着鬼子，不说话，也不哭泣，像是早就排练过一样，慢慢地转过身来，向着黄河对岸的陕西，新兵战士们跪了下来，对着黄河，对着黄河对面的八百里秦川，重重地磕了一个头，有人跃身起来，飞一样扑向了黄河！

跃身扑向黄河的新兵带了头，接下来，新兵战士一个跟着一个，前赴后继地扑进了黄河的波涛里。

不只胡武功爬在尸体堆里看得惊呆了，就连喊话要新兵战士投降的鬼子们也惊呆了。

孤崖上静下来了，静得胡武功心里发慌。他的眼皮是那么沉重，像坠了铅一样，他坚持着没有闭上，他怕自己的眼睛一闭，就永远地闭着睁不开了……鬼子兵从惊愣中回过神来，他们向新兵战士跳河的崖边走来了，有个鬼子军官模样的家伙，眼盯着胡武功身边的军旗，胡武功睁眼谋划，想着拉他做最后一个垫背者。鬼子军官向军旗走来了，就在他伸手把独立四十六旅军旗抓在手里时，胡武功从尸体堆里飞身而起，抓过原是他做农活的谷叉，捅进了鬼子军官的前胸，推着他一起跃下孤崖，像八百名新兵战士一样，跃进了黄河。

军旗在谷叉把上扎绑得太结实了，在从孤崖往黄河坠落的时候，迎风展开，是那样的鲜艳！

十

我陪同姑奶奶席扶风辗转上了中条山，走遍了二十里岭，在胡武功与八百勇士牺牲的孤崖上站了很久。

从黄河望不到尽头的古道上刮来的风，还像六十年前姑奶奶来这里看望慰问胡武功时一样，湿漉漉、潮润润的，扑到人的脸上，让人有种想要痛哭流泪的感觉，迎风站了一会儿，眼睛里便泪汪汪，迷迷蒙蒙。我和席扶风迷蒙的泪眼前，是生长在黄河浅滩里的一片荷花。在我和席扶风访问生活在这里的百姓时，听他们说了，原来这里是没有荷花的。八百抗日勇士集体跳河以后，河滩里就生出荷花了，一年一年，不断地壮大着，就有了漫川漫河的荷花，开得连天接地。他们说了，这鲜艳欲滴的荷花，可是勇士们的灵魂转世的呢！那是什么呢？漫川漫河的荷花丛中，扑棱棱四处翻飞跳跃的是什么呢？我先看见了，就指给姑奶奶看，姑奶奶也看见了。姑奶奶在嘴里呢喃着，是什么？是什么？就在我和姑奶奶不解荷花丛中翻飞跳跃的鸟儿是什么时，那一团一团白得像是云朵似的鸟儿飞腾起来了，一只追着一只，从荷花丛中飞起来，翩翩然然地飞到了耸立在黄河边的孤崖上来了。我看不清她们有多少只。三百、五百、八百……我认得出，这美丽的大鸟可就是让人心跳的白天鹅呀！

一片云团似的天鹅，从荷花丛里飞上孤崖，就在我和姑奶奶席扶风的身边落下来了。美丽的天鹅“咕咕”“咕咕”地啼叫着，相依相偎，把我和席扶风紧紧地簇拥在她们中间。我和席扶风，在这一刻，泪流满面，不由自主地向着黄河跪了下来。

此前，我从档案资料中得知，孔大洲旅长也在我和席扶风跪倒的孤崖上跪倒过。胡武功他们八百勇士跳了黄河三日后，孔旅长返身孤崖，为牺牲的勇士举行公祭。这一日，飘了数天的飞雪停了下来，一轮红日高悬天空，孔旅长和随他一起来的耿礼泉等多名副官随从，从孤崖上眺望黄河，发现孔旅长亲手授予新兵营的那面独立四十六旅的军旗，却没有被黄河的洪流所冲走，依然插在黄河洪涛里，迎着强劲的河风，在猎猎地飘扬着……孔旅长摘下了军帽，他的副官随从都摘下了军帽，向着黄河，向着在黄河上飘扬的军旗，低下头来，久久地默立着。

附近村庄识得水性的几个村民，被孔旅长请了来，下到黄河里，欲把军旗收回来。下到黄河水里的村民没有想到，他们从浑黄的河水里拔出军旗的时候，连带着从旗杆上还拔出两具遗体来。这两具遗体，一个是穿胸插着谷叉旗杆的鬼子军官，一个是把着谷叉旗杆的胡武功。

胡武功刚从黄河里浮出水面，耿礼泉就认出他来了。耿礼泉大叫了一声“武功兄弟”，便如八百跳河的勇士一样，双膝跪在了孤崖上，悲哀地哭了起来。

耿礼泉跪下了，孔旅长也跪下了，和孔旅长一起来孤崖上公祭勇士的人全都跪下了。

耿礼泉事后去了后死碑前，他摸出佩戴在腰间的刺刀，把胡武功的名字，郑重地刻了上去。耿礼泉在胡武功的名字前，还用刺刀刻了一颗鲜亮的五角星。可惜后来因为关系查不清楚，让我姑奶奶受了不少委屈……

我和姑奶奶席扶风一直跪着，姑奶奶席扶风不摇也不摆，她把自己都快跪成了一尊雕塑……不计其数的白天鹅，也安静地蹲伏在我和姑奶奶席扶风的身边。姑奶奶席扶风想起这次来看胡武功前炕好的一袋棋豆儿，她摸摸索索地从身上取过来，解开盛装棋豆儿的布袋口，抓出一把，撒向白天鹅，再抓出一把，撒向白天鹅……姑奶奶席扶风把她压在箱底里的那件和胡武功新婚时穿的红衣裳也带了来，她向白天鹅撒食棋豆儿时，还不忘抖开红衣裳，穿上身，仔细地扣着纽扣。

姑奶奶席扶风说了："武功，我看你来了！"

美丽的白天鹅，"咕咕""咕咕"地，应着姑奶奶席扶风。

2015年7月28日初稿于西安曲江

2016年6月30日再改于长安魏家岭

后　记

长歌祭抗战

残阳夕照下的黄河，是壮阔和壮美的，同时又蕴含着让人心灵为之震颤的壮烈！这是我每一次寻访抗战事迹亲近黄河时，不期而然的，都会生发出来的一种独特感受。

在世界反法西斯战争暨中国抗日战争胜利七十周年之际，哪怕在梦里，我都会听到黄河的怒吼和呐喊，让我梦醒之后，都要不能自禁地背起行囊，到黄河边去，聆听黄河的声音，寻找为了中华民族的存亡，而与侵华日军英勇奋战的抗日志士们的踪迹。我鼓励着自己，要为英雄的他们，写一部长篇小说。

黄河启发了我，我为这部长篇小说起名《长河落日》。

我的大伯吴俊岐，就曾高呼着“誓死抗日”的口号，东渡黄河，把他年轻的生命，献给了祖国的抗战伟业。大伯牺牲后，我的父亲，也就是大伯的二弟吴俊藩，以及大伯的大弟和三弟，没有为他们的大哥举办葬礼。他们兄弟三人，至死都不相信他们的大哥为国捐躯的事实，都还幻想着有朝一日，他们的大哥会荣耀地回家来与他们团聚。后来，兄弟仨先先后后都辞了世，在他们闭眼前的最后一刻，留下遗言给我们后人，做一口棺材，与他们的棺材相同，把他们的大哥和他们埋葬在一起。由于兄弟们的一往情深，大伯被我们后人与我碎爸合葬在了一起。

大伯吴俊岐虽然与我碎爸合葬了，但我心里清楚，大伯的灵魂和肉体，都已经掩埋和融化在中条山里了。

我立志创作一部抗战题材的长篇小说，便很自觉地走进了中条山。我想找到大伯吴俊岐抗战的足迹，但我在苍苍茫茫的中条山，却很难清楚地挖掘出大伯的事迹。可我从当地百姓的口碑和相关部门整理出的史料中，看到了许多脍炙人口的故事，我选择着，在茅津渡不远的平陆县洪池乡郑村，看到了那通被当地人称为“后死碑”的碑刻。

我写过一部《碑说》的随笔集，在我看到这通“后死碑”后，顿觉《碑说》里的近百通碑刻，逊色了不少。尽管这通刊立在荒山里的碑刻，只是一块旧时的房檐石，很小很不规范，但其承载的精神力量，却是无法估量的，具有一股冲天的豪气。当地百姓说，1938年晋南“六六战役”时，日寇牛岛、川岸师团分九路扫荡芮城、平陆，6月6日起，战斗的激烈程度不断升级。在日军以重兵阻断十七路军对一一七师的增援后，一一七师为抗击日寇的持续南侵，于中条山二十里岭及陌南镇一带，与日寇展开了殊死搏杀。“后死碑”就是这个时候矗立起来的。一一七师一个营的兵力坚守在立碑的地方，他们打退日寇一波进攻，自己也有战友牺牲。在战斗的间隙，那位营长就用刺刀把牺牲的战友姓名镌刻在碑石上……在这块碑石上，今天可以辨识的烈士姓名，有28位之多，其上还有那位营长用刺刀镌刻下的一段文字：“民国二十八年春，本营奉命扼守中条山之磨凹、坛道、朱家寨等地，六月二十日，芮城之倭寇骑炮兵联合二千余，经风疙瘩向我三路进犯，我全营官兵英勇奋战，坚守阵地，奋勇抵抗，酣战终日，歼敌数百，战果辉煌，致敌终于胆怯而逃窜。”读着这样的碑记，我泪眼婆娑，知道这通碑刻所以叫“后死碑”，是因为后死者，为前死之烈士而立。我透过这块碑石，依然看得见当年烈士抗击日寇的工事，在一段干涸的土堰上，杂乱地残存着一个又一个子弹射出的洞孔，那洞孔如今像呼啸呐喊的嘴巴，提醒着今天的我们，烈士的英魂长存，我们当铭记不忘。

沿着黄河，我向北又到了韩城的禹门口，滔滔不绝的黄河之水，被收束在峭崖夹峙之间，形如门阀的峡口里，水势之汹涌，如山洪袭来，横冲直撞，雷霆万钧，呼啸着，飞溅出层层雪浪，从此岸而扑向彼岸，又咆哮着，回击在河床正中的大礁屿上，激荡出一道道冲天的水柱，跌落下来，颤抖着没入谷底，然后跃出龙门……就在此地西岸，原来有一处香火旺盛的禹王庙，1938年惨遭日寇飞机的轰炸，成了一片废墟。

禹王庙的僧侣，有许多就惨死在那场轰炸中，而活下来的几位出家人，自废戒律，跟随陕籍抗战部队，去了山西的中条山，因为他们的特殊身份，被派进敌占区，收集日伪情报，营救被俘抗战志士，在特殊战线，做出了非常卓异的贡献。

我停不下寻访抗日志士的步伐，沿着黄河一路北上，到了陕北的绥德县。在这里，我收集到了更让人动容的抗战人物与故事。

这个人就是陕北民歌《三十里铺》的主人公四妹子王凤英，故事也是她的故事。

“提起个家来家有名，家住在绥德三十里铺村，四妹子爱见个三哥哥，他是我的知心人……”在我的创作计划里，很早就有了这个命题，即有关于凄美迷人的四妹子。然而，真要见识到她却不是一件容易的事。在绥德县，我的朋友小心地告诉我，过去有人采访四妹子，到她家里，说不上几句话，就会被四妹子的儿孙赶出来。这时如果还不识相，可能更会引起全村的公愤，被大家操铁锨拿镢头，把人撵得狼奔豕突。

提心吊胆的我，不仅去了四妹子的村，还进了四妹子的家。让我十分庆幸的是，我不仅没被四妹子的儿孙撵出门，而且也没被他们村人锨拍镢头砸。我和四妹子聊得极亲，四妹子把我还请上了她家的土炕。我们拉着家常，我说四妹子窑洞里的几件家具割得不错。她说是她儿子的手艺。我没客气，说我原来也是个木匠，她窑洞里的家具要是我来割，比他儿子的手艺不会差啥。这么说着，将近90岁的四妹子，忍俊不禁地乐了起来，在炕上把我手牵起来，说起了她堵在心里的恓惶，而且她做木匠活的儿子，在一旁也帮了腔。

她做木匠的儿子说：“我妈一生受大难了！”

是个什么大难呢？起因还就是日本鬼子。他们肩扛着东洋三八大盖子，手舞着东洋刀片子，打打杀杀地侵略到晋西北地区，四妹子的家就在这里。为避战乱，她们一家从山西流亡到了绥德，在三十里铺揽工生活。这一年是1939年，四妹子十六岁。初到三十里铺，人生地不熟，出于同情，村里人给她家借粮送衣，帮衬着她家苦难度日。有一次，四妹子和村里的姑娘，出坡掏苦菜，四妹子掏到一个山洼洼里，突遇一只绿眼睛的大灰狼。生死攸关时刻，后生郝增喜挺身而出，从狼嘴里救出了四妹子。为了感恩他，四妹子给郝增喜做了一双布鞋。1940年农历二月，郝增喜响应号召，参加八路军去打鬼子。得到消息的四妹子，来送三哥哥郝增喜了。她不敢到他身边去，就那么痴痴地站在一面草坡上，望着在队伍里前行的三哥哥，她热泪长流，连抬一下手的力气都没有……离家远去的三哥哥郝增喜，心有灵犀地回了一次头，他看见了草坡上站着的四妹子，他的心热着，却被夹裹在队伍里，一步一回头，一步一回头，走得四妹子看不见了他，他也看不见了四妹子……民间歌手常永昌，当时也在送行的队伍里，他把四妹子和三哥哥情不能舍的送别，看在眼里，现编现唱地创作了我们现在传唱的《三十里铺》。

我走访抗日志士和故事的步伐，到这里得到了极大的满足。禹门口的"禹王庙"、绥德县的"三哥哥与四妹子"、平陆县的"后死碑"，三个真实存在的故事，众多英雄人物的形象，鲜活地在我的脑子里，我有理由，也有责任，更有条件，来写这部抗日战争的长篇小说了。

我把全书分为三个部分，即上篇《废戒》、中篇《断臂》、下篇《后死碑》，现已经顺利地完成了小说的创作。我期望得到大家的批评与支持，并期望大家和我一起到黄河边去，我们一起认识、一起感受《长河落日》的景象。

2016年6月30日　长安魏家岭

跋

重新改过

“你瞧你，每次这个字都会写错，我跟你说了多少次了。”张兆和在与沈从文结婚后的一封信中，如此严厉地批评了沈从文。而且她还当面批评过沈从文，嫌他太在意他的文字了，翻一遍他的文稿，都是这里修一修，那里改一改，永远都在修改自己的文稿。

我与朋友周公度聊着前辈们的这种事，周公度说了，许多外国的文学巨匠，也爱不断地修改重写自己的文稿。周公度举了博尔赫斯的例子，说这位出生于布宜诺斯艾利斯的阿根廷作家，就非常偏爱不断修改甚至重写他的文学作品。我不是这方面的研究者，对此了解甚少，但我去年秋天，在《作家》杂志第七期，读到了薛忆沩的访谈——《在文学的祖国里执着地生根》的文章，一下子有了种沉睡文字泥潭，被叫醒打捞出来的幸福感。他在《自我挑战，发动“重写”的革命》的一章里，回答访问者的问题时说：“在2009年前后，我突然意识到自己对汉语的感觉发生了很大或者说根本性的变化。”这个变化导致了薛忆沩把他2010年之前发表过的所有旧作，包括长篇小说、短篇小说，甚至随笔作品都进行了重写。我个人比较喜欢这位客居他国的华语作家的文学作品，见到了，是会不错眼的要读的。2000年《天涯》第五期，刊发了他的《出租车司机》，他原先就刊发过了，而这一次重写重发的结果却十分喜人。先发时，没怎么被人重视，重写重发出来，则被《新华文稿》和《读者》等几乎所有的选刊转载。接着的《首战告捷》，也是一个样，还被残雪称赞为“达到了博尔赫斯的水平”。这充分证明，薛忆沩对自己的作品重写重发是成功的，得到了有识者的普遍认同。而他自己则也不无自豪地说：“我所有重写的作品都得到了更高的评价。”

薛忆沩启发着我，我想对自己的一些旧作也来一次修改重写。但我有资格修改或重写我的旧作吗？我有条件修改或重写我的旧作吗？

我的问题把我自己惹笑了。谁的手伸得再长，谁的手再有力量，又岂能挡得住他人修改或重写自己的旧作！沈从文先生这么做过，博尔赫斯前辈这么做过，薛忆沩同仁正在这么做，他们的资质，他们的成就，他们的声望，响当当、亮堂堂，他们都做了，我凭什么不可以做呢？我自知资质、成就、声望非常一般，因此我就更应该这么做了。有些“夸”我的人，说我只有小学文化程度，说我只是个农民，只是个小木匠，这我是要满盘子满碗地接过来、端起来的。我从来没隐瞒过我的出身，而且我在多篇文章里，就是这么介绍我的。这是我的差距和不足，正因为我有这么多差距，所以我就更有资格修改或重写我的旧作了。

这是我的资格，也是我的条件。我能吃能喝，晚上脱衣睡觉，早上起来呼吸喘气。嘿嘿，活着的人都有这个条件；一口气喘不上来，就没有条件了，绝对没有。

而且，我还有这方面的教训，很严重的教训呢！第一部长篇小说《初婚》，发表出版的绝不是我最初设想的样子，我被我笔下的三位新娘子带坏了，尤其是那个叫惠杏爱的新娘子，她一出场，就苦难深重，且坚忍不拔地引诱着我，让我昏头昏脑地随了她，写成了一部与我原来构想完全不同的作品。虽然作品上市后，还有不错的市场表现，以及读者和评论家的正面评价，并迅速被当时陕西最具声望的影视公司，购买去了影视剧的改编权，且此公司组织起强有力的工作班子，开展剧本的改编和拍摄准备工作，但我还是于2014年的时候，对《初婚》做了一次重大修改，部分章节及个别人物，几乎重写了一遍。修改重写的内容，主要在不弱化三位新娘子外，加重了小说中那位退休回村的县粮食局局长谷冬梅，让她成为作品中的女一号。我之所以这么做，最根本的是突出“寡婆祠堂”在小说中的象征意义。谷寡婆村引以为祖先的谷寡婆，可说是中华文明中最为不可磨灭的“家”文化的代表。谷冬梅还在谷寡婆村当家的时候，是她带头拆毁“寡婆祠堂”。几十年来，她走出村庄，成为一名国家干部，她想要遗忘，遗忘掉被她拆毁的“寡婆祠堂”，可她越想遗忘，却越是遗忘不了。随着年龄的增长，她把自己当年的这一“壮举”，看成了自身所犯的一项大罪恶。她退休了，本来可以在县城享受她安逸的退休生活，可她回到了谷寡婆村，把她当年拆毁的“寡婆祠堂”，经由她的努力，再建起来。

可是，在过去那种思潮里，拆毁“寡婆祠堂”容易，现在要把“寡婆祠堂”再建起来，可就不容易了。这是我修改重写《初婚》最大的变化。而这次出版的《长河落日》，最先发表时，都是一部一部的中篇，我结合题材的统一原则，大修大改，串联起来又是一部长篇了。

今年初，《作家》杂志又发了篇研究巴金先生的文章，其中说到先生会见日本友好作家时，就自我揭秘，说他把他的长篇小说《家》，出版时改，出版时改，改了七八次之多。

这应该说是一个作家对自己作品精益求精的一种优秀品质。前辈作家的这种品质是值得我们学习的。从2014年起，我回头看了我的一些旧作，有中篇小说，有短篇小说，还有散文和随笔，我把我不满意的旧作，抽出来修改重写、重发、重出。我以为这是一位作家对自己的负责，当然也是对读者的负责。在写作这一行里，或许有天才存在，天才们可以不去修改重写自己的旧作，而且可以非议嘲笑、诽谤谩骂修改重写自己旧作的作家，这是人家的能耐。我敬佩人家的能耐，而且欢迎人家以各种各样的方式方法非议嘲笑我，诽谤谩骂我。对此我是不会生气的，不仅不生气，而且还会开心，正如我2015年6月25日发表在《西安日报》副刊的小随笔《乐诽》里说的一样，被人非议、诽谤，甚至陷害，是一件十分有益的事。人家没心思非议你，诽谤你，甚至陷害你，那是人家没有把你看在眼里，你自己做得也不够好。我们可以回头来看，历史上所有有建树、有成就的人，谁没有被人非议过？谁没有被人诽谤过？谁没有被人陷害过？

非议和诽谤，甚至陷害，是镀在被非议、诽谤、陷害者身上的黄金。明白了这一点，我是没有顾虑了，趁自己还活着，还有一把子力气一口气，还能思考发现自己的缺陷和不足，就抽出一点时间和精力，把自己不满意的旧作修改重写出来。

我将坚持做下来。这次出版的几本书，就是我修改或重写过的。便是修改或重写过了，我依然觉得我修改或重写得不够。

2016年2月28日　西安曲江